———————— 阅读之前 没有真相

午 夜 文 库

# 献给名侦探的甜美死亡

[日] 方丈贵惠 著

吕灵芝 译

# 目 录

| | |
|---|---|
| 1 | 霍拉大师写下的序文 |
| 3 | 序幕 |
| 5 | 第一章　启动会议 |
| 20 | 第二章　试玩会　第一天　开幕 |
| 37 | 第三章　试玩会　第一天　规则 |
| 61 | 第四章　试玩会　第一天　第一波 |
| 85 | 第五章　试玩会　第二天　调查时段① |
| 115 | 第六章　试玩会　第二天　调查时段② |
| 140 | 第七章　试玩会　第二天　解答时段① |
| 162 | 第八章　试玩会　第二天　第二波与调查时段③ |
| 190 | 霍拉大师致读者的第一个挑战 |
| 192 | 第九章　试玩会　第二天　解答时段② |
| 230 | 第十章　试玩会　第二天　第三波 |
| 259 | 第十一章　试玩会　第三天　调查时段④ |
| 277 | 霍拉大师致读者的第二个挑战 |
| 279 | 第十二章　试玩会　第三天　解答时段③ |
| 304 | 第十三章　试玩会　第三天　解答时段④ |
| 330 | 尾声 |

巨齿鲨庄

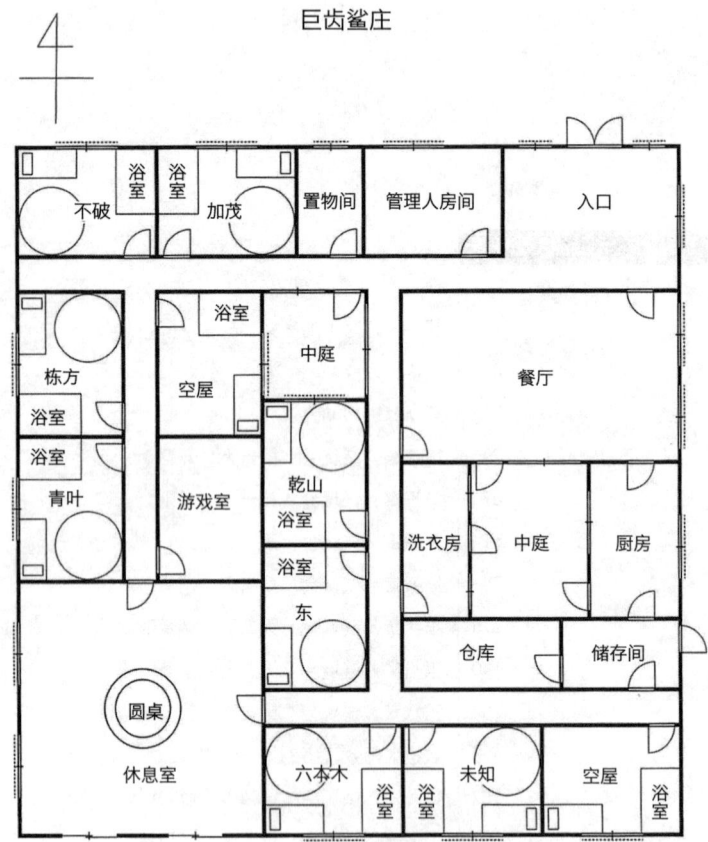

※ 房间内皆设有空调设备（调温、送气）及换气设备。

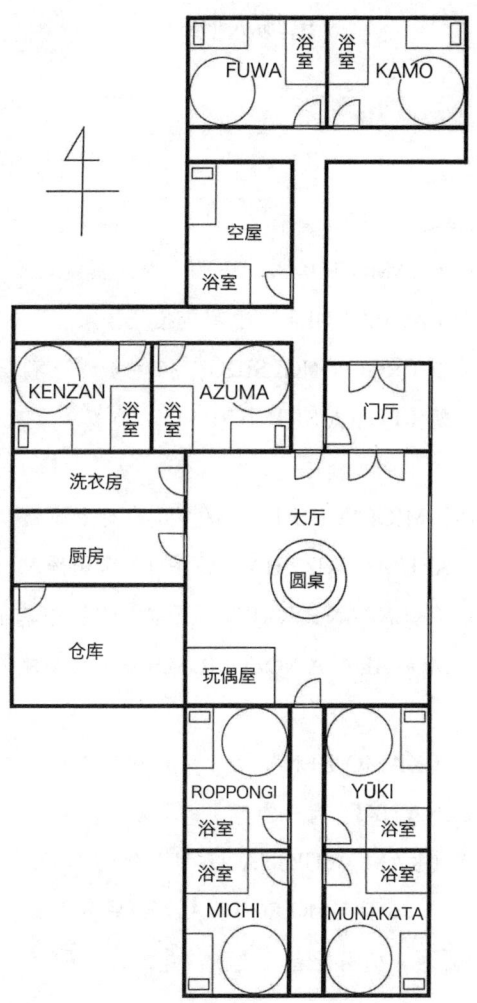

## 出场人物

"谜案创造者2"试玩会来宾
加茂冬马（KAMO TŌMA，38岁）杂志撰稿人
青叶游奇（AOBA YŪKI，31岁）推理作家
六本木至道（ROPPONGI SIDŌ，74岁）评论家
不破绅一朗（FUWA SHINICHIRŌ，56岁）不破侦探事务所所长
未知千明（MICHI CHIAKI，37岁）自称万事通
东柚叶（AZUMA YUZUHA，35岁）T市民医院行政人员
乾山凉平（KENZAN RYŌHEI，17岁）K0高中二年级学生
栋方希（MUNAKATA NOZOMI，25岁）自称流浪者

加茂伶奈（KAMO RENA，33岁）加茂冬马的妻子，龙泉佑树（RYUZEN YŪKI，青叶游奇）的堂姐
加茂雪菜（KAMO YUKINA，6岁）加茂冬马的女儿
三云绘千花（MIKUMO ECHIKA，32岁）龙泉佑树的恋人
霍拉大师　故事的引导者，通称"奇迹的沙漏"

椋田千景（39岁）巨齿鲨游戏公司·Producer
十文字海斗（37岁）巨齿鲨游戏公司·Director

# 霍拉大师写下的序文
~ A foreword from Meister Hora ~

下面要讲述的，是一个关于"游戏"和"侦探"的故事。

主人公加茂冬马在一座馆内遭遇了异常事件，赌上生还的可能解答谜题。从这个意义上说，这无疑是一本本格推理小说。

还是跟之前一样，我在这个故事里既不是华生也不是讲述者。

只不过，"龙泉一族"又一次参与其中，所以我猜，没有任何人比我更能胜任故事的引导者这一角色了。

作为故事的引导者，我在此声明：我十分重视游戏的公平。

所以，纵使你感到故事中发生的事情荒诞无稽，也不必畏惧。不……也许有很多人早已习惯了这种小事？

接下来即将展开的……是本格推理精髓之一，"侦探与凶手的脑力对决"。这一点是绝不会动摇的，敬请放心。

那么，让我们在"致读者的挑战"中再会吧。

## 序幕

啪嗒、啪嗒、啪嗒、啪嗒。

隔着大厅门侧耳倾听，能听到从厨房传来的脚步声。

鞋跟敲打在水泥地面上，发出轻巧的响动。中间穿插的短暂停顿，想必是发出脚步声的人在小心翼翼地观察周围。

加茂低头看向从口袋里掏出的东西。

没有双眼和口鼻，看上去就是一团漆黑的扁平面具。只需放在脸上，它就会迫不及待地吸附在皮肤上。

啪嗒。

脚步声突然停下了。

应该是走到了通往仓库的门边。片刻之后，他听见了铁门关闭的响动。目标已经按照指示进入仓库了。

加茂走进厨房，锁上了通往仓库的门。他几乎没发出声响，对方应该没有发现自己被锁在仓库里了。

到此为止，一切顺利。

加茂看向智能手表确认时间，随后叹着气说："有五分钟应该足够了。"

四分钟过后，加茂贴到门上细听……她应该站不稳了。果然，门后传来了东西倒地的轻微响动。

加茂又等了三分钟,然后打开门锁走进仓库。

房间深处,目标女性倒在地上,正对着仓库门。她在流鼻血,但还有呼吸。

看见她旁边的东西时加茂吓了一跳。

两个大小约十五厘米的小丑人偶,分别穿着紫色和红色的燕尾服,双脚和臀部沾染了血污。也许是目标倒地时鼻血滴在了上面。

是她移动了小丑人偶,还是……?

此时,女人发出了微弱的呻吟。

看来时间太久了。虽说他戴着面具,但也最好在目标恢复意识、看见他之前结束一切。

加茂抓起仓库里的绳子,勒住了她的脖颈。一声沉闷的钝响后,牺牲者的身体微微抽搐起来。

不知过了多久,耳边传来低语。

"又一个牺牲者。"

# 第一章　启动会议

二〇二四年八月二日（周五）14:10

窗外是一片无云的晴空。

那片诱人的蓝，把加茂吸引到了窗边。

高楼群的另一侧，隐约可以看见东京巨蛋和天空树，二者中间的绿地应该是石川植物园。

背后传来哧哧的笑声。

那是银铃般悦耳的笑声。加茂回过头，只见门边站着一名女子，身穿一套白色的长裤西服套装。

"这里的夜景也很美，毕竟修建在海拔二百五十米的高地上。"

女人的声音带着一丝娇羞。她脸形修长、鼻梁高挺，杏仁状的眼睛魅力十足。加上体形纤细，姿态优雅，更使她有了亭亭玉立的气质。

她款款行了一礼，抬起头来。

"你好，我是巨齿鲨软件的椋田。以这种方式请你过来，实在是对不起。"

"……是你？"

加茂愣愣地嘀咕着，椋田脸上闪过了恶作剧的表情。

"没错，我就是椋田千景本人。虽说游戏界有许多女性制作人，但不知为何，许多人在发现我是女性后都会大吃一惊。"

加茂察觉到她的话音里带有一丝悲伤，连忙解释道："真是失礼了。因为杂志上的采访文章很容易让人误会你是男性。"

椋田千景是巨齿鲨软件公司的游戏制作人。

销量突破千万的开放世界RPG（角色扮演）游戏 *Battle Without Honor* 便是由她主导制作，可以说业界没人不知道她的大名。

"我是业界唯一的'蒙面制作人'……年龄性别不详，就是为了营造神秘感。"

"那椋田千景这个名字也是假名吗？"

"不，大部分游戏创作者都是用真名。我早在立下'蒙面'的人设之前，就已经在用椋田千景这个名字了……老实说，其实现在改已经来不及了。"

"原来如此。"

"不过，之所以总让人误解我的性别，可能主要是因为我的措辞吧。"

椋田说话时习惯用一些男性化用语，看来她自己也发现了。

她抱着双臂，继续说道："当然，也可能是 *Battle Without Honor* 让人有了先入为主的观念。毕竟是硬汉动作类RPG游戏，典型的死亡游戏。"

"死亡游戏？"

"就是难度非常高，以在游戏过程中死亡无数次为前提的游戏。其乐趣就在于通过一次又一次的死亡探索玩法和攻略。"

说着，椋田千景回头看向了背后的墙壁。

会客室的墙上贴着好几张游戏海报，其中最为显眼的，就是重制版 *Battle Without Honor VR*。

海报上，一个翠绿色头发的魔女凝视着外面。

CG 制作的魔女，每一根头发都完美无瑕，甚至美得过于刻意。尽管如此，给人感觉还是少了点什么。

当然，加茂想说的并非 CG 人物缺乏真实气息。应该说，那种不完整、不平衡的感觉，反倒让 CG 人物有了独特的生命力。然而，海报上的人物散发出令人毛骨悚然的人类气息，俨然一个疯狂又心怀执念的女人。

"……'无论你有什么愿望，我都能实现。'"

加茂几乎是下意识地念出了海报上的广告语。

曾经，他也听到过类似的话。

出现在记忆中的是一个沙漏吊坠，它被称为"奇迹的沙漏"，据说能够"实现一个愿望"，已经成了都市传说。

二〇一八年五月，他在一家医院遇见了那个小小的沙漏……还有自称霍拉大师的人。然后……[1]

"你很喜欢这张海报吗？"

等加茂回过神，椋田调侃了一句，并向他递出了名片。

加茂条件反射地伸向胸前的口袋，但中途停下了动作，露出苦笑。

"不好意思，我忘记准备名片了。"

加茂接过名片，细读上面的文字。

令他惊讶的是，椋田千景不仅是游戏制作人，同时也是巨齿鲨软件的执行董事。可见她在公司的影响力应该很大。

---

[1] 加茂的这段经历详见本系列第一部作品《时空旅行者的沙漏》（新星出版社，2021.5）。

二人隔着桌子落座后，椋田正式开口道："本公司目前正致力于开发VR（虚拟现实）游戏。"

二〇一九年年底，COVID-19开始流行，短短几年间以汹涌的势头传遍全世界，夺走了许多生命。日本一度发布紧急事态宣言和"防止蔓延"政策，要求人们自觉居家、店铺缩短营业时间。新冠肺炎疫情给国民和经济带来的影响，可以说不可估量。

然而，游戏行业的业绩却在逐年上涨。

由于自觉居家导致的需求变化，许多游戏公司的业绩都实现了上升。其结果就是推动了VR游戏的开发和商品化进程。

如今已经过去五年，随着疫苗接种的普及，人们的生活又渐渐回到了疫情流行之前的状态。餐饮和旅游业虽然多少有些改变，但也差不多恢复了以前的繁荣。

椋田继续说明道："现在可以毫不夸张地说，VR眼镜已经实现了每户一台以上的普及率，渐渐定型成了新的娱乐方式。"

"其中，贵公司的《谜案创造者》更是达到了超过六千万的卡带销量及下载量，对吧？"

《谜案创造者》是椋田负责制作的最新游戏作品。

这个游戏应该算是"虚拟现实推理RPG"类别吧。

玩家在VR空间里扮演世界顶尖的业余名侦探，参与解决各种疑难事件。"故事模式"讲述了侦探与犯罪之王——博士——之间的推理对决，玩家还能享受到007式的动作乐趣。

这款游戏发售仅一年半就在全球范围内实现了超过六千万的销量，在历代游戏软件销售排行榜中位居前十，可谓超人气大作。现在，其销量数据仍在不断攀升，以至于不久前，这款游戏专用的手套型控制器在二手市场的不当销售还成了社会问题。

说到这里，椋田高兴地笑了，露出了洁白的牙齿。

"托各位玩家的福，《谜案创造者》成了本公司最畅销的作品……加茂先生玩过这款游戏吗？"

当着开发者的面，虽然有点尴尬，加茂还是如实回答了。

"我没有认真玩过，不过有个亲戚是推理作家，他邀请我玩过多玩家模式。"

意外的是，椋田不以为意，而是探出了身子问："莫非你们玩的是'创造事件模式'？加茂先生充当侦探角色？"

"呃，嗯。"

"太好了。专业作家创造的谜题，玩起来肯定很带劲。那么，请问胜负如何？"

\* \* \*

"我用《谜案创造者》做了个原创案件，你要玩吗？"

大约一年前，加茂接到了龙泉佑树的电话……当时佑树好像已经用青叶游奇这个笔名出道一段时间了。

佑树是加茂妻子的堂弟，平时很少联系，偏偏在那时打来了电话。

下一个星期六，加茂夫妻拜访了佑树家。

那天加茂的女儿雪菜约好了去同学家玩，正是夫妻两人外出的好时机。

老实说，加茂十分不愿意把宝贵的时间浪费在玩 VR 游戏上，他觉得还有很多享受时光的好办法，无奈妻子伶奈高高兴兴地接受了邀请，他也只能跟去。

匆匆打过招呼，加茂和伶奈就戴上VR眼镜和手套型控制器，坐在了沙发上。眼镜是加茂他们自己带来的，控制器则是向佑树借的。

佑树拿出印有鲨鱼图案的手套型控制器，对他们说："玩《谜案创造者》必须要有巨齿鲨软件的配套控制器。"

"其他公司不也有手套型控制器吗，那些都不能用？"

"这是巨齿鲨软件自主研发的，用别的手套操控不了。"

加茂忍不住苦笑起来。

"游戏跟控制器捆绑销售，就能赚更多钱是吧？"

"不能这么说。每家公司的控制器性能各不相同，所以他们才自己研发了专用的控制器……不过这个控制器也有缺点，一是续航不够久，二是手套部分透气性很差。如果长时间游戏就得边充电边使用，而且戴久了指尖会起皱。"

虽然说着说着就成了抱怨对厂商的不满，加茂他们还是戴上了手套。

一进入VR空间，加茂就忍不住皱起了眉。

游戏中出现的尸体都做了夸张的变形处理，血迹也被刻意淡化了。尽管如此……也足以唤醒他对曾经发生过的凄惨案件的记忆。

加茂只觉得胃里翻江倒海，佑树却若无其事地继续道："你们眼前出现的，就是我创造的游戏舞台。两位将作为'侦探'，破解我制造的事件。"

问题篇给出的是一起传统密室杀人案。

因为已经知道"凶手"是佑树，他们要解答的是howdunit（犯罪方法）和whydunit（犯罪动机）。

"这次请你们加入的是案发后的时空，而这个模式还能有别的玩法。"

"哦,什么玩法?"加茂抬起VR镜片问道。

VR眼镜可以稳稳固定在头部,只需按一个按键就能抬起镜片部分。这样一来,玩家无须摘下眼镜就能暂停游戏,回到现实世界。

佑树也抬起了VR镜片,回答道:"这个模式有一个前提,就是凶手要在VR空间通过实际行凶来创造问题篇。"

"哦?不是创造案发后的现场来形成问题篇吗?"

"不是。首先,凶手角色要配合案发前的情况安排物品和人员。"

"那么假设这是一起密室犯罪,凶手角色就要……在游戏里实际执行那个密室诡计?"

"就是这样。如果不在游戏中证明犯罪手法的可行性,问题篇就无法完成。"

这时,伶奈也抬起了镜片,表情阴沉地嘀咕道:"……我可不想让雪菜玩这个游戏。虽然只是游戏,可要在里面实际犯罪,这样会助长犯罪行为,影响孩子的教育吧。"

佑树用力点了点头。

"这是人们讨论最多的部分……目前这个游戏对玩家的年龄限制得很严格,还没有什么大问题。没造成全球犯罪率上升之类的影响。"

听到这话,伶奈松了口气。

"太好了,这我也能放心一点儿了。"

"其实玩一玩就知道,这个游戏并不像人们所担心的那样偏激。"

佑树说,发生在游戏内的犯罪,包括流血的表现形式在内,都刻意做了非现实化加工。因此单从画面上看，跟其他动作类游戏中打怪的场景差别不大。

"还有，用它来检查小说中的诡计是否存在矛盾特别方便……"

"喵嗷！"

突然传来猫叫声。

不知何时，佑树腿上多了一只灰色的大猫。这是佑树在南国小岛上碰到，后来收养的鸣哇哇。它似乎看不惯大家高高兴兴地打游戏，瞪着翠绿色的眼睛，生气地看着佑树。

佑树摘下游戏手套，撕开一袋猫条，继续道："顺带一提，'创造事件模式'最有意思的玩法，是案发之前就请侦探角色加入，然后凶手角色当着侦探角色的面作案。"

加茂忍不住皱起了眉。

"喂，这不会要玩很久吧？"

"就是很久才好玩啊。有的猛士能一口气玩半天多呢。"

半天？

本想早早结束游戏的加茂不由得浑身一颤。佑树则一边给鸣哇哇喂猫条，一边笑着说："我知道加茂先生不喜欢，所以选了不花时间的玩法……所有线索都留在现场了，加茂先生和伶奈试着解开事件之谜吧。"

\* \* \*

"嗯……那次是侦探角色赢了。"

加茂回答了椋田的问题，嘴角浮现出笑意。

那天，佑树陪鸣哇哇玩时，加茂就已经找到了揭示真相的突破口。从那里到完全解开谜题，好像只花了不到五分钟。

结果，多人游戏就在佑树备受打击的状态中结束了……不懂得体谅创造者，以迅雷不及掩耳之势说出真相的加茂遭到了伶奈的一通训斥。

椋田并不知道具体经过，啪啪地鼓起了掌。

"太棒了……不愧是解决了好几起冤案的人，推理能力就是非比寻常。《未解之谜》上的文章，我每次都看得津津有味。"

加茂在月刊杂志《未解之谜》上有个连载，叫"追寻真相系列"。

以信件的方式采访声称自己是被冤枉的服刑者，再针对结局不可思议的案件收集资料和新的证词……加茂很擅长深入分析和整理过去的案件，并发现新的解释。

通过提出新的解释，揭示蒙冤的可能性。"追寻真相系列"的主旨就是这个。

该专栏连载了近十年，他经手过的案件中有好几桩进入了再审程序，最终原犯人被判定无罪。综艺节目在介绍这些案件时，加茂就成了被重点介绍的"翻案功臣"。

从那以后，加茂的名气越来越大，大到现在《未解之谜》编辑部经常邀请他去演讲。

椋田眯着眼睛继续道："你能通过分析细节得出新的假说，简直就像真正的名侦探啊。"

加茂觉得她话里有刺，摇了摇头说："……差不多该进入正题了吧。"

"正题？"

"你先前发给我的邮件里只说跟新游戏有关，还要我签了保密协议……全世界名列前茅的游戏公司找我这个不同领域的小小撰稿人，究竟是有什么事呢？"

"我想请你杀人。"

加茂顿时僵住了。至于椋田，似乎乐得欣赏他不知所措的样子。

几秒钟的沉默后，加茂叹了口气，问道："……你是指在游戏里，对吧？"

"真抱歉，听起来像是不怀好意的玩笑了。"

椋田嘴上说着这样的话，却看不出一点反省的神情。

"我不太理解。你是想让我扮演凶手角色吗？"

"没错。我希望加茂先生操刀创作一起原创案件……当然，我们已经准备好了相应的报酬。"

她提出的金额相当于加茂半年的收入。见加茂说不出话来，椋田正色道："之所以请你事先签署保密协议，是因为这次启动会议上将要提到的内容，包含尚未对外发布的信息。"

"原来如此。"

"本公司预计在二〇二五年二月发售《谜案创造者》的续作《谜案创造者2》。作为宣传的一环，特别策划了一场试玩会。"

"……这么说来，下个月好像就是东京游戏展了吧。"

东京游戏展（TGS）于每年秋天举办，是日本国内最大的游戏展会。加茂年轻时也去看过几次。

各大游戏公司会在会场精心布置专区，参观的客人能够进去试玩新游戏。里面还有装扮成游戏人物的工作人员和各类周边产品的销售点，对游戏玩家而言充满吸引力。

椋田惊讶地瞪大了眼睛。

"加茂先生还挺熟悉游戏行业的啊。"

"我只是去取过材而已……你说的这场试玩会，是跟TGS

联动的活动吗？"

"不，跟TGS无关，是本公司自主策划的活动。举办时间定在三个月后，也就是十一月，正如其名，准备做成一场内部活动。"

"哦，也就是只有少数受到邀请的人才能参加的活动，对吧？"

"我刚才应该换个说法，是封闭空间同好会。"

加茂的表情扭曲了。

"……封闭空间同好会？"

椋田似乎注意到了加茂的反应，近乎幼稚地长叹一声，继续道："欸，怎么回事？我还以为加茂先生听到这个词会特别高兴呢。"

椋田的语气中并无邪念，但是加茂却体会到了背后的幼稚、疯狂和执着。

不知不觉，他的目光又被 *Battle Without Honor VR* 的海报吸引。

绿发魔女浑身散发出疯狂与执着……虽说外表截然不同，但海报上的魔女却与眼前的这位杏仁眼女子渐渐重合，最后在加茂的脑海中合为一体。

"你真的很在意这张海报呢。"

椋田乐呵呵地弹了弹墙上的海报。

"我们公司有个姓十文字的游戏导演，也负责 *Battle Without Honor* 的人物设计，这就是他的作品。虽然本人拒不承认，但翡翠魔女的人设原型是谁，早已是内部公开的秘密了。"

加茂感到脑袋阵阵抽痛，于是闭上了眼睛。尽管如此，椋田那银铃般的笑声还是萦绕在耳际，久久不散。自这次会面开始,他就一直被这个女人玩弄于股掌之中。

他突然觉得口渴,很想喝点什么。但是放眼桌面,什么都没有。

加茂微微摇了摇头,开口道:"言归正传吧……就算我参加了试玩会,也形成不了什么宣传效果吧,毕竟我的知名度非常有限。"

"没错,如果只有加茂先生一个人,话题度几乎为零。"

面对椋田突如其来的嘲讽,加茂压低声音问道:"……除了我,你还想邀请谁呢?"

"加茂先生的同行。"

"我不懂你究竟是什么意思。莫非是要邀请解决过案件的人吗?"

"没错,我准备邀请一些推理能力超群的人来试玩《谜案创造者2》。脑力对决的结果……谁也无法预测,不是吗?"

她露出了堪比炫目阳光的笑容,继续说道:"游戏试玩过程将被录制下来,如此一来,宣传时就有素材了。要是再制作成纪录片,还能当成《谜案创造者2》的特典呢……你不觉得,这样的影片将不逊于任何悬疑电影,让人看了连连叫好吗?"

椋田气势十足,压得加茂什么话都说不出来。他早已口干舌燥,但现在只能忍耐。

与此同时,椋田越说越兴奋了。

"这可是邀请现实中的业余侦探进行巅峰对决啊。可以说是史无前例,而且除了本公司的游戏,别无其他实现的可能!"

"话是这么说,不过……"

"连加茂先生在内,我们准备邀请八个人,分别充当'侦探角色'和'凶手角色',进行多人游戏。"

加茂明明还没有答应，椋田却好像丝毫不认为他会拒绝。加茂耸耸肩说："你该不会想把那八个人请到一幢别墅或者宅邸里面吧。"

"你说对了。"

椋田自以为是地说完，加茂忍不住笑了。

"简直太乱来了。"

"本公司在濑户内海的戌乃岛拥有一处疗养设施，那里的建筑物很像小说里的'馆'。目前打算就在那里举办试玩会。"

加茂觉得头痛渐渐加剧，又晃了晃脑袋。

"你不觉得这有点跟时代相悖吗？《谜案创造者2》应该也支持多玩家在线模式，真的有必要把玩家集中到一个地方吗？"

他本以为椋田会说出营造气氛之类的理由，没想到她的表情突然变严肃了。

"如果举办远程试玩会，有可能发生泄密问题。"

"泄密？"

"大制作的游戏，研发费用超过百亿日元的都不在少数……这么跟你说吧，本公司的《谜案创造者2》就花了差不多这个数目的钱。"

这下连加茂都忍不住倒抽了一口气。他从未想过研发一款游戏要花掉多少钱。

椋田平淡地继续道："就算撇开研发费用不谈，我们也要全力避免正在研发的游戏有内容泄露出去。大型游戏公司经常遭到黑客攻击，本公司也特别注意安全问题。"

"原来如此，在归贵公司所有的设施内举办试玩会，管理上就能省去很多麻烦是吧？"

"你能这么快就理解这点，真是太好了。不过，既然能让大家齐聚一堂，怎能不借这个难得的机会营造点气氛呢？幸运的是，那处疗养设施的所在地也特别适合创造封闭空间。"

听着她痴迷的讲述，加茂越来越困惑，于是问道："我还有一个问题……试玩会的关键，是凶手角色，没错吧？"

"是的，凶手角色不仅要策划犯罪，还要负责执行。用推理小说打比方，就是兼任作者和凶手。可以说，试玩会能否成功，全看凶手角色有多大的本事。"

加茂轻瞥了椋田一眼。

"麻烦你不要趁乱提高难度好吗？"

"我希望你务必来扮演这个重要角色。我相信，加茂先生一定能成为最棒的凶手。"

"……哈？"

"在整个邀请名单中，加茂先生的推理能力绝对胜他人一筹。无论面对多少个业余侦探，你应该都能实施完美犯罪，获得胜利。"

尽管只是一瞬间，加茂还是听出椋田的声音似乎短暂地蒙上了阴霾。加茂猜不透她的真正意图，正不知该如何是好，却对上了她严肃的目光。

"我想请你做的，只是在游戏中犯罪。我追求的是大胆而神秘的杀人案……案情越夸张越好。因为是在素不相识的人群中发生的犯罪，就当是愉悦型犯罪好了，让动机见鬼去吧！"

突如其来的咒骂让加茂险些呛到。

"这也太乱来了。"

椋田继续兴高采烈地说道："在VR空间里，别墅、宅邸、城堡，任何建筑都任由你使用。密室、不在场证明、物理诡计……随便什么，请你尽情往里塞。总之，绝对别让侦探角色解开你的谜题。千万不要客气。"

加茂半张着嘴愣在那里,椋田则用带着笑意的清澈杏仁眼死死地盯着他。

"……你愿意接受凶手角色吧?"

## 第二章　试玩会　第一天　开幕

二〇二四年十一月二十二日（周五）13:50

"实在是太遗憾了。"

工作人员刚离开加茂他们那一桌，龙泉佑树就嘀咕起来。这时他们才拿到菜单。

看着全身散发出愤懑气息的佑树，加茂露出了苦笑。

"真不好意思啊，我也收到了邀请。"

加茂早就知道佑树不太喜欢他，经过上次一起玩《谜案创造者》游戏，他们之间的隔阂变得更大了。

事实上，在巨齿鲨软件指定的集合地点——冈山县K港——集合时，佑树看起来就差没有转身逃走了。

距离与椋田一同参加启动会已经过去了三个半月，今天是《谜案创造者2》试玩会的第一天。

结果……加茂还是半推半就地接受了"凶手角色"。

这完全可以归结于他掉进了椋田的节奏里……但也不可否认，加茂内心的确生出了"好像挺有意思"的想法。

之后加茂又跟椋田的下属十文字导演开了几次会。

十文字D[①]也是一位小有名气的插画家，出版了很多本画集和设定集。此外，他还经常代替椋田出席各式各样的活动，加茂也看过不少有他露脸的游戏杂志专访。

加茂先花了一个半月构思情节，接着又花了半个月与游戏开发专员合作，根据他的想法创建游戏舞台。

游戏舞台准备完成后，加茂亲自检查了案情设计与舞台构造是否存在偏差。与此同时，调试人员还进行了具体调试，确保实际游玩过程中不会出现系统错误。

这项工作难度大，耗时久……就在三天前，加茂还窝在巨齿鲨软件的东京办公室里工作。最后几天连续通宵，他都搞不清楚自己究竟是撰稿人还是游戏公司的员工了。

也许正因为这样，长达十天的集体工作结束后，他与包括十文字在内的开发人员缔结了深厚的友谊。这群人多数是平易近人的性格，试玩会之前还专门在高级餐厅为加茂办了壮行宴。

连半个月前就到法国分公司出差的椋田也给他送来了上好的葡萄酒。

然而……现在可不是享受美酒、放松身心的时候。对充当凶手角色的加茂来说，接下来才是真正的表演开始。

因为凶手角色的立场比较特殊，加茂提前知道了受邀者名单。因此，他早就知道佑树以青叶游奇之名位列其中。

与之相对，扮演"侦探角色"的受邀者直到活动当天才能获知其他受邀者的信息。正因如此，突然见到加茂时佑树才会那么吃惊。

\* \* \*

---

[①] D指导演（Director）。

加茂本以为佑树是因为这个而不高兴，没想到他竟是一脸呆滞。

"……啊？"

"怎么，你一脸的不高兴，是不是因为我也被邀请了？"

"啊，也是一部分原因。"

佑树圆滑地接过话头，摆弄起左手腕上戴着的智能手表的表带。那上面印有巨齿鲨软件公司的鲨鱼 Logo。

佑树是一名刚出道的推理作家，比加茂小七岁。

他和加茂的妻子都是创办了大型企业龙泉集团的龙泉家族的一员，说白了就是富家子弟。

但是，他本人似乎并不喜欢这个身份，因此上了大学就离开了家。在成为作家前，他一直从事电视相关的工作……后来因为被卷入一起凄惨的事件[①]，就辞去了工作。

不知为何，佑树好像很不愿意跟加茂对上视线，而是一直看着窗外。

佑树的侧脸跟伶奈有几分相似。这也难怪，因为两人都长得很像他们的祖母龙泉文乃。所以……无论这个妻子家的堂弟态度如何，加茂都不能真的动气，或是对他敬而远之。

佑树的目光落在桌子上，再次开口道："我还以为加茂先生对这种活动没兴趣，就算有人找你，你也会拒绝呢。"

明明是亲戚，他却坚持用姓氏称呼加茂，而且从不省去敬称，这些加茂都已经习惯了。

加茂推了一下眼镜，露出苦笑。

"我本来想拒绝的，但还是被椋田小姐说动了。"

---

[①] 详情参见本系列第二部作品《孤岛的来访者》（新星出版社，2023.4）。

"我懂。我也是被她说蒙了,稀里糊涂参加的。"

说完,佑树深深地叹了口气。

"……另外,责编还跟我说,既然书卖不出去,'就去留下点痕迹'。"

"你也不容易啊。"

"其实受邀请的并不是身为作家的我,只是我不小心说漏嘴了,编辑就要求我用笔名参加,好提升知名度。"

"原来如此。"

"然后我就被编辑和椋田小姐安排得明明白白的了……不过这个活动感觉还挺有趣,就算没人强迫我,我可能也会参加。"

聊到这里,工作人员送来了餐后的美式咖啡和奶茶。佑树往塑料杯里插了根吸管,再次开口道:"话说回来,加茂先生应该没怎么玩过上一部《谜案创造者》吧?"

"说来惭愧……我只在接到邀请后临时抱佛脚玩了几个小时。"

二人正坐在疗养设施的餐厅里。

这处疗养设施名叫巨齿鲨庄,外表是木屋风格的平房建筑。包括加茂与佑树在内,此时餐厅里共有五人,都是受邀参加试玩会的宾客。

加茂喝了一口滚烫的黑咖啡。

他刚才问过送咖啡的工作人员,得知还有两名宾客尚未抵达。据说是冈山那边的飞机延误了,因此他们要在餐厅里等待,直到所有人到齐。

佑树四下望了望,露出狐疑的表情。

"咱们在K港集合时是五个人,现在这里也只有五个人。他们说邀请了八个人,两人迟到了,那就还差一个人啊……我刚到戌乃岛时问过另一位工作人员,他的说法也一样,应该不是数错了。"

"也许有人坐别的船提前上岛了。"

"那个人莫非是VIP？"

据加茂所知,受邀宾客中知名度最高的那位已经在餐厅里坐着了。

单看宾客资料,应该没有别人值得VIP待遇了……不对,名单里还有两个介绍很奇怪的宾客,一个是流浪者,一个是万事通,说不定其中一个来得特别早。

佑树把手伸进牛仔裤的口袋里,又开口说道:"对了对了,我最好解释一下刚才为什么说'实在是太遗憾了',其实那不是对加茂先生说的。"

说到这里,他突然很绝望地抽出了手。

"啊,差点忘了,他们把手机都收了。"

因为十文字D事先做过解释,加茂早已有了心理准备……他们一上岛就被领到巨齿鲨庄隔壁的房子里接受安检,同时被没收了手机等随身物品。

加茂露出苦笑。

"虽说是为了防止偷拍和窃听,但也有点过分了。"

他们的手机都被放进厚厚的毛毡袋,锁进了看起来坚不可摧的黑箱子里。

加茂已经多少年没远离过手机生活了,感觉就像告别了自己的分身。

佑树用力点点头,赞同加茂的观点。

"尤其是连手表和钱包都收了,这也太过分了。"

加茂对此也有同感,但他更在意的是另一件事。

"嗯？佑树君是智能表和手表都戴吗？"

"手表毕竟是三云小姐刚送我的嘛。"

三云和佑树是一对恋人。加茂生怕再说下去会发展成秀恩爱，连忙换了个话题。

"好像是为了防止有人安装窃听器，随身物品基本都要没收啊。"

唯一的例外，就是现在加茂等人戴在手上的智能手表。

巨齿鲨软件提前给他们发了这块手表，希望他们能够评测一下，然后说试玩会上也要用到。不过自从上了戌乃岛，智能手表的大部分功能就都受到了限制。

"好像除了我还有其他人跟工作人员吵了起来，我当时听见有人说：'为什么连首饰都要收！'……真是的，主办方到底有多不信任我们啊。"

面对愤愤不平的佑树，加茂突然想起一个问题。

"话说，刚才你想解释什么？"

"哦哦，我都忘了。我刚才说遗憾，是因为上一部《谜案创造者》的计时赛活动。"

"我好像听运营说过。是两天后的中午开始吧？"

在巨齿鲨庄举办的这次试玩会需要留宿一晚。

试玩会将于十一月二十四日中午结束，与上一部作品的计时赛的开始时间重叠了。

然而，加茂还是不理解佑树的怨念。

"前作的那个活动不是只要购买了《谜案创造者》就能参加吗？"

加茂反问了一句，佑树用力点头。

"对，是完全开放的活动。"

"那肯定是尚未发售的《谜案创造者2》的试玩会更好吧？"

"话是这么说，但是这次计时赛比较特殊。"

佑树说，日本时间二十四日零点，《谜案创造者》要进行重大更新，会有新关卡上线。

"新关卡的名字叫'至高名侦探'，全世界的玩家已经翘首期盼了好几个月。"

见佑树越说越兴奋，加茂略有点迟疑地说："原来你是遗憾赶不上重大更新啊……那可以等试玩会结束了再玩啊。"

"那怎么行！到时候就赶不上了。"

"赶不上？"

"刚才也说了，这是一场计时赛活动，全世界的玩家竞争'侦探之王'的宝座……这个更新全球同步，最早通关的人可以拿到豪华特典。"

接着，佑树又说出了通关特典的具体内容。

☆前二十名→与十文字D一起，进行《谜案创造者》全球圣地巡礼。

☆前两千名→提前十五天获得新作《谜案创造者2》的游玩特权＋专属新关卡头像套组

"通关特典是全球旅行？这可是头一回听说。也太豪华了吧。"

加茂嘀咕着，佑树则不知为何一脸得意地点了点头。

"巨齿鲨软件特别擅长造势……因为时差关系，欧洲的玩家要大清早就起来玩，很多人都说这样不公平。"

"佑树君看上哪个了？前两千名的？"

"那当然了……不过条件可能有点严苛。"

因为《谜案创造者》是销量超过六千万的爆款游戏。

假设只有百分之十的玩家参加，那也有六百万人挑战这个计时赛活动。即使特典有两千份之多，胜出率也仅有三千分之一。

看着啜饮奶茶的佑树，加茂皱起了眉。

"等会儿……你之前好像问过我二十四号有没有空，难道就是因为这个？"

佑树突然露出尴尬的表情，目光垂向了手上的塑料杯。

"被你发现了？我本来打算如果加茂先生有空，就骗你去玩'至高名侦探'。要是你能过关，我就独吞特典。"

佑树虽然是大少爷出身，性格中却有些意想不到的狡诈，有时会做出令人咋舌的大胆举动。

加茂叹了口气说："你还真是……话说，其实没必要这样吧？你都受邀参加试玩会了，只要跟巨齿鲨软件说一声，不就能拿到提前玩新游戏的特权了？"

"只有堂堂正正赢了计时赛，那才叫特典。"

"别装了！你明明还想骗我帮你玩呢。"

两人正在拌嘴，加茂突然觉得有人在看他。

他回过头，好像与一名少年对上了视线。他之所以不能确定，是因为少年的刘海很长，遮住了眼睛。

少年正独自坐在与加茂和佑树稍有些距离的座位上。

他身穿带有校徽的深蓝色西装上衣，系着绿色的领带，面前的桌子上摆着一个只剩冰块的塑料杯。

那应该就是受邀宾客中唯一的高中生，乾山凉平。

乾山突然笑了笑，但没有说话，而是低头看向了自己的塑料杯。

加茂看了一眼智能手表,现在是下午两点十二分,他们已经等了一个多小时了。

他伸了个懒腰,对佑树说:"这个疗养设施还真不错啊。而且戌乃岛南边好像除了这个设施以外,就没有别的建筑了。"

戌乃岛坐落在距离K港六公里远的海面上,面积约为一平方公里,岛上住着约六十人。据说昭和时代末期这里曾开设了许多民宿,后来全部关张,现在岛上的主要产业是渔业。住宅主要集中在岛的北边,南边只有这座疗养设施和年久失修的栈道……可能因为不是旅游旺季,岛上弥漫着闲散而荒凉的气息。

佑树眯着眼睛看了看窗外,点了点头。外面种着许多与当地气候并不相符的南国树木。

"感觉有点像高级酒店呢。我听责编说,他过年时也会去他们公司经营的疗养地,那地方在三重县,员工可以享受特别优惠……"

佑树还在说,但加茂已经走神了。心里觉得很对不起佑树,嘴上则随便应付着,目光开始四处游走。

壁挂电视机旁边的座位上,一个白发男子正在打盹儿。

他看起来七十岁上下,身材瘦削,即使隔着一段距离,也能看到他头顶的发量比较稀疏。

早在接受这次邀请前加茂就认识这个人,他是六本木至道。

此人的职业是评论家,经常在新闻报道类节目上露脸。

他擅于运用年轻时在警视厅搜查一课工作积累的经验,常在节目中给出尖锐的意见。相传他还是警方的顾问,经常秘密协助案件的调查。

且不论传闻的真伪,可以肯定,他是这次受邀的宾客中知名度最高的。

一个男人坐在六本木对面，加茂只能看见他的背影。

那人有一头浓密的黑发，天气已经凉了他还只穿着衬衫和马甲，身上看起来脂肪多于肌肉，不过因为肩膀厚实，整体给人感觉十分壮硕。

那应该是另一位宾客，不破绅一朗。

不破是一名私家侦探，在新宿开了一家侦探事务所。事务所的 Logo 是一件抽象画风格的深绿色马甲，想必源自所长本人的喜好。

他虽然以侦探为职业，但调查的都是与公权机构无关的案子，所以也被视为"业余侦探"参加这次的试玩会。

餐厅里充斥着懒散的气氛。从窗外洒进来的阳光令人身心舒畅。

佑树不知何时说起了疗养设施的名字，一只手不停地摇晃着装奶茶的塑料杯。

"你不觉得这名字太直白了吗？就叫巨齿鲨庄。"

"直接用了公司名嘛。"

"巨齿鲨是一种生活在远古时代的巨型鲨鱼……"

"嗯，这我倒是知道……"

加茂突然听见咔嚓一声，不由得吓了一跳。与此同时，他发觉脖子有点支撑不住脑袋了。

……意识变模糊了？

动静来自落在桌上的塑料杯。因为碰撞的冲击，杯盖被震开了，里面只剩一点的奶茶和冰块全都洒在了桌面上。刚才还抓着杯子的佑树正莫名其妙地看着自己空空如也的右手。

很快，佑树露出了僵硬的微笑。

"难道是，安眠药？"

说完，他的脸上彻底失去了血色，眼角渗出浓浓的睡意。加茂抓住了面前的纸杯，里面还有四分之一杯咖啡。

"……好像是。"

他们二人都喝了大半杯混入了药物的饮料，就算拥有强大的意志力也难以抵挡药效。果然，加茂体会到了前所未有的强烈睡意。

身穿制服的乾山也靠在椅背上闭上了眼睛。从他脖子扭成的奇怪角度来看，应该已经进入了熟睡状态。

"但愿……是……计划好……"

佑树没能说完这句话，就猛地倒在桌子上，撞飞了塑料杯。

给参加试玩会的宾客下药，这也太脱离常识了。

更何况，连加茂也中了招。如果连他都不知道，基本可以认为事先计划的可能性为零。

究竟是谁，目的何在……？

尽管一直拼命支撑，加茂还是渐渐失去了思考能力。他眼前一黑，太阳穴砸在桌面上，陈旧的木蜡油的气味充满鼻腔。

下一刻，他失去了意识。

\* \* \*

睁开眼，第一个看见的是漆黑的天花板。

原来黑色竟是如此沉重的颜色吗？

加茂甩掉要被天花板压扁的幻觉，在床上撑起了上半身。脑袋里窜过一阵剧痛。

他在一个陌生的房间里。不，这里看起来很眼熟，但大脑仍未摆脱安眠药的影响，无法正常思考。

他睡在一张木制单人床上，脚边摆着书桌和椅子。房间大小可能略大于普通酒店的单人房，贴着奶油色壁纸，家具都是统一的天然木色。

他转头看向左侧，顿时心里一惊。

那里放着一个直径二点五米左右的白色球状物体。

如果非要打比方，那东西长得有点像宇航员训练时用的三维转椅。只不过，这个球体内部只有很粗的黑柱，并没有椅子，取而代之的是好几根电缆和电线。

加茂揉了揉太阳穴……他很清楚这东西是什么。

VR服装控制装置，RHAPSODY（狂想曲）。

它号称史上第一款全身型VR控制器，在东京游戏展上吸引了众多关注。这款产品的预定销售价格为二十万日元。虽然非常昂贵，但仍有很多人热切期待着来年春天的发售日。

之前在巨齿鲨软件公司加班加点准备活动时，加茂用RHAPSODY反复做过好几次调试工作，也知道这次的试玩会要用到这个装置。

……既然这里有RHAPSODY，那么果然是在巨齿鲨庄里面吗？

加茂推了一下快要滑落的黑框眼镜，起身下了床。

黑色牛仔裤、休闲衬衫和夹克外套，他身上的衣服跟在餐厅陷入昏睡时一致。可能因为安眠药尚未完全代谢掉，走起路来脚步有点虚浮。

实木书桌上放着文具和活页纸，然后是这座建筑物的平面图和……一个大纸箱。纸箱里装满了食物和饮品。

纸箱前立着一张留言卡片。

在衣柜里可以找到 VR 操作服、手套型控制器和 VR 眼镜。请穿戴好那些装备，与 RHAPSODY（狂想曲）完成匹配，进入《谜案创造者 2》。

　　详细情况将在 VR 空间进行说明。同时也将在那里解答疑问。

椋田千景

加茂先是感到困惑，继而心中涌起了强烈的愤怒。

从这张留言卡可以看出，在饮料里下药是巨齿鲨软件的刻意安排。而且连扮演凶手的加茂都没通知。

……他们干这种近乎犯罪的事情，究竟是想怎么样？

加茂开始摸索放在上衣口袋里的手机。他必须尽快联系上椋田P[①]或十文字D，把事情问清楚。

然而，口袋是空的。钱包也……甚至成为撰稿人后出门工作从不离身的名片夹也不见了。

被安眠药蒙蔽的记忆渐渐复苏，加茂终于想起随身物品都被收走了。

他低头看向留言卡，犹豫了大约十秒。

是直接走出房间寻找工作人员，还是按照留言卡的指示，穿戴上 VR 设备与他们取得联系？

几经烦恼过后，加茂选择了后者。因为他觉得这样更能确保联系上椋田P。

他打开衣柜，里面果然放着一整套 VR 设备。

---

① P 指制作人（Producer）。

加茂没有碰VR操作服和手套，而是拿起了眼镜。

若用传统游戏打比方，VR眼镜就相当于游戏机本体（硬件），手套、操作服和RHAPSODY都只是控制器而已。如果想跟工作人员联系，只需戴上眼镜、开语音就够了。

戴好眼镜后，眼前出现了一条信息。

  这是加茂先生专用的VR眼镜。已经通过生物体虹膜认证确认为本人……加茂先生，欢迎您。

文字消失的瞬间，加茂几乎陷入了恐慌。

……因为眼前出现了女儿雪菜的身影。

雪菜坐在餐桌旁的椅子上，摇晃着双脚，小手不熟练地握着铅笔，正一本正经地做着算术作业。

背景深处，伶奈正在慢悠悠地搅动锅子里的食物。

眼镜附带的内置耳机里传出了清晰的声音。

"雪菜，快开饭了，把桌子收一下。"

"好——"

绝对没错……这就是加茂家中餐厅的光景。

尽管图像不会散发气味，但加茂还是仿佛闻到了炖牛肉的香味。只消伸出手，好像就能触碰到家人。看桌上的时钟，现在时间是十九点十五分，窗外已被夜色包裹。

正因为那是他熟悉的光景，加茂可以确信这不是CG加工的影像，而是直播画面。

他们在监控自己的家人……或者说，在用伶奈和雪菜作为人质威胁自己？

加茂感到背后一阵恶寒。

从视角方向分析，摄像头应该安装在电视机底下的"某个东西"里。

他记得那里放着一台人工智能助手。那是大约两个星期前，巨齿鲨软件交给他做评测的。

……人工智能助手内部加装了偷拍用的摄像头？

这个瞬间，加茂想起了一件事，不由得浑身一震。

他被委托做评测的不只有人工智能助手。如果另一个东西也被做了手脚……

雪菜的右手腕上戴着一块智能手表，透过画面还能看见上面的巨型古代鲨鱼Logo。伶奈的手上也戴着同样的东西。

"够了……我服从指示。"

他咬牙切齿地低声说完，眼前的图像就消失了。黑暗中浮现出一条信息——

此前交给您的智能手表特别添加了"死亡陷阱"装置，内含一根可以远程操纵的毒针。

若您珍惜加茂伶奈与雪菜的性命……还有您自己的性命，就请听从指示。

加茂条件反射地按住了自己的左手腕。

他也戴着大约十天前送到的同款智能手表。眼前的信息还在继续。

目前我方已经远程锁定智能手表，若不想白白丧命，就请不要做出暴力摘除手表的愚蠢行为。

完全理解以上信息后，请启动《谜案创造者2》。

加茂按下了抬起镜片的按钮。

镜片抬升至额头，视野回到现实世界。不知不觉间他已经气喘吁吁，出了一身冷汗。

……在手表里暗藏毒针，肯定是吓唬人的。

他本想碰碰运气，靠强硬手段离开这里。然而这件事已经牵扯到了伶奈和雪菜，导致他不得不三思而后行。万一遇到最糟糕的情况，她们二人的生命也会受到威胁。

还是暂时遵从指示，看看对方究竟想干什么吧……做出决定后，加茂打开衣柜，拿出了VR操作服。

操作服覆盖了头部和双手以外的全部身体，为了穿脱方便，分成了好几个部分。加茂先拿起最上面的部分穿在身上。因为之前就穿戴过几次，他只花了五分钟就着装完毕。

操作服以黑灰色为基调，背部和腹部使用了氨纶质地的厚重面料。

穿戴完毕后，看起来有点像穿上了科幻电影里的战斗服。这种设计明显是为了刺激游戏玩家的购买欲，而非为了功能性。因为用的面料伸缩性很强，着装后并不会感觉行动受限。

接着，他又戴上了手套型控制器。手背位置印着熟悉的巨齿鲨软件标识。虽然这款手套的普遍评价是续航能力不好，但是放在RHAPSODY里使用，就能连续操作好几个小时。

加茂戴着VR眼镜走向RHAPSODY，白色球体发出了轻微的启动声，随即缓缓开启。

这是加茂先生专用的RHAPSODY（狂想曲）。VR眼镜匹配一致。

加茂先生，欢迎您。

显示完这条信息后,球体入口配合加茂的动作开启。

进入 RHAPSODY 后,中央的黑柱自然弯曲,生成可供落座的曲线。加茂背靠黑柱,放低重心,只听咔嚓一声,同时轻微的震动透过操作服传至身体。

VR 操作服背部有一个直径两厘米、深两厘米的接口凹槽,位置在背部中心,肩胛骨的下方。

与之相对,RHAPSODY 的黑柱上有一个直径两厘米、凸出两厘米的匹配接头,二者通过磁力连接,连通后就能同步操作服与 RHAPSODY 了。

在按下镜片复位的按钮前,加茂深吸了一口气。

不管前方有什么……他都只能一头扎进去了。

## 第三章　试玩会　第一天　规则

二〇二四年十一月二十二日（周五）19:30

镜片复位后，眼前出现了熟悉的光景。

这回不再是加茂的家中，而是他参与设计的馆内大厅。

加茂坐在大厅中央的圆桌旁，视野右下角显示出"欢迎来到傀儡馆！"的字样。

这是加茂此前与开发人员一道为试玩会设计的舞台，深灰色的墙纸与黑檀色的圆桌——他都在监修工作中见过。

毫无疑问，这里是一个 VR 空间。无论制作多么精良，也能一眼看出这是 CG 创造的世界。

大厅里已经有五名先来的客人。

称之为"人"只是为了方便表述，其实都是 VR 空间里的虚拟角色……也许他们都是这次受到邀请的客人。

一个长相酷似佑树的虚拟角色走到加茂身边。视野右下角显示这名登场人物是"YŪKI"，随后文字就消失了。

"那个，你是……加茂先生吧？"

语气听起来很不确定，但的确是佑树的声音。

然而，即便外表和声音都酷似佑树，也无法保证操纵虚拟人物的就是他本人。因为在VR空间，人们可以自由变换外表和声音。

　　YŪKI脸上也挂着恐惧和困惑的表情，看来同样不确定自己搭话的人是不是加茂本人。

　　加茂抬起右脚，他的虚拟角色也随之抬起了右脚。

　　VR操作服有内置的高性能动作捕捉装置。这套装置能准确读取玩家的动作，并同步到虚拟角色。譬如若加茂迈开腿跑动，他的虚拟角色也会以同样的姿势跑动。

　　基本上，VR操作服与RHAPSODY能够保持同步。

　　RHAPSODY通过线路连接玩家的身体，读取操作，玩家可以在球体内部安全地做出跑步等动作，并获得在VR空间里真实跑动的感觉。

　　加茂又试着握了几次拳，然后低头查看身上的服装。

　　黑色牛仔裤、休闲衬衫、夹克外套和皮鞋。虚拟角色的装束与现实世界里的加茂一致。连偏瘦的体形，手臂、脚掌和手指的长度，都精确复原了加茂本人的特征。

　　"你那边看到的是什么？"

　　"从外表看就是加茂先生。"

　　听了YŪKI的回答，加茂略显踌躇地压低声音问道："谁……被当成了人质？"

　　YŪKI猛地按住了左手腕。这个虚拟角色的手上也戴着智能手表。接着，他用几乎听不见的声音回答："三云小姐。"

　　"……这样啊。"

　　佑树因为幽世岛的案子与三云绘千花相识，到现在两人已经交往了四年。加茂也曾见过三云，那是个佑树配不上的好女人。

YŪKI并没有问加茂这边的人质是谁。如果他是真正的佑树，想必不问也知道。

加茂听见了嘀嘀咕咕的说话声，便看向声音传来的方向，发现是两个眼熟的人物正在交谈。

名称为"ROPPONGI"的男人有一头稀疏的白发，应该是退休警官六本木的虚拟角色。身穿绿色马甲的"FUWA"与私家侦探不破外貌一致。二人都坐在圆桌旁没有靠背的椅子上，面色十分阴沉。

离圆桌稍远的地方站着名为"KENZAN"的人物，跟刚才见到的高中生一模一样。他正环抱双臂，目不转睛地注视着房间南侧的玩偶屋。

那个玩偶屋在傀儡馆中十分显眼。

其尺寸比一般的玩偶屋大了不少。粗略估计恐怕有三米长、一点五米宽，放在面积还要大上一圈的纯黑色矮桌上。

KENZAN伸手点了一下智能手表，他的面前立刻浮现出半透明的屏幕。在这个VR空间，每个虚拟角色手上的智能手表也是可以调出操作菜单和地图的终端。

除了加茂以外，其他受邀宾客都要先跟十文字D碰头，学习RHAPSODY的使用方法和VR空间内的基本操作。看起来KENZAN操作的动作十分熟练。他轮番打量着菜单界面上的地图和眼前的玩偶屋，然后说："哦？这原来是傀儡馆的模型啊。"

大厅里的玩偶屋是十二比一缩放的傀儡馆模型。

据开发人员介绍，设置这个玩偶屋是为了强调傀儡馆的概念，同时方便侦探推理事件，可以算是一石二鸟的装置。

这个玩偶屋当然也有殖民时期风格的屋顶，目前那个屋顶，即天花板部分，高悬于玩偶屋主体之上。准确来说，是用钢琴线吊在大厅的天花板下方。

加茂再次看向圆桌。

那里还坐着一个他不认识的年轻人,系统显示其名称为"MUNAKATA"。

那是个可以被称作外形惊为天人的俊美青年,长发烫了卷,穿着旧机车夹克和破洞牛仔裤。作为男性,他看起来略显矮小,肩膀也较窄,带有一些女性的气息。

加茂也学着KENZAN操作起智能手表,调出了游戏参加者的资料。

资料显示如下:

| 游戏参加者资料 | | |
| --- | --- | --- |
| 加茂冬马（38岁） | 5.87 | 杂志撰稿人 |
| 青叶游奇（31岁） | 5.81 | 推理作家 |
| 六本木至道（74岁） | 5.71 | 评论家 |
| 不破绅一朗（56岁） | 6.20 | 不破侦探事务所所长 |
| 未知千明（37岁） | 5.31 | 自称万事通 |
| 东柚叶（35岁） | 5.05 | T市民医院行政人员 |
| 乾山凉平（17岁） | 5.48 | KO高中二年级学生 |
| 栋方希（25岁） | 5.38 | 自称流浪者 |

那么,MUNAKATA就是名单上的栋方希了。

这个自称流浪者的人跟加茂想象中的形象有些不一样……不过身处如此事态还能泰然自若,想必此人的性格的确有点超凡脱俗。

加茂突然听见一声电子嗡鸣。

下一个瞬间，原本空无一人的地方，出现了两个虚拟角色。

其中一个名叫"AZUMA"，是个身形小巧圆润的可爱女性。另一个也是女性，有点颓废美人的气质，名称显示为"MICHI"。

二人似乎都搞不明白自己为何身在此处，苍白的脸上满是不安。

"各位，请到圆桌边落座。"

加茂听见一个熟悉的声音——略带鼻音的女声。

八个人不情不愿地走到圆桌旁坐下，ROPPONGI（六本木）语气尖锐地问道："你是椋田吧？"

又是一声电子嗡鸣声，玩偶屋旁边出现了一名杏仁眼女性，名称显示为"椋田"。

"各位好久不见，应该是启动会议以来就没再见过了吧？"

椋田带着笑意继续道："之所以收走各位的手机和随身物品，是为了确保你们无法与外界取得联络。那些物品目前都被保存在隔绝了信号的特殊收纳箱里。毕竟做什么事都要小心谨慎，你们说对不对？"

听了她的话，FUWA（不破）摇着头说："我不知道你想干什么，但你们的行为已经触犯了一百多条法律。"

椋田毫不示弱，动作夸张地歪着头，回敬道："只有一百多条吗？我不仅把你们的亲人和朋友当成人质……还给戍乃岛上的巨齿鲨软件开发人员和营业人员都下了药，把他们关起来了。"

加茂看着喜不自胜的椋田，内心不禁骇然。

安眠药起效后，有人把加茂等人从餐厅送到了各自的房间，从这一点就能看出椋田不太可能是单独行动。

为了本次活动而上岛的巨齿鲨软件公司工作人员应该不下二十人，他们应该不会都是椋田的同伙。那么，往少了算，除了加茂这几个游戏参加者，椋田至少还监禁了十多名员工。

FUWA（不破）动摇了片刻，马上继续道："我奉劝你一句，现在马上放了所有人。如果执迷不悟，你的罪行只会越来越严重。"

身为私家侦探的FUWA（不破），经手过的案子肯定比加茂他们多得多，因此他的声音很沉着，还带有一种教育孩子的语气。

然而，这招用在椋田身上只起到了反效果。

"所以我才讨厌侦探！总觉得自己才是对的，做什么都能得到原谅。"

她连后槽牙都龇了出来，声音里透着强烈的憎恨。

椋田散发出的恨意过于强烈，连FUWA（不破）都被震住了。虽然是VR空间里的虚拟角色，但椋田的爆发仿佛面具裂开的瞬间，让加茂窥见了隐藏其后的真实面孔。

目睹这个变化后，他猛然醒悟了。

椋田一直隐藏起来的并非寻常的恶意，而是混合了憎恨、疯狂与破坏的冲动，而且这可怕的情绪是针对他们的。

大约十秒的沉默过后，加茂咬咬牙，抛出了问题。

"你的目的是什么？"

椋田笑容满面地回答："从现在起，各位要加入一场赌上性命的游戏。游戏的名称是——'献给侦探的甜美死亡'。"

"别胡闹了。"

这个沙哑的声音来自ROPPONGI（六本木）。他从座位上站起来，开始在大厅里来回踱步，双眼始终轻蔑地看着椋田。

"我几十年前就见识过像你这样的年轻人……没错，他们都自以为超凡脱俗，无人能及。用偏激的话语吸引众人的注意，但其实毫无内涵可言，只有一片空洞。"

椋田眯起了眼。

"你觉得我也是那种人？"

"我不知道你想搞什么吓人游戏……但总之就是低级趣味，令人作呕。"

然而，如此乐观的人好像只有ROPPONGI（六本木），因为圆桌旁的七个人脸上都浮现出了紧张和不安。

刚刚目睹了椋田内心的恶意，加茂也不敢天真地认为"献给侦探的甜美死亡"单纯是为了博人眼球。

听到"低级趣味"这个词，椋田又一次露出笑容。

"谢谢你的夸奖。不过，'献给侦探的甜美死亡'与原本计划的试玩会没什么不同哦。唯一的不同，也就只有'在游戏中失败，就等于现实中的死亡'而已。"

ROPPONGI（六本木）马上回以嘲讽。

"你怎么还在拘泥于这种设定……今时今日，听到'死亡游戏'这个词，已经没有人会惊讶了。"

椋田哼笑起来。

"如果你想反抗，那么请自便。只不过，我可不保证你能活下来。"

ROPPONGI（六本木）丝毫不畏惧她的威胁，走到窗边后停下脚步，做了个在VR空间里无法体现的按下按键、抬起镜片的动作。

"我退出。没空陪你胡闹。"

说完这句话后，ROPPONGI（六本木）的虚拟角色就保持着右手伸向太阳穴的姿势不动了。

ROPPONGI（六本木）的动作之所以冻结，是因为他在现实世界抬起了VR眼镜的镜片。只要一进行这个操作，虚拟角色就会进入静止状态。

椋田叹息着嘀咕道："六本木先生离开了傀儡馆……没办法，还是把舞台转移到现实世界的巨齿鲨庄吧。"

* * *

加茂抬起镜片，然后摘下眼镜，操作装置与RHAPSODY的匹配自动解除。配合着身体离开中柱的动作，球体的出入口又打开了。

奶油色的墙纸、实木床……这里是加茂所在的现实世界的房间。

他先摘下操作手套，扔在了床上。因为在现实世界戴着那东西实在是行动不便。

房门上装有门锁和防盗扣，都是酒店常见的款式。现在门锁处在打开状态，所以他转动把手，走了出去。

房间外是铺着木地板的走廊。

右边房间里突然走出来一个人——是不破。

他穿着VR操作服，因此看不见标志性的深绿色马甲。只不过……稍微凑近就能感受到不破浑身散发着强烈的压迫感。因为他身高近一米九，又是结实而有肉感的体形。

不过他的脸与体格和年龄极不相称，看起来特别年轻。此时他正眉头紧蹙，像是十分为难。

"六本木的脾气，劲儿一上来就会爆发……希望他别干傻事。"

像是在回应不破的担忧，不知何处响起拖动沉重物品的声音。

加茂与不破快步走向声音传来的方向，不一会儿佑树也追了上来。他们都穿着乍一看像战斗服的VR操作服，尽管身处现实世界，依旧给人极不现实的感觉。

声音来自巨齿鲨庄的大门。

六本木从餐厅拖了一把木头椅子。他好像都没顾上摘掉VR眼镜和手套，透过抬起的镜片缝隙露出了凌乱的白发。

"试图逃离巨齿鲨庄是严重违反规则的行为。"

安装在天花板附近的监控摄像头里有内置扬声器，从里面传出了熟悉的人声。六本木哼笑道："把门打开。我不是说了要退出吗？你跟剩下的七个蠢货继续玩游戏吧。"

"……如果你坚持抵抗，这边将会启动智能手表里的死亡陷阱程序。"

"哼，有本事你就启动！"

六本木高喊一声，对准大门举起了椅子。加茂他们试图制止，但是为时已晚。

瞬间，六本木突然全身痉挛。椅子从他手上滑落，砸在木地板上，发出了刺耳的响声。

"第一名牺牲者出现了。"椋田唱歌似的喃喃道。

六本木拼命瞪大眼睛，摇晃脑袋，却只能发出不成人声的呻吟。他轰然倒地，紧接着身体颤抖，嘴角溢出了白沫。

"快过来帮忙！"

不破跑到六本木身边试图急救。

不破跟加茂一起推着六本木侧过身，让他口中的白沫和呕吐物缓缓淌出来，以防窒息。

挪动的过程中，不破的手指碰到了VR眼镜的按钮，镜片滑落下来，遮住了六本木的眼睛。等白沫略有减少，不破立刻摘掉了压迫六本木头部的VR眼镜。加茂则松开六本木的紧身VR操作服，开始做心肺复苏。

然而这些急救措施在毒药面前毫无作用。片刻之后，不破用颤抖的指尖轻触六本木的侧颈，低声说道："不行……没救了。"

这时距离最初的痉挛，只过去了短短几分钟。

七个人都聚集在了门口，他们像丢了魂一般，直勾勾地注视着死去的六本木。

加茂从遗体手上摘下了控制手套。

摘掉右手的手套时，智能手表好似完成了任务一般，解开锁定松脱下来。六本木的手腕上当然不再有脉搏，再看手腕外侧，赫然有个疑似被毒针刺破的新鲜伤口。

乾山呆滞地喃喃道："智能手表里的死亡陷阱果然不是吓唬人的啊。"

"……讨厌！"

一个长相酷似虚拟人物AZUMA的女性发出了尖厉的叫声。她双手抱头，拼命摇晃着。

游戏参加者名单上有个名字是东柚叶（AZUMA YUZUHA），想必就是她。

东身材矮小，只有一米五五左右。同时体形偏胖，脸和身体都很圆，给人感觉很柔和。此时她双目噙着泪水，眼角下垂。

加茂以为她要崩溃了，但是没有。只见东喘着粗气怒视监控摄像头，目光好似被逼到绝境的野兽般犀利。

"你要是敢伤害那孩子，我绝对……饶不了你。"

椋田带着笑说道："以前听说护崽的母熊非常狂暴，现在看来人也一样啊。我们挑选的人质都是各位甘愿用性命保护的家人或恋人。现在，应该没人想继续抵抗了吧？"

这过于卑鄙的做法让加茂忍不住咬紧了牙关。东满脸怒容地质问摄像头："你对我们有什么仇恨？为什么要对陌生人做这种事？"

"东女士，你真的猜不到吗？"

东只是一脸茫然，不破却面无血色地喃喃起来。

"椋田这个姓，莫非……"

他的视线掠过虚空，像是自言自语般继续道："对了，那个人有两个孩子……难道你是椋田耀司的女儿？"

"看来，自己杀掉的人叫什么名字，你还是记得的呀。"

不破涨红了脸，像耍赖的孩子般摇起了头。

"不对，那是……"

他试图反驳，却怎么都说不出话来。也许是因为他想起了对方手上还有发动毒针的遥控器，也许是因为别的什么。不管怎么说，不破最后都闭上了嘴。

椋田还在得意扬扬地继续。

"这下你们都知道了吧？这是复仇。"

哼——加茂听见一声叹息，转过头去，一个酷似虚拟人物MUNAKATA的俊美青年不耐烦地开口道："我知道你跟不破先生有仇，也知道你恨不得杀了他。这么说来，我们中间肯定还有你想要复仇的对象吧？"

作为一名男性，栋方的声音有点尖，还带着独特的沙哑。

"……你说得没错。"

"既然如此,就拜托你把目标锁定在那些人身上吧,别牵连我们这些毫无关系的人。"

他的声音很冷漠。也许因为外表格外端正,栋方眼中的冷酷显得非同寻常。

扬声器里突然炸响一阵大笑。

"啊哈哈!你想什么呢?你们这群人,没有一个是毫无关系的。不破先生和栋方先生,你们都是当事人。"

"因为……我们都是业余侦探?"佑树喃喃道。

加茂显然没想到这一点。在场所有人的共同之处,可能真的只有同为业余侦探而已。然而他从未考虑过这个事实和椋田的动机有关。

佑树似乎说对了。隔着扬声器也能听出椋田的气息突然有了一丝动摇。

此时,佑树还在自言自语。

"我参与并解决过几个案子,但从来不认为自己是侦探……但是在你眼中,我跟他们是同一类人,对吧?"

这一定是佑树的心声。

加茂也不知道为什么,佑树似乎很讨厌侦探这种称号。

几年前,过年时,喝得烂醉的佑树曾对加茂说:"我啊,最讨厌你这种看穿了一切的侦探气息。"然而,说完这些让加茂大伤脑筋的话后,第二天佑树自己倒是忘了个一干二净。

听到这番话,椋田发出哼笑声。

"你比我想的还要狡猾。没想到你是这么卑鄙的人。"

"……啊?"

"你想说只有你是例外,要我放过你吗?"

椋田的声音里透着明显的厌恶。佑树听得愣住了,加茂轻叹一声,开口道:"这下我明白了。"

"什么?"

"你并非对某个人心怀怨恨,而是强烈地憎恨着所谓的业余侦探,对不对?"

片刻的沉默过后,椋田突然发出了疲惫的声音。

"加茂先生,我现在越来越可怜你了。你什么事都要掺一脚,不四处打探就活不下去。这正是你具备侦探天性的证据啊。"

加茂自嘲地眯起了眼睛。

"不好说啊。要是过去发生点什么差错,我可能就走上犯罪的道路了。"

"幼稚的狡辩。不管怎么说,猜动机没有任何用处,因为猜中了也改变不了事态。"

她说得也有道理。就算知晓了动机,椋田也已经杀了六本木,不太可能轻易被说服。

不一会儿,椋田又喃喃地继续道:"不说那些了……你们对如何在游戏中存活不感兴趣吗?"

长得跟游戏里的MICHI一模一样的女性回答道:"难道只要打通了游戏,我们和人质……就都能被释放吗?"

加茂想起游戏参加者名单中有未知千明(MICHI CHIAKI)这个名字。她自称是万事通,看起来非常可疑,因此加茂一直以为未知千明是男性。

她是个给人感觉十分失衡的女性。

干燥的肉感双唇让她带有一种软糯的成熟之美,但她的双眼却充满孩子气,散发出初中生似的调皮光芒。在此之上,她的全身又萦绕着一种对整个世界疲惫至极的氛围。

椋田用夸张的声线回答了未知的问题。

"只要各位侦探满足了胜利的条件,你们就自由了,就能实现一个愿望。无论你们有什么愿望,我都能实现。"

这是 Battle Without Honor 的广告词。

加茂的脑海中闪过海报上翠绿色头发的魔女。

乍一看很完美,但总觉得缺了点什么,隐隐散发出疯狂与执着气息的魔女……在游戏中,翡翠魔女是个诡计多端的捣蛋鬼。

听了椋田的回答,未知显得半信半疑。

"我们可以相信你吗?"

"当然可以。作为游戏管理员(gamemaster),我绝对不会说谎。"

乾山拨弄着刘海,间不容发地问道:"你不觉得你的行为很矛盾吗?如果真的想杀了我们,大可以在安眠药起效后一次性全解决掉。为何还要用玩游戏这么拐弯抹角的方式?"

"问得好。其实我也想那么做……但众生皆有一死,如果只是稍微加快了死亡的进程,又怎么能称之为复仇呢?我得先让各位经历比死更痛苦的、活生生的绝望的折磨啊。"

未知的表情扭曲了,但很快就露出了温和的微笑。

"看来你并不打算让我们活下来啊。接下来的游戏内容是什么?"

"我准备请各位按照预定,玩 VR 游戏《谜案创造者2》。"

"……哈?"

未知的笑容僵住了。然而,在场最惊慌的人是加茂。

……按照预定?难道要我在这种情况下扮演凶手?!

这时,东冈哼了一声。

"我有点搞不清楚状况。之前听说将在试玩会上扮演凶手角色的人也在我们之中,那只要那个人说出自己设计的作案方法,游戏不就通关了吗?"

"啊哈哈,那怎么可能?你这想法,简直跟单细胞生物一样呢。"

这句话明显是为了挑衅,看起来脾气就火爆的东果然被气得满脸通红。

"凶手角色的确在你们中间,不过跟侦探角色一样,凶手角色也有人质在我手上,只能听我差遣。其实,除了凶手角色……你们中间还有一个人是我的共犯。"

加茂感到胃里一沉。

此前七人之间好不容易萌生的一点同伴意识瞬间消失,被猜疑取代了。他们互相凝视着,都想找出那个不可能发现的叛徒。

椋田应该通过监控摄像头看见了这一幕,她高兴地继续道:"请各位将我的共犯称为'执行人'。从现在起,那位执行人将作为我的左右手,用你们制造一场血祭。"

\* \* \*

"'献给侦探的甜美死亡'以 VR 空间傀儡馆为主要活动舞台,联动现实世界的巨齿鲨庄,形成一个双重封闭空间。游戏的结束时间设定在两天后的二十四日正午……"

她说的结束时间与原本的试玩会结束时间一致。

椋田继续道:"下面开始说明游戏规则吧。首先是游戏设定,参加者将被分成'侦探角色'、'凶手角色'和'执行人'三组。"

负责凶手角色的加茂决定保持沉默,看对方究竟要搞什么把戏。

最先开口的是不破。只见他用力耸了耸肩,说道:"剩下这七个人里,几乎全都是侦探吧?其中一个是凶手,还有一个是执行人,对吧?"

椋田呵呵笑了。

"如果要详细定义这三个角色,可以说侦探角色负责解开凶手角色与执行人制造的事件,并指出凶手角色的身份。凶手角色要在VR空间里完成犯罪,并解开非自己制造的事件,指出执行人的身份。执行人则负责扰乱其他玩家的判断,并执行杀害行为,其目标是让所有侦探全灭,或是游戏超时。侦探角色与凶手角色虽然立场不同,但都属于侦探组的一员,唯独执行人不一样,是站在我这边的。"

这时,佑树战战兢兢地开了口。

"那个……是不是侦探角色或凶手角色任何一方完成任务,就算游戏胜利了?"

"当然。各位侦探中只要有一个人满足胜利条件,就判定为我与执行人败北。换言之,届时还活着的所有人都算获胜了。"

听到这个回答,佑树的表情更困惑了。

加茂似乎明白他为何会有这样的反应。

椋田以劫持人质这种恶毒的手段监禁了加茂等人,就算再说出"只有满足了胜利条件的那个人能够得救,其他人都得死"的宣言也毫不奇怪。如此一来还能进一步加快加茂等人的分裂,让他们自寻死路。

然而,椋田所说的规则却对业余侦探一方有利。

……她为何要在这一点上给予大家怜悯?

"可能有人在想，胜利条件太过松懈了吧。"

椋田说的话正中加茂心中所想，他忍不住反问："什么意思？"

"无论是侦探角色还是凶手角色，每个人只能给出一次解答。当然，你们必须单独进行推理，不可以跟别的玩家合作。只要答案稍有出入，该玩家就要被判定为失败。"

"……失败了，会怎么样？"

"没能解决事件，难道不是最该令侦探蒙羞的行为吗？如果失败了，当然要付出生命的代价。如果是真实的事件，侦探的推理出现错误，往往会导致新的牺牲者出现。平时你们牺牲的也许都是别人，但是在这个游戏里，要请你们赌上自己的性命。"

见加茂等人都无言以对，椋田乘胜追击道："还有，如果侦探角色和凶手角色在规定时间内均未能满足胜利条件，就都要当场死亡。因为不会推理的侦探没有存在的价值。"

栋方叹口气说："你准备如何杀死失败的玩家？还是用手表里的毒针吗？"

"怎么可能！手表里的毒针只在有人违反游戏规则时发动。失败的玩家将会成为执行人的下一个目标。"

椋田故作夸张的语气惹得栋方眯起了眼睛。

"原来如此……如果输了，就会成为执行人下一次作案的牺牲者。"

"玩家一旦推理失败，就会沦为阻碍其他玩家的谜题。世上还有比这更完美的游戏规则吗？"

这令人作呕的想法让加茂的表情扭曲了。未知也铁青着脸，开口道："我怎么觉得凶手角色比侦探角色有利啊？至少他不用解开自己制造的事件。"

"这方面的平衡我也考虑到了。凶手角色必须实施自己策划的完美犯罪,而一旦作案失败,就算 GAME OVER。"

椋田不为所动地追加了新规则,笑着继续道:"刚才说了,只要侦探角色能给出完整的答案,就算满足胜利条件,游戏宣告结束。可是……如果侦探角色只解决了凶手角色制造的事件,那就糟糕了!因为凶手角色也要跟着没有完整解决谜题的侦探角色一起被判定为失败。"

未知一脸怜悯地回应道:"哎呀呀,侦探角色能否完整解决谜题,真是'只有神明才知晓'吧?说到底,凶手角色只能想方设法逃脱侦探角色的追击了。"

"正是如此。"

"原来如此。看看在场的这些人物,那个人想逃过一劫,恐怕不轻松啊。"

未知说这些话时丝毫没有表露出对椋田的敌意。从态度上来说,她跟情绪激动的东正好相反。

未知的目光同时带有初中生的稚气和老奸巨猾的气质。不过这只是她表现出来的态度,未必就是心中的本意。

不管怎么说,加茂的立场都比未知所想的更复杂。

他为试玩会准备了两个案子。

要想活下来,他必须成功执行那两个作案计划。两个案子的真相都不容易解开,但若问他有没有信心靠它们活命,那又是另一码事了。

不过,凶手角色也并非只有不利之处。

尽管很有可能要牺牲自己的性命,但他至少还有自首这一选项。也许他还能在不让椋田发现的前提下,暗中向其他玩家透露一些提示。

"现在也许有人在想……凶手角色可以自首，或者秉持着自我牺牲的精神给侦探角色留下提示。"

又一次被说中心中所想，加茂感到冷汗直冒。这种感觉就像跟会读心的妖怪打交道。

椋田继续玩弄她的猎物。

"凶手角色一旦做出疑似自首的行为，毒针就会当场发动。该角色在说出真相或给出提示之后很快就会丧命……但是这还不够。毕竟玩家要是突然有了自我牺牲的崇高信念，游戏就白白浪费了。"

"你想……干什么？"佑树问道，声音颤抖。

"我要加强凶手角色自首后的惩罚，还有凶手被识破作案方法而失败时的惩罚。一旦发生这种情况，不光凶手角色本人，连人质也会丧命。"

……她到底在想什么！

加茂很想怒吼，但拼命忍住了。

现在加茂只剩下"拼命逃脱侦探角色的追击"这一个选项了。不仅如此，要想保住伶奈和雪菜的性命，他必须亲自探明执行人的身份。

椋田继续道："啊，你们不要可怜凶手角色哦。如果犹犹豫豫不给出解答，超过时间就要大家一起死了。要想在这场游戏中获得胜利，就必须赌上自己的性命，同时践踏他人的性命进行推理。"

不破恶狠狠地说道："你这样做，是想看我们自寻死路吗！"

"呵呵，规则我就说到这里了。"

椋田单方面地结束了这一话题，乾山又抛出了新的问题。

"我们是否可以认为,在现实世界中制造事件的只有执行人?"

"当然可以。现实世界中发生的犯罪行为……全都是执行人所为。"

"可以相信你吗?"

"到底要我保证多少次?作为游戏管理员,我不会说谎的。"

一直陷入沉思的东开口道:"再回答我一个问题。你该不会做出让我们误以为这里只有七个人,其实暗中安排了外部人员行凶的事吧?"

"我才不会做那种有损公平的事。在'献给侦探的甜美死亡'游戏进行期间,傀儡馆和巨齿鲨庄都处于与外部完全隔绝的状态,不会有除了你们七个人以外的人物或虚拟角色进入。还有别的问题吗?"

加茂等人面面相觑,谁也没有开口。

扬声器里又传出了椋田唱歌似的声音。

"七个侦探啊。要是在小说里,会有人揶揄这是'名侦探吸引事件'吧?虽然很难说你们算不算名侦探,不过在别处恐怕很难找到这么多自诩为侦探的人齐聚一堂的机会呢。"

栋方毫不掩饰内心的烦躁,瞪了一眼扬声器。

"那又如何?"

"不,我只是觉得……一个如此特殊的地方,说不定会招来连我都无从预知的世界性危机呢。"

* * *

"这不是开玩笑,真的要引发世界性危机了!"

佑树压低声音愤愤地说道。加茂在确认其他五人听不见他们的说话声后，点头表示了赞同。

"嗯……是啊。"

曾经，加茂为了拯救妻子和龙泉家的人，挑战过"死野的惨剧"这一连环杀人案之谜。

到这里为止，他跟别的业余侦探应该没什么不同。

不同之处在于……他穿越到了一九六〇年，而且"死野的惨剧"确实是关系人类存亡的危机。

如果不是加茂亲身经历过那件事，他恐怕都不会相信。事实上，多亏他解决了那起连环杀人案，重大危机才得以避免。也因为那件事，"龙泉家的诅咒"消失了。

加茂皱着眉继续道："万一……我、伶奈和雪菜成为这件事的牺牲者，危机很有可能以另一种形式卷土重来。"

"我果然没猜错吗？"

佑树的表情也很阴郁。

加茂问道："你那边的情况也差不多吧？"

五年前，佑树被卷进了幽世岛上的连环杀人案。这里先不评论他上岛的理由是"为青梅竹马的朋友报仇"……问题在于，那里发生的案件，同样关系到一场前所未有的危机。

多亏佑树解开了杀人案和幽世岛的秘密，那个危机才得以解除。

"要是我跟三云小姐没命了，同样很糟糕啊。虽然除了我们，加茂先生和伶奈也知道幽世岛的秘密，可你们也被卷进了这次的事件里。"

没错……椋田的行为并不只是威胁到了加茂等人的生命，还很有可能让加茂和佑树赌命挽救的两个危机全都卷土重来。

佑树自暴自弃地笑了。

"你知道龙泉家的家训吗？"

"嗯，伶奈说过好几次。'这个世界充满了不可思议，任何不可能的事情都会发生。'对吧？"

"现在我们又一次实践了家训……被卷入到一场业余侦探齐聚一堂的死亡游戏之中。"

说到这里，佑树闭上嘴，定定地看着加茂。

加茂能看出佑树的眼神在说："你觉得这真的是巧合吗？"他之所以没开口，可能是考虑到有可能被窃听。

加茂盯着地面，陷入了沉思。

从幽世岛回来后，佑树一度试图隐瞒岛上发生的连环杀人案的真相。可是他的解释实在太牵强，于是加茂和伶奈追问了下去。

从他口中听到真相时，加茂感到了深深的恐惧。

……为什么龙泉家的人总是如此容易地被卷入异常事件？龙泉家的诅咒真的消失了吗？

直到现在，加茂心中还留着这个疑问。

能回答这个问题的人，加茂只知道一个。他的脑中闪过了小小的沙漏。

"霍拉。"

他下意识地说出了那个名字。

佑树瞪大了眼睛，但很快又露出悲伤的表情。

"是啊。我虽然没见过他，但如果他在这里……"

霍拉大师拥有世界顶尖的黑客能力。

因为这种特殊能力，霍拉大师逐渐成了近乎都市传说的存在，人称任何愿望都能实现的"奇迹沙漏"。

加茂遇到霍拉——那个沙漏吊坠——是在六年半前。当时，加茂与霍拉组成了一个团队，一同插手惨烈的连环杀人案，破坏了那个充满恶意的计划。

如果霍拉在这里……如果手上有那个沙漏，情况就会完全不一样了。有了霍拉的能力，就能轻松解除智能手表，阻止毒针发动。

但是大约六年前，霍拉离开了加茂。

从那以后，加茂再也没见过那个沙漏吊坠，对方也从未联系过他。

加茂马上摇了摇头。

"抱歉，说了不该说的话……他都已经不在了。"

不知不觉间，门厅里只剩下加茂和佑树两个人了。因为椋田发出了回房间的指示，其他人想必是照办了。

"我们也回房间去吧。"

加茂喊了佑树一声，但佑树还是心不在焉地看着六本木的尸体。

"也许……我本来就没有资格当侦探。"

"怎么突然说这个？"

"我也有过复仇的想法，所以很理解她。当时我想做的事情跟椋田千景现在想做的事情本质上没什么不同。"

加茂虽然困惑，但还是用力摇了摇头。

"不，不对。"

佑树不知道有没有听见他的话，兀自呆呆地说了下去。

"我到现在都不后悔当初有复仇的想法。只是，那个时候我满脑子只想着该怎么亲手去复仇。"

"佑树君……"

加茂不知该说什么，佑树悲伤地笑了笑。

"一个人为了复仇而丢弃掉一些东西后，就再也恢复不了原状了。我早已是那一类人。脑子里的轴歪了，所以我会毫不犹豫地歪曲真相……说不定还会一脸坦然地捏造证据。这样的我，没资格揪她出来。"

说到这里，佑树似乎做好了决定。

"所以……我要放弃侦探角色。"

大脑似乎在拒绝理解传入耳中的话语，加茂愣了一会儿才理解那句话的意思。在此期间，佑树安静地继续道："对不起……我跟加茂先生不一样。我做不到像你那样。"

佑树留下带着痛苦余韵的话语，消失在了走廊上。

## 第四章　试玩会　第一天　第一波

二〇二四年十一月二十二日（周五）20：50

　　加茂回到房间，锁上房门并扣上了防盗扣。
　　他查看了一遍洗手间和衣柜，确认室内没有别人。
　　使用 RHAPSODY 时，人会不可避免地处于毫无防备的状态。为了降低执行人趁机行事的风险，他必须做足防备。
　　其间，他一直思考着佑树刚才说的话。
　　……佑树君为什么要那么做？
　　虽然规则禁止玩家共同推理，但应该可以合作展开调查。然而，佑树好像连这个都不愿意。
　　加茂叹了口气，决定再次进入 RHAPSODY。
　　他靠坐在 RHAPSODY 内部的黑柱上，接口自动对齐，展开同步。最后，他放下了 VR 镜片。
　　下一个瞬间，加茂就回到了傀儡馆的圆桌旁。
　　他好像是最后一个回到 VR 空间的，只见圆桌旁的六个人正紧张地注视着彼此。
　　玩家们已经在现实世界碰过面，而且加茂一一确认过真人的身份和他们的虚拟角色名称确实相符。

可是，他并不能保证自己的判断是正确的。眼前的这个YŪKI，真的是佑树在操控吗？

"七个人聚齐了呢。"

这次椋田的虚拟角色并没有出现在VR空间，而是视野左下角显示出"椋田"二字。

"接下来就用语音沟通吧。怎么了，你们怎么都大眼瞪小眼的？莫非是在担心分不清谁是谁吗？"

因为她的话再一次切中要点，包括加茂在内的所有人都低下了头。椋田哼笑着继续道："放心吧。在'献给侦探的甜美死亡'里面，虚拟角色全部与玩家的外表相符，并且在游戏进行中不会有改变。从VR眼镜内置生物虹膜认证这点也能看出，各个虚拟角色的操控玩家中途无法更换。这样方便你们集中精神推理，不是吗？"

这时，FUWA（不破）看向窗边，露出了痛苦的表情。

"六本木……"

加茂顺着他的视线看过去，发现ROPPONGI（六本木）还倒在大厅的窗边。

上一次见到ROPPONGI（六本木），他是手抬起到右侧太阳穴的姿势。可是现在，他已经变成了加茂等人为他进行抢救时的侧卧姿势。

……刚才抢救时镜片被放下，所以短暂解除了冻结状态吗？

"抱歉，我差点忘了六本木先生的虚拟角色。"

椋田话音刚落，ROPPONGI（六本木）就消失了。

"幸好游戏还没开始。现在，他的虚拟角色和现实世界中的尸体都被排除出建筑物了。毕竟非参加者的尸体和冻结的虚拟角色只会妨碍我们玩游戏嘛。"

她说得就好像是出于好心拔掉了路上的杂草，加茂听了不禁背后发冷。

"唔——"MUNAKATA（栋方）哼了一声。

"那倒无所谓，可你为什么不现身？"

"要我重复多少次才够啊……接下来，'献给侦探的甜美死亡'就要开始了。我已经说了，游戏开始后，傀儡馆和巨齿鲨庄就会与外部完全隔绝。在游戏结束之前，你们七个人之外的人或虚拟角色都无法进出这两个地方，连我这个游戏管理员也不例外哦。"

"也就是说，游戏开始后，你也不会将冻结的虚拟角色从VR空间删除了，是吧？"

"我当然不会做那种有损公平的事情。"

MUNAKATA（栋方）耸耸肩，椋田继续道："再次欢迎大家来到二十二日的舞台。从现在起，七位参加者将开始玩'献给侦探的甜美死亡'这款游戏……VR调查时段设定到晚上九点四十五分为止。"

加茂抬腕确认时间，现在是晚上九点刚过。

KENZAN（乾山）疑惑地问："调查时段是干什么的？"

"本来是用来调查事件的时间……不过VR空间内尚未发生事件，所以你们可以借此机会了解一下傀儡馆的布局。只要不离开VR空间，无论去哪儿都可以。"

"……这个时段结束后会怎么样？"

"从晚上十点到凌晨三点是VR作案时段。简而言之，就是VR空间内发生杀人事件的时段。"

调查时段和作案时段的划分是从《谜案创造者》第一部延续而来的玩法。按照约定，加茂将在作案时段制造事件，看来

"献给侦探的甜美死亡"也沿用了这个设定。

椋田继续说明道："VR空间内发生的凶案不会出现真实的死者，可以算是比较轻松的时段，对不对？遇害的玩家虽然会被强制下线，但是在二十三日的舞台上能够以幽灵的形式复活。"

MICHI（未知）像弹钢琴一样敲着圆桌，露出了苦笑。

"也就是说……凌晨三点前，侦探角色都闲着没事干？"

"作案时段忙碌的只有凶手角色和受害者。啊，不过受害者都死了，同样闲着没事干。"

面对椋田的恶意，MICHI（未知）露出了不耐烦的表情。

她离开圆桌看向窗外，封死的玻璃外是一片深邃的黑暗，大厅墙上的壁灯也完全无法照亮。

YŪKI（游奇）也走到窗边，额头抵着玻璃，凝视着外面。

"外面好黑啊，草木和地面都看不见。"

"没错，因为傀儡馆之外是一片虚无。"

"虚无？"

"字面意思，这座建筑物的外面什么都不存在。"椋田含笑答道。

这里是VR空间，馆外其实也能设定一些风景。加茂专门问过十文字D，因此知道这件事……但事实上，傀儡馆之外确实什么都没有。

YŪKI（游奇）点了一下智能手表调出地图，然后皱起了眉。

"这座建筑物有玄关，却走不出去吗？"

"傀儡馆的玄关基本就是个装饰，你想开门恐怕也开不了。另外，我劝你们不要试图破坏傀儡馆的玄关或窗户。这座建筑物的外墙和窗户都非常坚固，基本上无法破坏，只会浪费时间。"

MICHI（未知）叹息着嘀咕道："也不会有人想那么做吧。反正外面连地面都没有。"

KENZAN（乾山）又提了个问题："因为无法去外部观察，所以我想问问……傀儡馆的结构和外观都跟这个玩偶屋是完全一致的吧？"

他似乎很在意大厅里的玩偶屋。对此，椋田再次含笑回答道："那个是傀儡馆的十二比一缩放模型。除了屋顶和天花板部分可拆卸这一点外，其余部分与傀儡馆完全一致，包括材料和结构。"

模型的外墙是呈现出凹凸效果的红砖风格。虽然不能用肉眼观察，但傀儡馆应该也是一样的。

接着，KENZAN（乾山）轻抚下巴，抬头看向天花板。

"还有，模型的屋顶被吊起来了。这是为什么？"

正如他所说，玩偶屋的屋顶是通过钢琴线悬吊在大厅天花板上的。

"如果不吊起屋顶和天花板部分，你们不就看不见玩偶屋的内部构造了吗？即使用轻量材质打造，屋顶也有一定的重量，无法用手抬起。所以我们把它吊了起来，还能用遥控器自由调节高度哦。"

椋田说得没错，矮桌上的确摆着一个小遥控器，位置在模型的门厅与KAMO（加茂）的房间之间的凹陷空间内。

"在推理时段，你们可以随意使用玩偶屋。那么，现在就开始VR调查时段吧。"

大厅里的七个人面面相觑。FUWA（不破）清了清嗓子开口道："来都来了，要不我们先做个自我介绍吧。"

"哎哟，这是什么啊！"

MICHI（未知）回到圆桌边时突然痛呼一声。原来她没发现圆桌旁的凳子是固定在地上的，右脚狠狠地碰了一下。

KENZAN（乾山）白了她一眼。

"太夸张了吧。这里是VR空间，根本感觉不到疼痛。"

但是MICHI（未知）仍旧心有余悸地看着自己的右脚和凳子。

"虽然只是一瞬间，但真的很痛。怎么回事？"

已经落座的YŪKI（游奇）心不在焉地回答道："东京游戏展上早就发布过了，你们都没仔细看RHAPSODY的功能介绍吗？我们落座时屁股会产生坐在凳子上的感觉，把手放在圆桌上也会有冰凉的感觉，对不对？这是因为VR操作服再现了人体的触觉、痛觉和冷热感知啊。"

"……无聊。"

MUNAKATA（栋方）嘀咕了一声，气愤地站了起来，走向大厅南侧，抬头观察置物架。

自从在现实世界见过栋方，加茂就开始怀疑他其实是一名女性。因为他的虚拟角色和真人的脸上都没有刮胡子的痕迹，喉结也不明显。而且，他的手指非常纤细。

他是出于某种原因才女扮男装的吗？还是……

加茂没有继续思考下去，因为他觉得栋方很可能不希望别人深究此事，而且他有可能是无性别主义者。

FUWA（不破）看了MUNAKATA（栋方）一眼，苦笑着交叠双臂，置于圆桌上。

他的手跟MUNAKATA（栋方）的手对比明显，凹凸不平且疏于保养。可能因为个子高，他的手比加茂的还大，虽然没有什么脂肪堆积，但手指也要比一般日本人的更粗壮。

片刻之后，FUWA（不破）轻吸一口气，开始自我介绍。

"我叫不破绅一朗，在新宿经营一家侦探事务所。"

坐在他左边的AZUMA（东）突然忸怩起来，红着脸注视着FUWA（不破）。

"看见你的马甲时我就猜到了……你果然就是不破先生呀！我五岁的儿子是你的粉丝……能见到你真是太荣幸了。"

二人握手后，FUWA（不破）笑着对AZUMA（东）说："应该是我的荣幸才对。令郎叫什么？"

"WATARU。"

"很好，为了WAKARU君，我们共同努力，攻克难关吧。"

难得一句感人的台词，却因为FUWA（不破）的耳背变得毫无效果。AZUMA（东）红着脸说："啊，那个……是WATARU。"

FUWA（不破）还是没意识到错误，用力点了点头。

……WAKARU这个名字这么少见，一般人真的会听错吗？

加茂心情复杂地注视着FUWA（不破）。他虽然年长，而且散发出稳重的气质，但好像有点不同寻常。

不知是为了转移话题，还是单纯不懂得解读气氛的老毛病发作了，YŪKI（游奇）小声问AZUMA（东）："不破先生那么有名吗？"

AZUMA（东）似乎很吃惊，但很快就兴奋地介绍起来。

"对呀，他解决了好多起警察都不知如何是好的事件，是个特别厉害的私家侦探。你听说过《Unbreakable侦探》系列童书吗？"

"就是那套畅销书？啊，因为他姓不破，所以叫 Unbreakable 吗[①]？"

YŪKI（游奇）说完，AZUMA（东）笑着点点头。

"那里面的侦探原型就是不破先生。正因为他曾经解决了那么多事件……被人怀恨在心，恐怕也不奇怪。"

听到这句话，FUWA（不破）的表情阴沉下来。但他好像不打算主动开口解释椋田为何指控他为"杀死我父亲的人"。

也许是为了缓解现场的阴郁气氛，AZUMA（东）开始自我介绍。

"话说，我叫东柚叶，在东京 T 市民医院做后勤工作。"

MICHI（未知）打了个响指。

"我听说过你。你哥哥东香介是一位有名的业余侦探，对不对？而你是因为崇拜去世的兄长才成为侦探的。"

"是的，家兄五年前在调查某起事件时去世了。不过你是怎么……"

AZUMA（东）狐疑地看着 MICHI（未知），而 MICHI（未知）还在嘀嘀咕咕地说着："果然是这样。姐妹俩每次结伴旅行都会被卷入杀人事件，堪称全世界最倒霉的侦探……"

AZUMA（东）听了脸色骤然一变。

"你到底在说什么呢？"

见她生气了，MICHI（未知）连忙辩解道："哇，别生气呀……我只是对全国各地发生的案件都很感兴趣，平时收集了很多信息。"

"别开玩笑了，你想说这次也是我招来的不幸吗？"

---

① Unbreakable 是牢不可破的意思。

说到最后，AZUMA（东）已眼中含泪，双手颤抖。

但是加茂发现，她的怒气并非是针对MICHI（未知）的，她害怕的应该是自己的命运，甚至怀疑真的是自己的霉运导致被卷入这起事件。

MICHI（未知）一边安抚AZUMA（东），一边开口道："我叫未知千明，自由职业者、万事通，主要负责为客户解决诈骗问题或防范诈骗。因为在工作中顺便解决了一些事件，结果被当成了业余侦探。"

除了AZUMA（东），又有人瞪了她一眼。这回是FUWA（不破）。

"……我听说过你的事迹。既然要自我介绍，不如也把你的前科介绍一下吧？"

MICHI（未知）满不在乎地笑了笑。

"那种事怎么好意思自己说出口呢？虽然很多人称我为骗子侦探，但我既没被逮捕过，也没被起诉过，身家清白得很。"

看来MICHI（未知）的来路远比加茂猜测的更不寻常。她对左边的KENZAN（乾山）说："这位刘海很长的小朋友就是天才高中生侦探乾山同学吧？因为解决了补习班里发生的暗号杀人事件，你在业内很有名呢。真是年轻有为啊。"

KENZAN（乾山）虽然面露烦躁，却还是礼貌地鞠了一躬。

"我叫乾山凉平，KO高中二年级学生……我所在的美术部好像很容易吸引日常之谜，所以我顺势解决过学校和补习班里发生的一些事件。"

今天是工作日，KENZAN（乾山）相当于翘课过来的。让十七岁的他接下这份需要过夜的高报酬工作会不会违法啊……不过现在想这些也没有用。

不觉间好像形成了按顺时针方向做自我介绍的规矩，于是KENZAN（乾山）左边的加茂开口了。

"我叫加茂冬马，杂志撰稿人，在月刊《未解之谜》上连载与冤案相关的专栏。"

管不住嘴的MICHI（未知）又笑着开口了。

"加茂先生是有名的翻案功臣呢。我用假名去听过你的演讲。"

"那真是谢谢了。不过为什么用假名？"

"别在意细节啦！你讲的明明是真实案件，却令人感动又充满悬疑气息，甚至还有反转……真是比小说还有意思呢。"

她的语气完全不像在夸奖。

接着，圆桌对面的YŪKI（游奇）点了点头，说道："我叫青叶游奇，是一名推理作家。我的姓氏比名字更出名，所以平时主要用这个称呼。顺带一提，我还是加茂先生妻子的堂弟。"

龙泉佑树的本名"佑树"与笔名"游奇"读音相同，所以佑树每次签售都喜欢用"游奇"这个名字。可能因为这样，他在游戏里的名称也设定为YŪKI（游奇）而不是AOBA（龙泉）。

这个笔名还算方便，因为即使加茂叫他"佑树君"，也没有人知道那是在称呼他的本名。

"……AOBA YŪKI？对不起，没听说过。"

AZUMA（东）很抱歉地说完，YŪKI（游奇）无奈地笑了笑。

"因为我不是畅销书作家啊，甚至都没加印过呢。"

MICHI（未知）也是一脸难以释然的表情。

"连我都没听过……奇怪了，我觉得我信息面还挺广的呀。"

她还在嘀嘀咕咕的时候，所有人的视线已经集中到了最后一个人身上。

"最后到栋方先生了。"

FUWA（不破）喊他时，MUNAKATA（栋方）正在拉一个抽屉。

放置那个巨大模型的黑色矮桌带有抽屉，里面有胶水、刻刀等工具，应该是模拟了制作玩偶屋时把工具都存放在里面的场景。

MUNAKATA（栋方）从里面拿起一把美工刀，开口道："栋方希。"

说完，他继续默默翻动抽屉里的东西。FUWA（不破）等了一会儿，继而露出愣住的表情。

"啊，就这些？"

这时，MICHI（未知）插嘴了。

"说到栋方希，那当然是指那位流浪侦探啊！哎呀，我跟他坐同一班船上岛的，当时就在想了。听说这几年他一直带着一条哈士奇犬四处流浪，每次在旅途中解决完事件就又会远走高飞，所以人称流浪者。"

加茂终于忍不住，问了自己一直很好奇的问题。

"这些什么流浪侦探，还有全世界最倒霉的侦探，都是未知小姐自己起的绰号，其实没有别人这么叫吧？"

即使被戳穿，MICHI（未知）还是满脸笑容。

"你怎么能这样怀疑我呢。虽然只有游奇先生我不太了解……但其他人看起来都像是根据实力而非知名度挑选出来的侦探啊。从这个人选就能看出，椋田是动真格的。"

FUWA（不破）站起来说道："椋田说我们中间有一个是执行人。那她应该是让帮凶假装成某个人混进来了。"

KENZAN（乾山）耸了耸肩。

"她也有可能把某位侦探拉下水,让那个人当了帮凶。按照这个逻辑……连这里面相对出名的不破先生和加茂先生,都很难断言不是执行人,对吧?"

所有人都疑神疑鬼地审视着周围的人。

不一会儿,AZUMA(东)放弃似的摇了摇头。

"还是先解散吧,现在应该优先探索傀儡馆内部。"

\* \* \*

傀儡馆的客房也与现实世界里的客房非常相似。

只不过,巨齿鲨庄里的壁纸统一成了奶油色,傀儡馆则是深灰色。这应该是为了让玩家迅速分辨自己处在哪个世界。

现实世界与虚拟世界的天花板都是黑色的,抬头一看就令人感到窒息。

室内放置了宛如监狱用品的金属单人床,床边有个发出磷光的圆形,其中心摆放着单人沙发。

此时是晚上九点四十分,马上就要进入 VR 作案时段了。

"我又打开了语音通信。"

不知不觉,加茂的视野左下角显示出"椋田"的字样。

"各位的房间里都设置了与 VR 眼镜配套的沙发型存档点。离开 VR 空间时请务必存档。"

听了这个说明,加茂感觉有点奇怪。

最近的很多游戏都有自动存档功能,无须玩家手动存档。从这点上来说,这个游戏系统还挺古早的。

他们是不是故意增加了这道程序,防止玩家在意想不到的时候离开 VR 空间?

椋田似乎感知到了他的想法，继续说道："以前的游戏不是要检查打字机或走进洗手间才能存档吗？我特意复原了这种怀旧的系统。"

突然，YŪKI（游奇）的声音插了进来。

"但是菜单界面没有存档选项啊。"

YŪKI（游奇）应该在自己的房间里，看来所有人说的话都会共享出来。

"只要坐在存档点喝口水就OK了。"

加茂垂眼一看，深灰色的沙发边有个脚踝高的置物架，上面果然放着水罐和杯子。

"……只要完成这道程序，各位就可以自由地回到现实世界了。巨齿鲨庄里配备了洗浴设备，也有足够的食物。"

听到食物两个字，加茂突然感到口渴。

细想起来，自从下午两点左右喝了下药的咖啡，他就滴水未沾。现在虽然还不饿，但是在作案时段开始前最好补充点水分。

椋田仍在平淡地进行说明。

"只不过，若没有指示，请不要离开巨齿鲨庄内各自的房间。不听从这条指示者，视作违反游戏规则。"

看来他们只能自由地离开傀儡馆回到现实世界，但不能随意探索巨齿鲨庄。

加茂走向桌子。

现实世界的房间里，桌上摆放了食物等物品，VR空间的桌上则是铅笔、转笔刀，还有调查用的白手套及便笺本。

除此之外，加茂衣服的左侧口袋里还有一个面具和一副黑手套。这些都是供他作案时使用的特殊道具，手套还是防水的，可以用于接触化学物品。

他再次打量房间内部，继而皱起了眉。其实早在监修时他就觉得，这个房间实在称不上舒适。

傀儡馆的主要概念是"人偶之馆"。

这个概念体现在了占据三分之一桌面空间的大量人偶上。这些人偶大小都有十五厘米左右。墙上的交错型置物架上也摆满了人偶，甚至床的四周都堆满了人偶。

要是换成泰迪熊，倒还可爱一些。

然而，房间里的人偶全是头身比和外貌特别写实的可动人偶。也许是开发人员调皮，里面既有摆出英雄落地姿势的，也有摆出恐怖电影里走跳板动作的。

以前给灵异杂志写稿时，加茂曾去相传有座敷童子出没的旅馆取材。那个旅馆里也摆满了人偶和玩具。当然，都是旅客们供奉给座敷童子表示感谢的供品。

现在与那时截然相反……这个屋子里的人偶只让他感觉到了恶意。

他伸手拿起了矮人族装扮的人偶。

拿近一看，组成人偶身体的零件都是木制的，人偶手上的斧头是金属制的，衣服则是正经的布料。人偶的实际重量比看起来的要重。再看看周围的金发精灵和身穿甲胄的骑士人偶，加茂猜测这个房间应该属于古典奇幻风格。

这时，加茂突然跟远处的人偶对上了视线，不由得浑身发冷。

那个人偶酷似加茂，正手持绳索套住旁边人偶的脖子。也许是想表达其实他也只是椋田手上的傀儡而已。

椋田一直在说话。

"VR作案时段内的设定是大家在房间里休息,然后发生了事件,因此请各位侦探务必不要离开傀儡馆内的房间。当然,除非是接到了凶手角色的指示。"

虽然没人提出意见,但椋田好像还是从沉默中感知到了什么。

"……你们是不是觉得,这样对凶手角色太有利了?"

她再一次用仿佛无所不知的态度调侃了所有人,然后继续道:"馆类型的推理小说不都是在所有人回到房间后发生事件吗?当然,这只是表面说辞。实际上,如果预告了作案时间,还让你们自由行动,那就只会苦了我这边的执行人啊。"

FUWA(不破)的声音插了进来。

"侦探难道只能听从凶手的指示吗?"

"那怎么行!我可没让各位侦探不抵抗呀。当你们有了具体的理由,比如听见外面传来可疑的动静,就可以离开房间。"

这时,MUNAKATA(栋方)少见地笑了起来。

"也就是说,我们可以不择手段地自保吗?"

椋田也含着笑说:"何止如此,请各位侦探务必利用凶手角色的失误阻止其作案。毕竟VR空间的重点在于,受害者会以幽灵的形式复活呀。"

"哦?死人不会说话的原则在这里不适用吗?"

"正是如此。凶手角色和执行人都被分配了遮挡用的面具,但是受害者能将发生在自己身上的事和自己的所见所闻当作推理时的材料。当然,也可以与他人共享这些信息。"

……凶手角色甚至不能让受害者知道自己的身份和使用的诡计。

加茂早已知道这个条件,自然也设计了相应的对策。尽管如此，这依旧是对凶手角色非常不利的要素。

椋田略显疯狂地继续道："越是奋力抵抗，侦探角色就越能接近真相。如此一来，侦探与凶手的对决，将不可避免地进入白热化。"

\* \* \*

加茂坐在深灰色的沙发型存档点上，伸手去拿水罐。

放水罐和杯子的置物架只有脚踝高，很难倒水。

杯里的水清澈透亮，比现实中的水更吸引人。然而，就算喝了这杯水也无法解渴，只是杯里的水会配合喝水的动作减少而已。

视野左下方跳出"存档完毕"的字样。

椋田让他在VR作案时段开始时先存一次档，如今他已经完成了指示。

时间是晚上十点……VR作案时段终于开始了。

"提醒你一个注意事项。对了，这段对话别的玩家都听不见。"

加茂刚站起来，椋田就打开了语音通信，他不由得露出苦笑。

"第一棒是我吗？"

"给加茂先生的时间段是午夜零点之前的两个小时。"

"你只给我两个小时，执行人却有三个小时？"

"抱怨也没用。如果不在限定时间内完成作案，就判定你失败。"

"……知道了。"

加茂来到走廊上。

客房都是自动锁，走廊一侧装有解锁的传感器，可以用虚拟角色手上的智能手表解锁。

如果此时发出动静，极有可能让侦探角色察觉有人离开了房间，所以他小心翼翼地走在走廊的木地板上。

在监修工作中加茂已经熟悉了傀儡馆的布局，甚至可以说掌握了这里的每一个角落。

不过在刚才的VR调查时段，他不得不跟其他玩家一起，装出探索陌生场所的样子。

毕竟事件还没发生，其他受邀宾客好像都没进入认真调查的状态，甚至有人早早就结束调查回房去了。反倒是被迫演戏的加茂比他们更积极。不知不觉间，大厅里只剩下加茂和MUNAKATA（栋方）两个人，于是加茂决定回房去，MUNAKATA（栋方）则一直在用看不出想法的眼神注视着加茂。

……也许这七个人里，最危险的就是栋方。

加茂带着这个想法，将左手伸进了口袋。

画面右下角显示出口袋内物品的名称，分别是"作案手套"和"凶手的面具"。他移动手指选择了道具。

加茂首先从口袋里拿出黑手套，戴在手上。

手套材质很薄，有弹性，十分贴合加茂的双手。手腕处有松紧带固定，手心处还有防滑处理……不用说，这就是用来作案的手套。

然后，他操控智能手表，调出了傀儡馆的平面图。

这座建筑物内共有九间客房。

六本木死后，空房变成了两间。加茂的虚拟角色KAMO的房间在北馆，FUWA（不破）、KENZAN（乾山）和AZUMA（东）

的房间也同在北馆。

来到走廊尽头，加茂蹲了下来。这让他想起监修时的情形，不禁苦笑。

……他提出希望能从走廊看见大厅里的情况，工作人员就在连接两者的房门上开了个猫洞。

该游戏中并没有猫，所以这个猫洞一看就很不正常。话虽如此，应该也没人能由此断定加茂就是凶手角色。

猫洞外只有一片黑色塑料膜遮挡，毫无气密性可言，所以里面的声音也能听得很清楚。他隔门细听，好像有人进去了。

是MICHI（未知）。

巨齿鲨软件事先指定了受害人，第一个是MICHI（未知），第二个是FUWA（不破）。加茂在策划犯罪方案之前就已经知道了。

在犯罪前的准备阶段，MICHI（未知）的房间里事先放了一张卡片，上面写着"晚上十点十五分到仓库去"。

虽然趴在猫洞外面监视很不好看，但只要不被发现就万事大吉了。MICHI（未知）丝毫没有察觉到加茂的存在，径直走向厨房。

加茂也快步穿过大厅，蹲在厨房门边。这扇门上也有猫洞。

啪嗒、啪嗒、啪嗒、啪嗒。

MICHI（未知）走进了厨房，鞋跟敲打在水泥地面上，发出轻巧的响动。中间穿插的短暂停顿，想必是她在小心翼翼地观察周围。

加茂又把左手伸进口袋。

画面右下方显示出口袋里的道具名称——"凶手的面具"。他拿出了那个漆黑的面具，是可折叠的款式。

这块扁平的面具在上一部《谜案创造者》中也有登场，是凶手角色专用的特殊道具。只要戴上"凶手的面具"，虚拟角色在其他玩家眼中就会变成某推理漫画中的"小黑"。这么说可能有点可笑，总之，它是连体型和身高都可以掩饰的皮肤道具。

除此之外，面具还有夜视功能。

为了避免在犯罪过程中遭到追捕后无处可逃，凶手角色在作案时段拥有关闭全馆照明的权限。这是《谜案创造者2》里的一种补偿权限，当馆内陷入一片黑暗时，凶手可以借助夜视镜逃脱。但是如果把权限放宽到调查时段和解答时段，可能会有人利用黑暗强行销毁证据。为了避免这种行为，关闭全馆照明的权限被限定在了作案时段。

……但如果能按照计划完成作案，就用不上这个权限了。

加茂这样想着，戴上凶手的面具，继续观察MICHI（未知）的举动。

啪嗒。

脚步声突然停下，接着是铁门开合的响动。

加茂判断MICHI（未知）已经走进仓库，便马上跑进厨房，锁上了通往仓库的门。

他几乎没发出动静，MICHI（未知）应该没发现自己被锁在仓库里了。

到此为止，一切顺利。

* * *

最后，加茂花了一小时二十分钟完成了犯罪。

在游戏内死亡后，现在现实中的未知恐怕已经被强制登出了。傀儡馆中只剩下她的虚拟角色MICHI（未知）的尸体。

只不过……掐紧MICHI（未知）脖子的触感，始终未能从指尖消失。加茂一闭上眼，视野中就会浮现拖拽尸体时留在水泥地上的逼真鼻血痕迹。

他做监修时，游戏内的杀人场景并没有如此逼真。一定是椋田出于恶意，把VR空间里的暴力流血表现都改成了无限接近现实的体验。

加茂忍着恶心，不断安慰自己。

现实中的未知没有事，明天一早就会成为幽灵复活，所以不用在意。

不知不觉，已经是深夜十一点四十五分了。

虽说是VR空间里的犯罪，但加茂在RHAPSODY内做足了每一个动作，因此十分疲劳，还不得不在作案过程中休息了好几次。VR衣服和不透气的手套内侧已经满是汗水。

加茂回头看向仓库门。

密室已经完成。尽管他的诡计并非刀枪不入，但至少不会马上暴露他就是凶手角色的事实。

他拖着疲惫的身体回到了大厅。

时间还有富余，于是他走向了玩偶屋。

早在做监修时，加茂就很在意这个巨大的模型。里面的微缩家具都做得十分精致，从大厅圆桌到客房床铺，样样均与实物别无二致。

定睛细看，每个房间里的人偶、铅笔，甚至厨房里的调味瓶都用十二比一的比例完美再现了。玩偶屋里的壁灯甚至将模型内部照得灯火通明。一切都是无可挑剔的复原。

当然，这个玩偶屋并非制作者煞费苦心亲手雕琢的，因此在技术和艺术层面上可谓毫无价值。

尽管如此，这个VR空间里的玩偶屋还是具有微缩模型所特有的、怎么看都不会腻的魅力。

加茂突然发现放置玩偶屋的矮桌上有张便条，放在模型的大厅和门厅窗户附近。

上面有两行铅笔写下的字迹：

ArteMis Hero

Ares hinted Pen

"阿尔忒弥斯英雄，阿瑞斯暗示了笔……什么意思？"

上面的文字意义不明，语法也有点别扭。

在希腊神话中，阿尔忒弥斯是月亮与狩猎女神，阿瑞斯则是战神。两行字的共同特征只有源自希腊神话这一个，但整体看来毫无意义。两尊神的故事也没有特别的暗示。

……这难道是佑树君写的？可是，他为什么要写这个？

不知思索了多久，加茂抬眼看表，惊觉时限快到了。

他慌忙走向通往北馆的门，抓住了门把手——这个瞬间，右手突然传来令他心中一惊的感觉。

指尖痛得发麻。

他条件反射地松开了把手，却不知究竟发生了什么。

右手仍有些麻。加茂开始害怕，险些按下了抬起镜片的按钮。在千钧一发之际，他恢复了理智。

……不行，现在抬起镜片就算违反规则了，无论怎么解释都要没命。

稍微冷静下来后，加茂发现门把手上沾着血迹。

他惊愕地看向右手，只见食指到无名指的位置被划了个口子，手套也破了。

伤口并不深，但鲜血还是不断滴落到地毯上。因为是在VR空间里受的伤，他只感受到了短暂的疼痛，现在已经没有感觉了。

加茂试图脱下手套检查右手的情况，然而手腕处的松紧带很紧，手套又特别贴合，轻易脱不下来。

好不容易脱下手套，他发现伤口处留有美工刀的刀片。

他慌忙去检查门把手。

圆球形把手的下方……涂着已经染了血的胶水。位置很隐蔽，从上方乍一看很难发现。

加茂忍不住小声嘀咕："有人把美工刀的刀片粘在门把手上了吗？"

加茂在VR调查时段碰过这个门把手，当时上面还没有东西。

他转身走向玩偶屋。这回他不是要看模型，而是要检查矮桌的抽屉。果然，里面的美工刀和胶水都不见了。

……是栋方干的。

加茂凭直觉这么想，不禁皱起了眉。

MUNAKATA（栋方）一直在大厅磨蹭到了VR调查时段的最后一刻。他一定是等所有人都回了房，才把刀片贴在了门把手上。当然，这是为了弄清谁是凶手角色而设下的即兴小陷阱。

"……哎呀，这下可麻烦了。"椋田高兴地低语道。

加茂捂住伤口，防止血液滴落，继续检查通往南馆的门，也是一扇开了猫洞的门。

果然，这边的圆形把手上也粘了刀片。

这两个陷阱预计发动的时机，是凶手从自己所在的馆移动到别的馆，或者在大厅等共用场所完成犯罪返回时。

加茂的情况属于后者。

"明天一早来个虚拟角色大检查，你就掩饰不了凶手的身份啦。这可是致命的问题啊。"

情况如此危急，椋田的笑声却十分悦耳。拥有天使笑声的恶魔……

加茂压低声音反驳道："只要作案方法不被识破，就没有问题。"

"'只要不被打到就无所谓'吗？会说这种话的玩家一般都死得早。"

加茂走进厨房拿了块抹布，用左手将其打湿。尽管知道没用，他还是擦掉了北侧门把手上的血迹。

"你做这种事有什么用？"

……什么用都没有。

只要虚拟角色的手上有伤，就算擦了血迹也没用。

即便如此，加茂还是把能找到的血迹都擦掉了。好在大厅的地毯是深褐色的，血滴在上面不会很明显。

他没时间藏匿卡在手套上的刀片和沾了血迹的抹布，只好拿回自己屋里。

来到北馆走廊时，已经稍微过了午夜零点。可是椋田并没有刻意指出来。

加茂一度猜测椋田只是碰巧没发现，随即又想到这个人动不动就想判人出局，所以可能是规则只限定必须在限制时间内完成不可能犯罪，但稍微晚点回房不要紧。

此时椋田又一次得意扬扬地开口了。

"接下来，你将受到侦探角色的集中攻击。你觉得你能活下来吗？一旦作案手法被看破，你的妻子和女儿都要被牵连哦。"

要不择手段地保护伶奈和雪菜。

可是一旦被侦探角色看破作案手法，加茂就再也做不了什么了。唯一能做的，也许就是祈祷侦探角色能够给出完整的解答。

加茂默默地向前走着。

"我啊，最期待看到你绝望的表情了。喂，你怎么不说话呀？"

……能够确保伶奈和雪菜安全的办法只有一个。

为了鼓励自己，加茂哼笑了一声，说道："无聊。我只需要比任何人都快地找出执行人所犯事件的真相不就行了吗？"

椋田没有回答他。

## 第五章　试玩会　第二天　调查时段①

二〇二四年十一月二十三日（周六）7:00

加茂睡得很浅，且很不安稳。

清醒梦——加茂在梦中重温了昨天的经历。

……为了赶上第一班新干线，早早离开了家。

雪菜还在睡，所以他很注意没发出声响。伶奈睡眼惺忪。

"路上小心啊。"

伶奈的左手戴着智能手表。

……毒针！

加茂心中一惊，但不明就里的伶奈已经微笑着关上了门。他在梦中都那么无力。

转眼间，他已经到了冈山县K港。

去戌乃岛的船程要二十分钟。天气很好，海面风平浪静。

佑树在旁边摆弄手机。直到走进巨齿鲨庄他都没跟加茂说一句话。

不一会儿，佑树抬脚走向渡轮架设至岸上的阶梯。加茂见状喊了一声："别去！不然……"

佑树毫不理睬他的劝告，就这么上了船。

监修游戏时混熟的十文字 D 给他们当向导。

十文字个子中等，肌肉发达，圆圆的鼻头让人不禁联想到泰迪熊。

除去船长，渡轮上连加茂和十文字在内共有七人。看见十文字身边那个面带笑容的杏仁眼女性，加茂突然浑身一震。

……对了，椋田千景是跟我们一起坐船上岛的。

虽然是梦境，但眼前的光景都是加茂实际看到过的。椋田与十文字一路都在亲密地交谈，只不过距离有点远，加茂听不见他们在说什么。

突然，他的脑中浮现出疑问。

十文字是椋田的帮凶，还是被监禁的工作人员之一？

尽管只在监修时有过短暂的来往，但加茂知道十文字是个爱开玩笑的气氛活跃者，开发人员都很喜欢他，因为有他在，监修工作始终在一片和睦的气氛中推进。那个性格如此开朗、还专门为加茂办了壮行宴的十文字……竟会参与这种事吗？加茂有点不愿意相信。

渡轮在戌乃岛放下加茂等七人，然后离开了。就这样，他们被扔在了这座充满恶意的岛上。

不久后……梦中世界迅速模糊，看不清轮廓。

智能手表发出尖锐的闹铃声，惊醒了加茂。

奶油色的墙壁。这里是巨齿鲨庄的房间。

时间已经是上午七点十五分。虽然只睡了两个小时，脑子却意外的清醒。

冲个澡洗掉残留的梦境后，加茂草草吃了个面包当早餐。游戏结束的时间是二十四日正午……前方的路还很长。

但是一想到VR作案时段结束前发生的事情，他就真的没了食欲。

凌晨两点五十分，椋田下达了登出再登入的指示。

"《谜案创造者2》还在开发阶段，如果玩家保持登入状态整整两天，容易引发Bug。所以现在要请你们重新登入。"

Bug是指游戏中出现超出设定的现象。比较具有代表性的Bug有虚拟角色卡在墙里无法移动，以及敌人变成无敌状态。以前还有过一发大招就废档的恶性Bug。

"要是发生了违反物理法则的Bug，就无法确保推理游戏的公平性，对不对？为了避免这种情况，所有玩家都要每天登出一次。"

这个规则加茂也是头一次听说。

紧接着，KENZAN（乾山）在语音通信中提问。

"这个规则也适用于执行人和凶手角色吗？"

"当然了。日常的登出操作可以在存档点进行。呵呵，不过也有人惨遭杀害，已经完成第一天的登出了。"

比如被加茂杀死的MICHI（未知）。

椋田又继续道："最常见的Bug就是虚拟角色穿过了墙壁或关闭的房门……但是我可以保证，在这个游戏里绝对不会出现那种Bug。无论玩家在现实世界做出何等异常的动作，虚拟角色的身体都一定会在碰到墙壁或门板时停下来，不会穿过去或卡在中间。"

这时，AZUMA（东）插嘴了。

"那还有什么Bug呢？"

"请各位放心，包括穿墙Bug在内，凶手角色和执行人都绝对不会利用Bug和故障进行犯罪。万一游戏运行中出现了Bug

或故障，我保证会立即通知所有人。"

加茂坐在深灰色沙发上，喝了一口水。

这是他第五次存档。倒满一杯的水，这时恰好喝完了。视野左下角跳出"存档完毕"字样。

接着只需登出游戏，回到现实世界，然后再登入就行了。

然而就在这个瞬间，语音通信中突然传来有人被死死卡住喉咙的声音。

"竟……是……"

接着是一声重重的钝响。

椋田唱歌似的说道："呵呵，又有一名牺牲者了。"

加茂吓得面色惨白……刚才那个声音，似乎有点像佑树？

"刚才那是 VR 空间里发生的事吧？"

他好不容易挤出了这个问题，椋田却呵呵笑着，打碎了他的希望。

"虽说是 VR 作案时段，但我可没说现实世界中不会出现死者哟。"

加茂惊得喘不上气来，椋田又毫不留情地继续道："不要慌，天亮之后自有分晓。尚未完成第一天登出的人，请立刻进行登出登入的操作。"

加茂心不在焉地完成登出，回到了现实世界。

他坐在 RHAPSODY 内部，顶着抬起的镜片，内心茫然。手腕一动，智能手表的屏幕被点亮，他注意到了上面的时间。

恰好是凌晨三点。

……佑树君他，没事吧？

耳边又传来了椋田的呢喃。

"除去在 VR 作案时段丧命的人……只有你还没完成登入操

作哦。"

她似乎还在说如果拒绝登入就将被视作违反规则,但加茂没在听。

他的脑子一片空白,仅凭肌肉记忆放下了VR镜片,完成了登入。

回过神时,已经坐在了VR空间的存档点上。

只听椋田继续流畅地解说:"欢迎各位来到二十三日的舞台。从现在起,游戏正式进入第二天。"

KENZAN(乾山)提出了质疑。

"喂,你该不会趁我们登出的时候抹去VR空间里的犯罪痕迹和证据吧?如果是游戏开发者,想做这个手脚肯定易如反掌。"

"我怎么可能做那种事呢?你一个高中生,也太缺乏人与人之间的信任了吧。这座建筑物准确反映了'二十三日凌晨三点保存的傀儡馆内部的状况',我绝不骗人。否则这就不能叫推理游戏啦。"

据加茂所知,不管是什么游戏,当玩家再次登入时,系统都会读取上一次退出前保存的游戏进度。

目前这个建筑物内的物品、家具和门窗(包括虚拟角色的尸体及相关痕迹),都与加茂登出时傀儡馆内的状况和配置相同。既然椋田以游戏管理者的身份如此断言,那应该可以相信。

椋田带着笑意继续道:"那么从现在起,请各位抓紧时间休息。不管是在VR空间还是现实世界,只要不离开自己的房间,就可以自由活动。上午八点开始,就是大家最期待的VR调查时段。"

\* \* \*

现在，时间已近上午八点。

从窗外洒进来的阳光让加茂眯起了眼，他穿戴上VR操作服和手套控制器，一边完成与RHAPSODY的同步，一边继续思考。

……那个被扼住喉咙的声音，真的是佑树君发出的吗？

随着时间的流逝，他越来越觉得那是别人的声音。这里面也许掺杂着加茂希望佑树平安无事的愿望，但不管怎么说，天亮之后，他似乎更加相信佑树没事了。

不过，加茂还有另一个烦恼。

这个游戏里，最吃亏的角色一定是凶手。

每次作案他都要冒着失败的风险，即使成功了也还要全力躲避侦探角色的围追堵截。在此之上，一旦作案手法被拆穿，他受到的惩罚将比任何角色都重。

憎恨业余侦探的椋田在八人中挑选了加茂扮演凶手角色，必然有其理由。

加茂对自己的记忆力很有自信。曾经的所见所闻他基本都记得，且从来不会忘记见过的人的长相。他可以确定，在收到这次试玩会的邀约之前，他从未见过椋田千景。

尽管如此，加茂却在椋田身上感受到了某种执着。"我啊，最期待看到你绝望的表情了。"她说这话时的声音听起来极不正常。

……她为何执着于我？

\* \* \*

想着想着就到了上午八点，加茂进入了VR空间。

他先看了看虚拟角色的右手。

指尖处的血已经止住了，但伤口还很明显。这是暴露他是凶手的铁证。

他轻叹一声，走出了房间，迈着沉重的步子穿过走廊。

打开大厅大门的瞬间，加茂愣住了。因为眼前是一片黑暗。

一开始他还以为是整座建筑物的照明被熄灭了。

作为凶手角色，加茂拥有熄灭活动舞台全部照明的权限。他怀疑这是也拥有该权限的执行人为了让所有人都看不到现场情况而做出的举动。

但他很快想起，这一权限只能在作案时段使用。再仔细一看，北馆的走廊上一切正常，灯都亮着。

……怎么回事？只有大厅里的灯熄了？记得午夜零点时大厅里的灯还亮着，怎么现在却灭了？

室内唯一的光源是稍远处的模型发出的，从微缩窗户里透出隐约的灯光。

大厅里的黑暗如此浓重，也许是因为傀儡馆之外是一片虚无吧。

因为外面没有星光和月光，因此室内陷入了在现实世界中体会不到的黑暗。大门上虽然有猫洞，但贴着黑色塑料膜，走廊和隔壁房间的灯光几乎透不进来。

跟在加茂身后进来的KENZAN（乾山）也瞪大了眼睛。

"欸，这是罪犯那边有人关了灯吗？"

"好像是的。"

加茂摸索着，按下了房门左侧的开关。

所有壁灯同时亮起，正好从南侧进来的MUNAKATA（栋方）眯起了眼睛。此时是八点刚过，加茂他们是第一批进来的。

MUNAKATA（栋方）面朝圆桌，抱起了胳膊。

"原来如此……有两个人被杀了啊。"

圆桌上摆着两个人偶。

一个是与未知样貌相仿、身穿燕尾服的女性人偶。人偶的脖子上缠着丝线。另一个是国王模样的人偶，右手举着酒杯，长相与佑树有点相似。两个人偶的嘴角都被染红了，全身关节扭曲变形。

看过人偶后，KENZAN（乾山）皱起了眉。

"一个是被勒死的，另一个是被毒死的吧？"

加茂的确勒死了MICHI（未知），而放置人偶的人知道这一点……那无疑是执行人干的了。

他看向MUNAKATA（栋方），突然感到胃部一阵抽痛。

MUNAKATA（栋方）在检查南侧房门，还做了个从把手上拽下什么东西的动作。那一定是在回收他自己放置的刀片。

……不行，现在光注意MUNAKATA（栋方）的行动没有意义。反正也只能顺其自然了。

等候所有人到齐时，加茂决定去看一眼电灯开关。

这座建筑里安装的是宽型开关，他目测开关面板的尺寸大约是十厘米乘四厘米。

就在刚才，加茂按了北侧的开关……当时他戴着调查用的手套，因此，若开关上有什么痕迹，极有可能是执行人留下的。

跟他同时开始检查开关的KENZAN（乾山）露出了遗憾的表情。

"没有痕迹呢。"

"是啊。别的开关呢……"

加茂环视四周，发现这个房间里只有北侧和南侧两处电灯开关。

"好，那就看看南侧的开关吧。"

说完，加茂转身朝大厅的另一头走去。

房门左边的架子上杂乱地摆放着人偶。大厅只有这个南侧的架子上有人偶，圆桌上那两个应该也是从这里拿的。加茂记得在昨晚的VR调查时段，MUNAKATA（栋方）仔细查看过这个架子。

房门右侧便是那个微缩模型。

看到模型的瞬间，加茂就发现屋顶部分被放下来了，导致看不见模型的内部了。他记得午夜零点时还能看见模型内部，也就是说，有人在那之后放下了模型的屋顶部分。

……究竟是出于什么目的？

加茂把这个信息记在脑中，先去看了看模型所在那一侧墙上的电灯开关。片刻之后，听见KENZAN（乾山）吹了声口哨。

南侧开关上有一大块黑色污迹，而且……污迹上能看出拇指、食指与中指的印子，就像有人将右手按在了开关面板上。

"这个指印应该是行凶者那边的人留下的，就是不知道这块黑色污迹是什么。"

加茂嘀咕着，KENZAN（乾山）咧嘴一笑。

"不管是什么，都是强有力的线索。"

加茂转身通知大家这一发现，瞬间浑身一震。MUNAKATA（栋方）在查看北侧的房门，那上面已经没有美工刀刀片了，应该只剩下凝固的胶水。MUNAKATA（栋方）从圆形把手上撕下了什么东西，满意地点了点头。

离开房间时，加茂戴上了调查用的白手套，遮住了伤口。

但是他没动几下，手套上就渗出了淡淡的血迹。MUNAKATA（栋方）应该发现了他指尖受伤的事实。

MUNAKATA（栋方）迟早会揭穿加茂。

暴风雨前的平静会持续到什么时候？这虚假的平静……对加茂而言，反倒是无尽的痛苦。

没过多久，AZUMA（东）从北馆进来了。

加上她，大厅里也只有四个人。YŪKI（游奇）还没出现，加茂内心有些不安。

……莫非凌晨三点听见的声音，真的是佑树君发出的？

这时，KENZAN（乾山）叹息着嘀咕道："现在还差游奇先生、未知小姐和不破先生，我们最好去他们的房间看看。"

"其实我不想待在这里，想回到现实世界查看情况……可是那个疯女人又说什么VR调查时段不准回到现实世界，太霸道了！"AZUMA（东）很不甘心地抱怨道。

KENZAN（乾山）一边伸手去开北馆的门一边说："我们分头行动吧。我先去不破的房间看看……"

就在他碰到门把手的瞬间，突然有人在走廊上推开了北馆的门，险些把KENZAN（乾山）撞倒。

"抱歉……我没想到有人。"

FUWA（不破）站在门外，一脸疲惫。

"你这么晚才来，干什么去了？"MUNAKATA（栋方）尖锐地质问道。

FUWA（不破）露出了苦笑。

"我常年低血压，经常早晨起不来床，再加上今早一踏入傀儡馆就觉得身体特别沉重，稍微动一动就喘不上来气，甚至还耳鸣。"

FUWA（不破）的呼吸确实有些凌乱。KENZAN（乾山）忍着哈欠说道："其实我也一样。"

"可能因为长时间的紧张和睡眠不足吧。我迷迷糊糊的时候梦见自己被会动的蘑菇袭击了，不过总比被豆腐袭击要好。"

听FUWA（不破）的话，好像他经常会做这样的梦，加茂就从未梦见过如此奇特的事情，也许不破这个人表面上严肃，脑子里的想法还挺天马行空的。

这时，AZUMA（东）带着不止一重的担心开口道："你没事吧？最好别勉强，好好休息啊。"

"没关系，血压马上就恢复了。先别说我了……"

"我没事哦，虽然变成幽灵了。"

不知何时，MICHI（未知）出现在了南侧的门边。

她的头上多了个天使的光环，那是人物变成幽灵的标志。

看着不像天使反倒更像恶魔的MICHI（未知），FUWA（不破）露出了微笑。

"没事就好。"

"虚拟人物被杀的瞬间，系统就把我踢出去了……然后我就一直在现实世界等待。不是凌晨三点开始算第二天吗？我等到那个时候才再次登入，重新回到了自己的房间。不过嘛，已经变成幽灵了。"

加茂本来指望幽灵人物有登入限制，所以YŪKI（游奇）才迟迟没有走进大厅。现在MICHI（未知）出现了，他最后的一丝希望也破灭了。

加茂脑中闪过最糟糕的情况，按捺不住开口道："先去看看佑树君吧，他也许在自己房间——"

"现在着急有什么用？"MUNAKATA（栋方）哼笑道。

"你什么意思？"

"加茂先生应该很清楚吧。游奇先生这个时间还没出现在大厅，证明他很可能在现实世界也被杀了……再怎么着急，也已经晚了。"

这也许是事实，可栋方毫无人情味的说法还是让加茂无言以对。AZUMA（东）最先表达了愤怒。

"算了！我们别理这种人了，赶快去YŪKI（游奇）的房间看看吧。"

她跺着脚走向南馆，加茂也急匆匆赶了过去。

YŪKI（游奇）的房间在南馆最前端的左侧。

他们敲了敲门，里面毫无反应。KENZAN（乾山）咬着嘴唇。

"这里好像没有备用钥匙，只能破门而入了啊。"

加茂和KENZAN（乾山）合力对门板又撞又踹，房门总算松动了。不一会儿，门锁被破坏，二人撞进了YŪKI（游奇）的房间。

客房里的布局都差不多。

浴室、床，以及大量的人偶……不同之处只有这间屋子的家具配置与KAMO（加茂）的房间左右相反。

最先看清房间状况的AZUMA（东）倒吸了一口气。

YŪKI（游奇）俯身倒在存档点前方。

他的嘴边有一摊呕吐物，歪过来的脸上毫无血色。

杀死MICHI（未知）时加茂就意识到，在"献给侦探的甜美死亡"中，尸体都没做失真处理。对加茂来说，那尸体无限接近于他在"死野的惨剧"中目睹过的样子，逼真得令人毛骨悚然。

脸色尚未复原的FUWA（不破）表情扭曲地嘀咕道："游奇先生果然成了牺牲者……"

加茂跑到YŪKI（游奇）旁边，抬起他的手臂。

在VR空间遭到杀害的人，尸体不再被认定为由玩家操控的角色，而如果佑树在现实世界丧命，游戏中的角色也不会冻结。所以，就算能活动YŪKI（游奇）的手臂，也无法判断现实中的佑树是否平安。

幽灵MICHI（未知）在尸体旁边跪下，提出了问题。

"这是毒杀？莫非水里被下了毒？"

加茂没有回答，而是轻触YŪKI（游奇）颈动脉的位置，试图确认他作为虚拟角色是否还活着。

……存档点开始发光。

加茂吓了一跳，旁边的MICHI（未知）反应比他更强烈。

她好像特别容易受惊，突然惨叫着往后退，还撞到了身后的AZUMA（东）。AZUMA（东）一屁股坐在床上，倒是没什么事，MICHI（未知）则控制不住倾斜的身体，栽倒在房间角落堆成小山的人偶里。

"那个……你们没事吧？"

一个人愣愣地问了一句，正是出现在深灰色沙发上的另一个YŪKI（游奇）。

他头上挂着天使的光环，表情复杂地看着在人偶堆里挣扎的MICHI（未知）。

这一幕发生之前，加茂的视野一角出现了一行文字。

第三方已确认青叶游奇角色死亡……幽灵YŪKI（游奇）被释放。

\* \* \*

加茂彻底放下心来，冲 YŪKI（游奇）露出苦笑。

"太好了，刚才真的担心死我了。"

"真不好意思。系统一直不让我登入……但我通过语音通信听见了各位的对话，大概知道是什么情况。"

他难得地露出抱歉的神情，还缩起了脖子。MUNAKATA（栋方）抱着胳膊低声道："椋田，出来。MICHI（未知）和 YŪKI（游奇）的幽灵释放时间为什么不一样？"

不知何处传来了笑声。

"真差劲，堂堂大侦探，连这个都推理不出来吗？"

MUNAKATA（栋方）闻言，眼中闪过一抹杀气。YŪKI（游奇）抢先开口了。

"我的幽灵之所以一直没能释放，是因为想强调这个房间是不可能出现的密室，里面除了我的尸体，连幽灵都不存在……对吧？"

"没错。在密室被从外部突破之前，室内若出现了受害者的幽灵，那不就白白浪费了大好的密室之谜吗？今后凡是在自己房间遇害的人，必须有第三方确认角色死亡，才能释放幽灵，也就是获得重新登入 VR 空间的权限。"

这时，MICHI（未知）好不容易从人偶堆里爬了起来。

这里的人偶都是现代风格的，一大堆白领人士中间穿插着手执钓竿、画笔或铁锹的人偶。

她把滚落在地上的斧子踢回到人偶堆里，遮羞似的开口道："原来如此。我不是在自己房间被杀的，无须担心密室问题，所以就早早被释放出来了。"

与此同时，坐在床上的AZUMA（东）苦笑着说："这个房间没有窗户，房门是唯一的出入口。粗略一看，除了自动锁，连转锁都被锁上了吧。"

听了她的话，加茂转头看向被破坏的房门和门框。

门锁已彻底毁坏，防盗扣也松脱了，不过从锁舌裸露的情况看，她的分析是正确的。

加茂点点头，开口道："嗯，是双重锁定的状态。而且搭上了防盗扣，转锁把手上也没有动过手脚的痕迹。"

"第二重门锁只能通过转动锁片落锁……要从室外实现双重锁定，恐怕非常难啊。"

FUWA（不破）双手一挥说道："先不管那些，先听听受害者本人的说法吧。游奇先生，请你说说昨晚发生了什么。"

YŪKI（游奇）的幽灵一脸嫌弃地盯着自己的尸体看了一会儿，然后开始说明情况。

"快到凌晨三点时，我们不是收到了登出再登入的指示吗？我在登出前存档，没想到刚把水喝下去就觉得喉咙处发紧……紧接着全身受到压迫，动弹不得。"

加茂点点头。

"应该是VR操作服的作用。那东西连脖子都覆盖到了，我猜是通过气囊充气，给颈部和全身施压。"

听了这个解释，YŪKI（游奇）难为情地笑了。

"冷静想想，当然是这样啊。不过当时我觉得自己在现实世界也被卡住了脖子，十分惊慌。"

在那种情况下，能够保持冷静才是奇迹。

事实上，加茂只因为在VR空间里指尖受了一点小伤，就担惊受怕了好久。不真实体验过，很难理解那种身体在看不见的情况下受到伤害的恐惧。

尸体前方滚落着一只水杯，不用说，那就是存档时用的杯子。

……椋田口口声声说要重现古典式的存档系统，其实归根结底，不过是想通过"喝水"这个行为给游戏内的毒杀提供方便。

同样盯着水杯的YŪKI（游奇）突然露出怪异的表情。他翻动自己的尸体查看另一侧，随后歪过了头。

"……没了。"

"什么东西？"

AZUMA（东）问了一句，YŪKI（游奇）皱着眉回答道："我每次喝水前都会把杯子倒满，被毒杀之前也一样。"

"照你这么说，杯子里应该还剩有水对吧？那么毒药可能并不是下在水罐里的，而是直接下在了水杯里。"

"我觉得很有可能……而且，倒满水后我只喝了一口，即使水杯倒下，剩下的水也该洒在衣服上和地上，可现在水杯里没有水，地板和衣服也几乎都是干的呀。"

正如YŪKI（游奇）所说，水杯是空的，地上则没有打湿的痕迹。保险起见，加茂还摸了摸尸体穿的衣服，发现连紧贴地板很难干燥的胸口附近都只是有点潮。

加茂将尸体摆回原位，叹着气说："确实如此。"

"我死了只有五个小时，这干燥的速度也太快了吧。难道傀儡馆的湿度设定得很低？"

KENZAN（乾山）似乎对YŪKI（游奇）的疑问毫无兴趣，他一边检查矮架上的水罐一边说："……凶手是怎么下毒的？"

FUWA（不破）听了一脸茫然。

"嗯？这有什么好奇怪的？游戏开始前，凶手就在游奇先生的水罐里放入了毒药。虽然现场看起来像密室杀人，但其实只是游奇先生自己锁上了房门。"

KENZAN（乾山）用力摇了摇头。

"不可能。在进入作案时段前，我们都喝水存档了，对不对？之后为了回到现实世界，应该又存档了好几次。游奇先生没有在那时被毒杀，那就可以确定毒药是在VR作案时段被投放的。"

他顿了顿，然后转向YŪKI（游奇）问道："被毒杀之前，你最后一次存档是什么时候？"

"是回到现实世界的时候……差不多午夜零点三十分，我也是倒满一杯水后喝了一口，什么事都没有。所以可以断定，下毒时间是零点三十分以后。"

"你没有做什么蠢事，比如放其他玩家进屋吧？"

一般人被高中生这样问，肯定会不高兴。但YŪKI（游奇）反倒露出觉得有趣的表情。

"都有人宣布接下来要进入凶手角色作案时段了，我才不会做那种事呢。回到房间后我认认真真地锁好了门，还搭上了防盗扣，甚至检查了那堆人偶，确认室内没有可疑之处。同时我可以肯定地告诉你，我没让任何人进屋。"

听到这里，AZUMA（东）左手托着肉乎乎的脸蛋，说道："话虽如此，但只要能进屋，想趁游奇先生不注意的时候下毒，其实不难吧？"

"如果看准我停留在现实世界的空档下毒，应该很容易。零点三十分我回到现实世界，只上了个洗手间就马上又进来了……离开VR空间的时间大约有五分钟吧。"

"五分钟内下毒，时间是足够了。在这起事件中，往水里投毒的方法本身好像不太重要。但如果不搞清楚凶手是如何进入上了锁的房间的，就没办法查下去了。"

听着二人的对话，FUWA（不破）黑着脸嘀咕道："太难办了……本以为只是单纯的毒杀事件，没想到这么复杂。"

与此同时，KENZAN（乾山）又向YŪKI（游奇）抛出了问题。

"VR作案时段开始后，你的房间里有什么异常吗？"

"对了，我记得零点五十分左右，走廊上好像有动静。"

"动静？"

这时，MUNAKATA（栋方）接过了话头。

"我也听见了。那时走廊上传来敲击声，大约持续了一分钟。"

YŪKI（游奇）用力点点头。

"我当时正在写写画画帮助思考，就想着不去理它。可那声音实在持续得太久了，我就走出去看了看。片刻之后，栋方先生也来到了走廊，我就跟他一起在周围查看了一番。"

加茂低头看向桌上的纸。

纸上画着人偶的造型和巨齿鲨软件的Logo，有好几处铅笔尖折断留下的痕迹，想必YŪKI（游奇）当时力道不小。

……这么看有点像无心推理，专心画画啊。

加茂长叹一声。这时，KENZAN（乾山）盯着手表上的地图继续提问："MICHI（未知）小姐的房间也在南馆，但唯独她没出来，你们不觉得奇怪吗？"

"没有啊，出不出来是个人的选择吧。"

MUNAKATA（栋方）耸耸肩说完，MICHI（未知）露出了苦笑。

"其实那时我已经被杀,强制登出了。"

KENZAN(乾山)再次转向YŪKI(游奇)。

"你们只调查了走廊?"

"还进ROPPONGI(六本木)的房间看了一眼,但没发现异常情况。我还跟栋方先生一起查看了大厅……结果不知谁关了灯,害我们吓了一跳。"

加茂立刻插话道:"怎么?零点五十分,大厅里的灯就已经熄了?"

"是的。所以我们又打开灯查看了一遍,然后关上灯回房间去了。在走廊和大厅里的时间加起来有近十分钟吧。当然,那之后我就再也没走出过房间。"

MUNAKATA(栋方)咄咄逼人地说道:"事先声明,我可是反对关灯的,那是游奇先生独自做的决定。"

"我是觉得,如果大厅里的灯是凶手角色关的,我们不该打乱他的计划……总之,那个时候我们在玩偶屋附近的地毯上发现了一块黑布,记得是栋方先生捡起来了吧?"

MUNAKATA(栋方)从左边裤兜里掏出了一块黑色布片。

"就是这个。系统显示我口袋里有个道具,叫'神秘布片'。"

加茂看过去,心里猛地咯噔了一下。

被美工刀的刀片割伤后,加茂曾打开玩偶屋底下的抽屉查看里面的物品。当时他有点慌张……应该是被割坏的作案手套掉了一块残片,他却没发现。

……这下栋方要说出自己在门把手上设下的陷阱了吧。

加茂强装镇定等待他开口,但MUNAKATA(栋方)并没有说话,只是面带微笑。看来……加茂还得在这头上悬着炸弹的状态中煎熬一段时间。

FUWA（不破）抱着胳膊，点了好几次头。

"我们迟早能查出那块布片是什么，但我现在更关心圆桌当时是什么状态。"

对此，YŪKI（游奇）斩钉截铁地回答道："零点五十分我们在大厅查看时，圆桌上还没有人偶。虽然不知道执行人是谁，但那个人肯定是那之后才放置了人偶。"

AZUMA（东）提出了疑问。

"游奇先生调查走廊时，会不会有人溜进你的房间，或者趁门没关紧，投了毒药进去啊？"

"那不可能。我离开房间后，仔细确认过自动锁锁上了。当时未知小姐应该已经被强制登出了，栋方先生在走廊上的那段时间也没有做出任何可疑举动。"

所有人都沉默了一会儿。

大厅的灯为什么关上了？模型的屋顶为什么被放下来了？搞不明白的细节越来越多。

……制订犯罪计划时，加茂特别设计了只能在VR空间才有机会实现的夸张诡计。如果椋田也有同样的想法，这起事件也许会非比寻常。

\* \* \*

"接下来该调查我，也就是MICHI（未知）之死了吧？"MICHI（未知）的幽灵高兴地说道。

"我是在仓库遇袭的。不过把那里留着当作主菜，先去调查别的地方吧。我不知道自己死后发生了什么，说不定尸体被搬出了仓库。"

她的提议很奇怪，不过加茂正好想调查一下整幢建筑，因此没有反对。

一行人离开了YŪKI（游奇）的房间，先去看了ROPPONGI（六本木）的房间，确认里面没有异常。随后他们粗略地看了一眼大厅，接着走向门厅。

门厅尽头的大门是金属材质的，看起来十分厚重，更像是金库的大门。门上有个很粗的门闩，右边的窗外是一片黑暗。

KENZAN（乾山）盯着窗外嘀咕道："外面是虚无……"

这时，加茂的余光瞥到了一个东西，他觉得蹊跷，遂看向大门左侧，然后险些叫出声来——门厅处竟掉落了一只黑色手套。

那只手套落在褐色的地砖上，看起来十分眼熟。那是椋田发的作案手套。

AZUMA（东）也发现了手套，伸手捡了起来。

"这是什么？材质和颜色都跟调查手套不一样啊。"

她捡到的手套是右手戴的。KENZAN（乾山）苦笑着说："既然我们这些侦探角色没见过，那恐怕就是凶手那边掉落的吧？"

……至少不是我的，因为我把手套带回房间了，加茂暗想，莫非是执行人掉的？

加茂从AZUMA（东）的手上拿过手套，仔细检查了一番。手套磨损得很厉害，防滑层都快要剥落了。整只手套沾满了木屑和黑色纤维，破烂不堪。

遗憾的是，这只手套跟加茂的黑手套一样，是弹性很强的均码款，因此无法凭借尺寸推断持有者。

在MUNAKATA（栋方）的提议下，他们将手套与在大厅里捡到的黑色布片作了对比。

布片是从加茂的手套上脱落的，结果显而易见……二者材质相同。

众人商议之后决定，继续由MUNAKATA（栋方）保管布片，手套则交给YŪKI（游奇）。

因为大家一致认定，YŪKI（游奇）在密室内丧命后，长时间处于强制登出的状态，最不可能是手套的主人。

YŪKI（游奇）把手套放进左边裤兜，继而瞪大了眼睛。

"啊，大家可能看不见。我把手套放进裤兜的瞬间，系统显示里面多出了名为'作案手套（右手）'的物品。"

MUNAKATA（栋方）也盯着空气说："我的布片名称也更新了，叫'作案手套的碎片'。"

这些都是加茂不知道的信息。不过，如此显示应该是为了确认侦探角色的推断符合事实。

接下来，所有人一同走向北馆的空房。

这里是北馆内唯一类似公共空间的地方。当然……空房里并没有MICHI（未知）的尸体。

下一个查看的是洗衣房，里面摆着几台洗衣机和烘干机。

不过并没有洗涤剂和柔顺剂。没有洗涤剂……说明若在作案时弄脏了衣服，将很难洗掉污渍。看来今后作案时要注意，别溅上鲜血。

房间深处的架子上堆着浴巾、床单、枕套等物品，看来这里还兼作布草间。

最后，加茂等人走向厨房。一时间没人说话，加茂也拖着沉重的身躯勉强向前走着。

厨房里有水槽、炉灶、冰箱和橱柜。

橱柜里胡乱摆放着使用过的调料罐，水槽边扔着不少空盘和空瓶，房间角落的塑料箱里整齐地堆满了瓶装天然水。

从瓶装水堆旁走过，再往前就是通往仓库的门。

室内的门都是木门，只有仓库门是结实的铁门。

YŪKI（游奇）走上前去，试图转动圆形门把手，却发现门下方的小手柄处在"关闭"的状态。这扇门装有手柄一体式门锁，扳动手柄就能锁门。

一般这种手柄也能充当门把手，而且简单又结实，经常用在对隔音有要求的录音棚等场所。

但眼前的这扇门用在了仓库上，还另装了一个普通的圆形把手。

YŪKI（游奇）把手柄转到"开"的位置，然后转动把手，却露出了困惑的表情。

"嗯？我都开了锁了，但好像有什么东西钩住了，打不开门。"

AZUMA（东）抱着胳膊，朝墙壁努努嘴。

"游奇先生和未知小姐都成了幽灵，就不能穿墙过去看看吗？"

"那怎么可能！如果有这种 Bug，推理游戏就不成立了啊。"

"椋田不是说过了，我们能做的事情跟普通角色一样。"

这跟加茂监修时获知的幽灵的相关信息一致，所以应该可以相信 YŪKI（游奇）和 MICHI（未知）的说法。

KENZAN（乾山）已经开始检查仓库门了。

"使劲推门的话能打开几毫米，感觉是仓库里面有东西挡住了门。"

"让我看看。"

AZUMA（东）好像在怀疑YŪKI（游奇）和KENZAN（乾山）是假装推不开门。不过……她猜错了。AZUMA（东）自己推了推门，发现只能推开勉强塞进一把尺子的缝隙。她又尝试往里看，但是没有收获，只好离开了门边。

FUWA（不破）见她这样，露出了苦笑。

"看来又要破门而入了啊。"

这次加茂选择不参与集体破门。他跟KENZAN（乾山）和YŪKI（游奇）一起退到厨房后方，看剩下的人如何打开这道铁门。

麻烦的是……MUNAKATA（栋方）竟然形影不离。

他可能认定加茂是"杀害MICHI（未知）的凶手"了。加茂多少能猜到他为何会看出来。

MUNAKATA（栋方）在门上设置了陷阱，这当然不可能瞒过监控着游戏的椋田。可以推测，她肯定将这一情报告知了协助她的执行者，而这也在MUNAKATA（栋方）的意料之内。

……也就是说，那个陷阱仅仅针对凶手角色。

加茂低头看着渗血的右手。

刚才MUNAKATA（栋方）先去检查了南北两侧的房门，看陷阱是否被触发，然后拆掉了剩下的刀片。

而此时，MUNAKATA（栋方）应该已经知道加茂并非杀害YŪKI（游奇）的人了。

杀害YŪKI（游奇）的人是在VR作案时段内投的毒。而且那个人还在走廊上制造出响动，引诱出YŪKI（游奇）等人。这两件事都很难远程操作，因此杀害YŪKI（游奇）的人要么在作案时段进入了南馆，要么本来就在那里。

如果是加茂杀害了YŪKI（游奇），那么他前往南馆作案时首先会触发南侧大门上的陷阱并受伤。但事实上，只有北边门上的陷阱被触发了。

MUNAKATA（栋方）应该是综合以上线索，推断出加茂极有可能是"杀害MICHI（未知）的人"。

众人第二次撞门时，另一头传来了东西倒地的声音。加茂今早起来就有点轻微耳鸣，加上极度疲劳，使他感到难以忍受那个声音。

等他回过神来，KENZAN（乾山）和YŪKI（游奇）已经不见了。他笑了笑。

……目前为止，一切按计划进行。

KENZAN（乾山）和YŪKI（游奇）一齐冲进仓库，倒在了巨大的橙色物体上。AZUMA（东）注意到他们身下的东西，不禁愣住了。

"橡、橡皮艇？"

被撞开的门后，确实有一只橙色的橡皮艇。

橡皮艇正在漏气，被YŪKI（游奇）他们踩在脚下，发出咻咻的响声。

KENZAN（乾山）龇牙咧嘴地摸了摸头，说道："我记得昨天在VR调查时段看见过这只橡皮艇。当时应该是折叠起来放在仓库架子上的。"

加茂准备的是可载两人的橡皮艇。尽管漏气了，还是有一张单人棉被大小。至于其重量，应该有六公斤多。

YŪKI（游奇）把橡皮艇拖到了厨房，底下的胡桃色置物架就显露了出来。

置物架倒在地上，外表很陈旧，木板表面有些斑驳。

"原来如此，刚才那么大的动静，是因为这个架子倒了啊。"

说着，FUWA（不破）走上前，试图检查置物架，却被AZUMA（东）的一声尖叫吓住了。

AZUMA（东）的视线前方——仓库深处靠左的位置，仰面躺着一个人。

不用说，那正是MICHI（未知）的尸体。

她的脸呈紫色，脖子上缠着绳索，留下了好几道清晰的勒痕。胸口处有一摊血，是鼻子出血流到了那里，双耳也有少量出血。

尸体那么逼真，让人难以想象这里是VR空间。

MICHI（未知）的幽灵立刻跑了过去。

"我的尸体也太惨了吧，连耳朵都出血了。"

YŪKI（游奇）笑着接话道："不，我这个被毒杀的应该更惨吧。"

"怎么会，我可是……"

见两名受害者还在比谁的尸体更可怕，加茂不禁苦笑。同时他再一次为现实世界中二人都平安感到欣慰。

水泥地板上渐渐漫开一片水渍，是从倒下的置物架上流出来的。

置物架基本是空的，唯独最下层放着两箱天然水。当然，那是加茂设置的机关。置物架倒地时玻璃瓶破裂，水就流出来了。

"……总之，我先说说我被杀时的情况吧。"

MICHI（未知）主动开口，语气轻快地诉说起来。

"我的房间里有一张卡片，上面写着'晚上十点十五分去仓库'。我知道这是凶手那边的指示，但还是老老实实地去了。"

"你为什么不抵抗？说不定能阻止犯罪呢。"MUNAKATA（栋方）尖锐地质问道。

MICHI（未知）有点不知所措。

"这……我怎么能做那种事呢？"

MUNAKATA（栋方）想要反驳，MICHI（未知）却没给他开口的机会。

"给我留卡片的可能是凶手角色。我的角色死了压根不算什么，凶手角色要是行动失败了，是真的会死哦。"

"太不合理了。牺牲凶手角色一个人和所有人都死在这里，哪个更好？"

"……你这想法也太不人道了。"

"我可不想被有前科的罪犯训斥。"

MICHI（未知）耸耸肩，冲着所有人说道："我很小心地去了仓库，在仓库里调查了一会儿，突然全身发冷，身体变得特别沉重，好像整个人被勒住了……最后不明不白地，我就操控不了角色了。"

几乎所有人都看着MICHI（未知），MUNAKATA（栋方）却是例外。他始终盯着加茂不放。

加茂祈祷他不要看出自己内心的动摇，抬起手表假装查看地图。现在已经是上午九点多了。

一直捧着脸沉思的AZUMA（东）开口道："身体动不了，难道也是被下毒了？"

"有可能。我抹了一下嘴巴，发现全是血，差点吓死。也不知道是吐的血还是鼻血……我感觉应该是鼻血。"

"然后你的角色死亡了，你被强制登出了。"

AZUMA（东）试着总结，MICHI（未知）却摇摇头否定。

"不，角色没有马上死亡。无法操控的状态持续了一段时间，那时我还处于登入状态。大约持续了三分钟吧。接着我又感觉脖子发紧，没多久就被强制登出了。到最后也没看见凶手。"

AZUMA（东）看着尸体脖子上的绳索，阴沉地说："原来如此，你是被人从身后勒死了。"

"很难说啊，也可能是毒药发作得比较慢，花了一段时间才令我死亡。我只知道一点，我死后，尸体被移动了。"

说着，MICHI（未知）指向水泥地上的血迹。那里有拖动尸体的痕迹。

"我倒地的位置是在房间尽头，正对着这扇门。你们看，鼻血的痕迹从那里延伸到了现在的位置，应该是行凶者把我移到了仓库东侧。"

FUWA（不破）检查着地上的橡皮艇，说："移动尸体是为了避免置物架倒下时砸到吗？"

MICHI（未知）冲 FUWA（不破）咧嘴一笑。

"不管因为什么，这个案子的关键似乎也在于如何制造密室呢。"

"我也有同感。不过你被叫到仓库的时候，这个架子没有放在这么不自然的地方吧？"

"对，它不在这里。"

MICHI（未知）开始在仓库里走动。

列于墙边的置物架上落了一层薄灰。因为架子本身是褐色中带有一点黑紫色的，灰尘看起来更明显了。

大部分架子是空的，零零散散地放着一些生锈的工具和坏掉的厨房用具。仓库里最惹眼的东西并不是架子，而是架子顶层堆放的人偶。

仓库里的人偶多是非人生物，有狼人、吸血鬼、血肉模糊的护士，等等……上百个小人偶堆在一起，让人毛骨悚然。那些非人生物摆着各不相同的造型俯视着众人。

加茂忍不住浑身一颤。

他监修时并没有这些人偶，肯定是椋田带着恶意加上去的。

片刻之后，MICHI（未知）停在了进门后的右侧墙边。

北侧墙边的置物架上没有人偶，而且位于门边的置物架从数量上来说少了一个。

"我记得昨晚走进仓库时，这面墙的架子上是摆满了人偶的……倒在地上的置物架应该原本在这里。有人用置物架和橡皮艇堵住了仓库门。"

KENZAN（乾山）皱着眉嘀咕道："为什么？"

MICHI（未知）露出了意外的表情。

"咦？当然是为了把犯罪现场制造成密室啊。"

KENZAN（乾山）用食指戳着太阳穴，继续道："我比较擅长通过日常生活中的大小事情解开谜团，不太擅长这种刻意为之的事件啊……而且，既然制造出了密室，不是'伪装自杀'或'嫁祸于人'的话，就没有意义了啊。"

MICHI（未知）思索了一会儿。

"有道理。但是看这个状况，很明显是他杀。也没看见能嫁祸于人的证据。"

"没错，这个密室乍一看挺煞有介事的……但有点奇怪。因为看不出来为何要制造一个密室。"

YŪKI（游奇）突然扑哧一声笑了。KENZAN（乾山）瞪了他一眼。

"你笑什么？"

"如果是普通的案子，乾山同学说得一点没错。但眼下我们难道不该考虑一下所处状况的特殊性吗？"

"特殊性？"

"在这个空间内，一切事物都被椋田自作主张设定的'献给侦探的甜美死亡'这一游戏的规则所束缚。想要进行推理，就应该舍弃常识，将思路限定在这个游戏上。"

这番话里还暗示了这样一种态度——我跟各位不一样，完全不打算积极推理……YŪKI（游奇）继续道："这次，凶手角色和执行人的第一目标都是'在限定时间内不被侦探角色发现'。既然只需撑过这一天多的时间，用不可能犯罪来夸大现场效果不是更有利吗？只要解不开行凶者所用的诡计，我们就无法对他们出手。"

听了YŪKI（游奇）的话，MICHI（未知）露出了半信半疑的表情。

"你的意思是……凶手角色和执行人接下来也会使用各种诡计，制造非比寻常的犯罪？"

"对，我觉得必须做好心理准备。"

加茂带着复杂的心情注视着YŪKI（游奇）。

佑树曾解决过堪称特殊设定系的奇异事件。听他讲述经过时，连加茂都不禁愕然。

佑树面不改色地接受了接连发生的异常事态，并在此基础上展开推理。看他本人一副理所当然的样子，加茂猜测，佑树应该是情况越特殊，越能发挥能力的类型。

加茂忍不住想：且不说本人是否有这个意识……这次的这个脱离常识的游戏，也许佑树比任何人都得心应手。

不过，佑树放弃了推理，对担任凶手角色的加茂来说无疑是一件幸事……同时也是莫大的不幸。

## 第六章　试玩会　第二天　调查时段②

二〇二四年十一月二十三日（周六）9:30

"好了，先看看门是怎么被封上的吧。"

调查完仓库内部，FUWA（不破）提议道。KENZAN（乾山）一听就迫不及待地行动起来了。

"最好先恢复架子和橡皮艇的位置。"

他伸手去抬跟着架子一起倒下的天然水箱子。破裂的玻璃瓶还在缓缓往外漏水。

"……我先把这些水搬到墙边去。"

KENZAN（乾山）说完，搬走了两个塑料箱。

一个箱子里装着六瓶一升装的天然水，应该有十二公斤左右。只有两瓶破了，其余瓶子里的水都没有减少。

然后，加茂和YŪKI（游奇）一起扶起了置物架。

MUNAKATA（栋方）没什么干劲地站在一旁观望，目光始终没有离开加茂。

意外的是，他到现在都没有戳穿加茂的身份。

既然已经被识破了，加茂倒是更希望他把话说开，但是他好像在等待加茂犯错。

顺带一提，加茂准备的这个置物架高两米五、宽八十厘米、纵深有四十厘米，款式就像普通柜子去掉背板，再用上高级材质的样子。

凑近一看，除了最下层，每一层的隔板以及顶板上都落有一层厚度均匀的灰，看来倒地时的冲击并不足以把灰尘震落。其实最下层也有灰，只是因为加茂把天然水的箱子摆在上面，然后漏出的水到处流淌，留下了凌乱的痕迹。

……要是被栋方怀疑我是在销毁证据，可就麻烦了。

加茂扶起了置物架，同时小心翼翼地不去触碰灰尘。虽然没有事先约定，但YŪKI（游奇）显然也知道要这么做。

不一会儿，置物架就被放回到了推测中的原来的位置。

"原来如此，这个架子是在距离仓库门半米左右、与门板平行的位置啊。"MUNAKATA（栋方）依旧站在远处说道。

与他正相反，KENZAN（乾山）非常积极地四下走动着。

"架子上放了很多天然水，是为了增加重量吗？因为空架子很容易被推倒。"

正如他所说，空荡荡的置物架很不稳定，只需轻微的摇晃就会倒下。

勤快的KENZAN（乾山）又从厨房搬了两箱天然水过来，加茂和YŪKI（游奇）帮忙摆到了架子底层。

因为干了一会儿体力活，加茂感到VR操作服里已经闷出汗了。

"这样应该就大致复原了……那边进度怎么样？"

到最后都没有动手的MUNAKATA（栋方）转头询问另外三个人。

那只橡皮艇已经跑光了气，FUWA（不破）正往破洞上贴胶布。他的动作有点像大猩猩，比常人大上许多的手和关节都给人粗笨的印象，但实际非常灵巧。

FUWA（不破）拍拍橡皮艇，站了起来。

"这样应该能撑过模拟验证。东小姐，你们那边怎么样？"

分头走到仓库深处的MICHI（未知）和AZUMA（东）又走了回来。

"都看过了，好像只有这个气泵能充气。"

看着MICHI（未知）手上的大号气泵，FUWA（不破）嘀咕道："这不是电动的，而是脚踏式的啊。"

"是啊，小时候我还用这种气泵给游泳圈充过气呢。杀了我的人，肯定是用它给橡皮艇充气的吧。"

那个气泵不是常见的圆筒状，而是风箱形状的，踩一脚能排出大量空气，十分专业。

FUWA（不破）摸着下巴想了想。

"如果是脚踏式的气泵，就没法从室外远距离操作了啊。"

他们花了三十分钟给橡皮艇打气。

加茂请制作人员准备的橡皮艇是两米长、一米宽、四十五厘米厚的尺寸，因此即使几个人轮流上阵，也花了好一会儿才充好气。等到结束时，大家都热得冒汗。

充满气的橡皮艇结结实实地填满了置物架和仓库门之间的空隙，塞得可谓严丝合缝。

FUWA（不破）敲了敲墙，隔着门冲厨房喊话。

"喂！你们试试再像刚才那样转门把手吧。"

YŪKI（游奇）和KENZAN（乾山）已经事先退到厨房待命了。

他们试图推开门，但是橡皮艇边缘死死压住了圆形门把手。门只能推开一条小缝，就再也推不动了。

"撞门吧！"

铁门发出了一声钝响。

第二次撞击时，置物架向后倾倒，砸在水泥地面上发出一声巨响。与此同时，门打开了，YŪKI（游奇）和KENZAN（乾山）撞进仓库，倒在了橡皮艇上。

橡皮艇再次发出漏气的嗤嗤声，压住置物架底层的水瓶开始漏水。

FUWA（不破）目睹了这一系列经过，点点头说："……打开仓库门的过程被完美重现了。"

橡皮艇上出现了新的破洞，大家怀疑是置物架倒地时，底部与艇身剧烈摩擦造成的。

AZUMA（东）确认过这一点后，长叹了一声。

"又是密室杀人……总之，我们先就近展开调查吧。"

她把橡皮艇拖到了仓库深处，然后从厨房拿来厨房纸，擦拭其表面。

KENZAN（乾山）困惑地问道："你在干什么？"

"如果凶手动了手脚，我觉得应该是在橡皮艇上。"

"有道理……如果没有橡皮艇，仓库门在碰到置物架前至少能打开四五十厘米。除去门的厚度和把手的高度，也足够一个瘦子通过了。"

"先看看橡皮艇里面吧。"

仓库里没有小刀，人偶手上的剑派上了用场。那是金属制成的模型剑，而且格外锋利。看来……道具的锋利程度都完美还原了。

AZUMA（东）用剑割开橡皮艇，继续说道："将碱性洗涤剂和酸性洗涤剂混在一起就会生成氯气，不是吗？如果在橡皮艇内注入液体或粉末，也许能利用气化之类的化学反应给橡皮艇充气。"

见她仔细检查橡皮艇内部，加茂险些露出苦笑。

杀害了MICHI（未知）的加茂比谁都清楚，橡皮艇里别说液体了，连一粒灰尘都没有。

很快，KENZAN（乾山）就没精打采地嘀咕道："里面……什么都没有啊。"

"不过，凶手利用了化学反应的可能性并没有因此排除。比如往里面放入干冰，升华出的二氧化碳也能使橡皮艇膨胀起来，而且不会留下任何痕迹。"

突然，椋田带着一阵充满恶意的笑声发起了语音通信。

"你们竟然只能拿出如此幼稚的假说，真是太令我失望了。初始调查似乎已经结束了，不如我来做一些补充说明吧。"

FUWA（不破）嘲讽地说："哦？你又给我们带来什么有用的信息啦？"

"首先是关于幽灵的设定。目前变成幽灵的只有未知小姐和游奇先生。如果幽灵又一次在VR空间丧命……"

MICHI（未知）面露苦笑。

"难道死两次就算GAME OVER了？那我尽量注意不被豆腐撞死。"

"不会，只不过天使的光环会变成两个而已。在这个游戏中，天使的光环用来标记死亡的次数。"

MICHI（未知）一下子没有反应过来。椋田继续说道："其次是关于各个房间的门锁……无论现实世界还是VR空间，客房门的自动锁都只有各位戴在手上的智能手表能够解锁。除此之外没有备用钥匙，请知悉。"

MICHI（未知）再次用抱怨的语气说道："这不就是密室杀人案的经典设定嘛。还有吗？"

"接下来的非常重要。在'献给侦探的甜美死亡'中，为了简化推理，有一个设定是虚拟人物只能摄入液体。"

这么说来，加茂还真没在 VR 空间里看见过固态食物。原来是设定所致。

"还有，VR 空间里，容器内的内容物全部符合包装上的描述。比如天然水的瓶子里不可能装着伏特加。"

VR 空间无法同步嗅觉和味觉，既然无法通过味觉确认瓶子里的东西，为了保证公平，如此设定算是非常必要的。

稍作停顿后，椋田又开口了。

"至于虚拟人物可能摄入的液体……这幢建筑物里不存在任何超过致死量的毒物和致人昏迷的药品。"

YŪKI（游奇）瞬间皱起了眉。

"不可能。我的角色就是被毒死的，未知小姐也因为药物而失去了活动能力。"

"正是如此。我不仅特意准备了大量饮用水……还给凶手角色和执行人中的一个安排了毒药。"

听了椋田的话，加茂心里一惊。因为这对他而言非常不利。

果然，YŪKI（游奇）若有所思地嘀咕起来。

"……只给了一个人？"

"是的，我们姑且称那个人为 X 吧。"

MICHI（未知）提出了尖锐的质问。

"毒物分神经毒素和血液毒素，你给 X 的是哪种？"

"这我不能告诉你。不过我可以告诉你装毒药的瓶子是什么样的,以及药品的性状。我只准备了一个瓶子,差不多虚拟人物的手指那么大。里面装着无色透明的液体。"

MICHI(未知)缩着脖子,突然害怕得面色苍白。

"你肯定还给凶手角色或执行人安排了其他可怕的杀人工具吧。"

"那倒没有。我提供给他们在VR空间里实施犯罪的道具很有限,凶手角色和执行人的口袋里各有一个带夜视功能的'作案人的面具',各有一双作案时用的黑色手套。另外,X的口袋里还有毒药瓶和黑色绳索。"

KENZAN(乾山)闻言,露出了困惑的神色。

"这么少?跟作案手法有关的只有毒药瓶与黑色绳索了。"

"呵呵,如果最终发现是不停利用钓鱼线和铁丝、除了复杂别无亮眼之处的机械诡计……你们肯定不会满意的,不是吗?除了刚才所说的道具,凶手角色和执行人使用的,都是所有人可见的物品。"

KENZAN(乾山)不高兴地沉默了。

椋田继续道:"还有最后一个重要信息……我给X的毒药,根据各位的虚拟角色计算,是致死量的八千六百四十倍以上。"

她的声音里带着笑意。加茂第一次听说这个信息,不由得疑惑地反问:"还挺多啊。而且为何是个有零有整的数字?"

"各位业余侦探的工作也包含判断其中是否有特殊含义。请别再用无聊的推理让我失望啦。"

椋田的补充说明结束后,加茂等人花了二十分钟分析信息。就在他们准备解散,继续进行调查时——

"加茂先生，能跟我一起调查吗？"MUNAKATA（栋方）喊了他一声。

在场的所有人似乎都有点震惊。

FUWA（不破）苦笑着说："好难得啊……我还以为你是那种不喜欢跟别人一起行动的人呢。"

"并不是，我一直跟火烈鸟搭档的。"

自称情报通的MICHI（未知）百思不得其解地抱起了胳膊。

"没听说过流浪侦探有搭档啊……那该不会是跟你一起流浪的哈士奇吧？"

MUNAKATA（栋方）没理她，而是朝厨房努了努嘴，示意加茂跟上。加茂跟在他后面，无奈地说道："……你可真够大胆的。"

MUNAKATA（栋方）停在大厅里的玩偶屋旁，回头看向加茂。

"完全相反，我非常谨慎。与其选择角色不明确的人，倒不如挑选已经辨明正身的人。总比不小心选到执行人好多了。"

"你想从我这里得到什么？"

MUNAKATA（栋方）那张充满中性美的脸上露出了恶魔般的微笑。

"要你照我的吩咐行事。因为我最懒得动了。"

"我拒绝。"

加茂说得毫不犹豫，MUNAKATA（栋方）明显吃了一惊。

"你觉得你有资格说这种话吗？"

"我还想问你什么意思呢。既然你设下陷阱，发现了一些事实，那就赶紧跟所有人共享啊。这样不仅能提高调查效率，还能提高同伴的生还率。"

"……同伴？"

MUNAKATA（栋方）喃喃道，眼角抽搐了一下。接着，他恶狠狠地吐着气说："我只相信我自己，对别人的生死不感兴趣。而且，我凭什么要分享自己掌握到的信息啊？反正这个案子我能破解，没有任何问题。"

意想不到的话语让加茂不禁语塞。

就在此时，YŪKI（游奇）和AZUMA（东）走进了大厅。他们可能听见了MUNAKATA（栋方）的声音，AZUMA（东）用谴责的目光注视着他。

MUNAKATA（栋方）坦然地看着她，说道："怎么，你有什么意见吗？"

AZUMA（东）不管对谁都能直抒心意，此时对上面无表情的MUNAKATA（栋方），却像是怕了似的闭上了嘴。

然而，没想到她身后的YŪKI（游奇）开口说道："栋方先生，你为什么觉得我们想要你手上的信息？我对解决这个游戏里的事件不感兴趣……也不想知道你手上的信息。"

MUNAKATA（栋方）大吃一惊，像看外星人一样看着YŪKI（游奇）。过了一会儿，就沉默着走进了南馆。

YŪKI（游奇）不以为意，单手拎着天然水的瓶子继续道："这瓶水我只是拿去存档用的，请不要在意。话说回来，这是什么东西？"

YŪKI（游奇）指着玩偶屋底座下面的垃圾桶说。那里面扔着一团纸。

说完他就捡起来看——

ArteMis Hero（阿尔忒弥斯英雄）

Ares hinted Pen（阿瑞斯暗示了笔）

这正是加茂在 VR 作案时段看见的字条。昨晚他确实将其放在了矮桌上，也没有揉成一团。

……在我的 VR 作案时段结束后，有人把它扔进了垃圾桶？难道是执行人干的？

加茂正想着，YŪKI（游奇）看着字条，叹了口气。

"这写的什么啊，完全是乱来，语法也有点奇怪。"

龙泉家向来重视外语教育，伶奈和佑树都精通英语。

"……这肯定是加茂先生写的吧？"

YŪKI（游奇）突然说出这句话，加茂的表情扭曲了。

"怎么可能？！我还觉得是佑树君写的呢。"

"才不是我！"

两人忙着拌嘴，AZUMA（东）看了一眼字条，突然尖叫一声。

加茂连忙看过去，发现她的深蓝色连衣裙挂在了矮桌的桌角上，几乎要扯破了。她困惑地喃喃道："这种地方……有钉子？"

正如她所说，矮桌靠墙的角落钉了一根黑色铁钉，钉子头突出来了大约一厘米。

AZUMA（东）抚平连衣裙的裙摆，说道："昨天有这个钉子吗？"

"不记得了。那个角靠墙，比较不起眼，而钉子的颜色又跟桌子一样，也有可能没注意到。"加茂抬起头，继续对 YŪKI（游奇）说，"……对了，我有件事想问你。"

一直看着字条念念有词的 YŪKI（游奇）抬起了头。

"什么事?"

"在电灯开关上留下黑色污渍的,是你吧?"

加茂指着玩偶屋旁边的电灯开关。那里沾有一块黑色的污渍,上面留下了三个清晰的手指印。

YŪKI(游奇)一脸不明所以的表情,但很快便恍然大悟。

"啊,的确是我。我昨晚在房间里画画,听见动静时正在削铅笔,紧接着就去调查走廊和大厅了。那应该是削铅笔时落到手上的黑色铅末,我开灯时蹭到开关上了。"

黑色污渍之谜解开了,问题是上面的那三个指印。

"开关的宽度为四厘米,指印在上面竖着排开……可以确定那是佑树君碰过开关之后才出现的痕迹。"

YŪKI(游奇)注视着那三个并排的指印,做了个把手放在开关上的动作。

"应该是把右手这样放在开关上。除了指尖,其余部分都不明显,所以很难判定是谁的指印。"

AZUMA(东)惴惴不安地说:"会不会是凶手角色或执行人留下的?"

加茂点点头。

"很有可能。不过这个指印看不出什么特征,很难确定是谁的……嗯?仔细一看,食指和中指的指尖似乎有纹路啊。"

黑色污渍上残留的痕迹与指纹截然不同,上面印着许多小点。

"搞不好是这个吧。"

说着,YŪKI(游奇)从左边口袋里拿出了在门厅捡到的黑手套。

印在污渍上的指印没有擦拭和重叠的痕迹,很方便比对。

手套手心部分的防滑纹路与那印迹完全一致。

AZUMA（东）难掩兴奋，喘着粗气说："果然……这是戴着作案手套碰到后留下的痕迹。"

"但你们不觉得这个手套太破了吗？上面还有木屑和黑色纤维呢。"

正如他所说，手套的防滑层几乎要剥落了，指尖处也无一例外全部磨损。这样的状态，不可能在开关上留下如此完整的三个指印。

这时，AZUMA（东）又哼哼着开口了。

"不管怎么说……这个指印极有可能是执行人的吧？"

"没错。指印出现在佑树君过来检查大厅的零点五十分以后。同时，暗示在VR空间死亡的人偶也是在零点五十分以后被放在圆桌上的。"

"放人偶的人事先就知道两名受害者的死因……基本可以断定那个人就是执行人。如此一来，就意味着执行人在零点五十分以后进入大厅，打开电灯后放置了人偶。"

AZUMA（东）一边检查作案手套一边继续道："手套的掌心部分有防滑层，因此无法将左手的手套强行套在右手上留下指印。"

"是的，可以确定开关上的指印就是右手手套留下的。"

"我们在门厅捡到的也是右手手套……"

加茂接过手套，点了点头。

"有两种可能性。第一，执行人在手套磨损前按了开关。第二，按开关的人并非这个手套的所有者。"

事实上，加茂的右手手套早在零点之前就被美工刀的刀片割坏了。因此，真相自然是前者。

他一晃神,发现 YŪKI(游奇)已经坐在圆桌上,用手支着下巴了。AZUMA(东)见他毫无调查之意,不由得露出苦笑。

"……你堂弟平时就这样吗?"

"如果你是说难以预测他的行动,那的确是的。"

AZUMA(东)叹了口气,继续道:"游奇先生难道是安乐椅侦探那种类型的吗?我觉得好亲切哦,因为我哥也是。"

据加茂所知,佑树还没有只听陈述就解决案件的先例,是 AZUMA(东)误会了……不过解释起来太麻烦,就由她去了。

他更在意的是 AZUMA(东)的兄长。

他想起之前在自我介绍时,她说兄长东香介五年前去世了。

"你跟令兄似乎关系很好啊。"

加茂问了一句,AZUMA(东)脸上立刻露出怀念的表情,同时掺杂了一丝阴影。

"是啊,哥哥比我聪明多了,什么案子都能一下子解决。他还很善良,全力支持我一个人带孩子……然而不幸的是,哥哥在调查一个案子时被杀了。"

她难过地眯起眼睛继续道:"后来,我替他解决了那个案子,并且发现凶手是为了灭口而杀死了哥哥……自那以后,我们就继承了他的事业,决心以侦探的身份与犯罪分子做斗争。"

"我们?"

"我不是孤身一人。如果孤身一人,我恐怕熬不过失去哥哥的痛苦。老实说……当侦探这件事,我特别害怕。哪怕遭人怨恨也要坚持追逐真相,我真的做不到。可是姐姐……也就是我嫂子,她对我说:'我来当你的华生,无论遇到什么事,我都跟你一起承受。'"

"这样啊……"

之前MICHI（未知）说"姐妹俩每次结伴旅行都会被卷入杀人事件"，原来是指AZUMA（东）和她嫂子。

AZUMA（东）双目含泪，说道："我能够把侦探这份工作坚持下来，都是因为有姐姐……不过，我很庆幸这次是我一个人来的。那个人就差没发誓要当地球上最后一个没有智能手机的人了，当然也不会用智能手表，因此没被当成人质。"

AZUMA（东）恢复了一点笑容。她继续说道："对了，我也想跟加茂先生一起调查，可以吗？我正想看看YŪKI（游奇）的房间呢。"

加茂和AZUMA（东）打开通往南馆的门，边走边讨论。

"如果能找到零点五十分以后绝对摸不到开关的人，就能确定那人不是执行人了吧？"

"很可惜……不存在那个时刻之后有不在场证明的人。"

AZUMA（东）思考了大约十秒钟，垂下了肩膀。想必她也得出了同样的结论。

"是啊。连受害者游奇先生，凌晨三点角色死亡前都能自由行动。"

"另一位受害者未知小姐的不在场证明也不成立。虽然她在角色死亡后被强制登出，但是凌晨三点时已经可以以幽灵状态出现了。"

"成了幽灵就能自由行动……可以进入大厅，并且移动人偶了。"说出这句话的是MUNAKATA（栋方），他正在独自检查YŪKI（游奇）的房门。

他向加茂投来"怎么这么慢"的眼神，不过没有理会一起前来的AZUMA（东）。

客房门为木制，是酒店常见的款式。长条形把手上方安装了电子读卡解锁器。这些都是所有房间统一设置的……只不过，这扇门的上方有一道目测约五毫米的缝隙。

可能是受不了MUNAKATA（栋方）的沉默，AZUMA（东）开口了。

"我想了想，这次的事件也许用逆推法更有效率。"

"逆推法？"加茂反问道。

她点点头，说："这个VR空间是为了展开'献给侦探的甜美死亡'而存在的，所以玩偶屋的底座上有钉子，门上有缝隙……这些应该都是为了诡计服务的。"

这个想法很有意思。

阅读侧重于解谜的本格推理作品时，读者往往会去深入解读作者的意图，甚至有人从意图一口气逆推出真相。

而现在众人所在的傀儡馆，的确就是专为推理游戏设置的空间。

从性质上说，VR空间内发生的事件极有可能缺乏现实感。但换个角度看，这样反倒更接近解谜类本格推理小说中的事件。既然如此，从密室和现场的特殊性进行逆推，也许会非常有效果。

尽管觉得她说的话有道理，加茂却还是摇了摇头。

"只可惜……门上的缝隙似乎并不能成为破解诡计的直接提示。"

"可是只要有缝隙，就能用针线之类的东西做手脚啦。"AZUMA（东）的声音瞬间失去了活力。

"我们推测下毒的时间可能是在凌晨零点三十分到三点之间，对吧？在此期间，佑树君离开了VR空间两次。"

"第一次是零点三十分,他回到了现实世界,他还说只离开了五分钟就重新进入了 VR 空间。"MUNAKATA(栋方)插嘴道。

AZUMA(东)立刻点点头。"第二次是……零点五十分左右,他听到响动,于是在傀儡馆的走廊和大厅进行调查,对吧?他说那次是十分钟左右就回房了。"

加茂指着浴室,其中一部分镶着玻璃。

"傀儡馆的浴室更重视设计感而非实用性。你们看这块玻璃的位置,坐在床上或存档点,就能把厕所和浴缸都看得一清二楚。"

"外人能够躲藏的地方……"

AZUMA(东)嘀咕着,在床边蹲了下来。

床底下是储物用的抽屉,然而一层抽屉的高度顶多只能容下人偶,藏不了人。

"床底下也不行。这个房间没有能藏人的地方。"

"那也就是说,在佑树君离开 VR 空间客房的五到十分钟时间里,凶手完成了一切操作,并离开了房间。"

听了加茂的话,AZUMA(东)扶着太阳穴陷入了思考。

"凶手需要做的事是,打开上锁的房门进入室内,往水里下毒然后离开,再从外面把门锁上并放下内侧的防盗扣。嗯……就算使用针线制造物理诡计,也很难在短时间内完成啊。"

"我赞同你的观点。而且不确定性太多了。"

"是的,谁也无法预测游奇先生回到现实世界后多久会再进来……而他去检查走廊和大厅时,也没人能猜到他会离开多久。我不认为此人的计划会如此随意。"

MUNAKATA(栋方)瞥了他们一眼,意味深长地说:"真相总是简单得令人意外。事实上,要让游戏角色从这个房间彻底消失，非常简单，只要登出游戏就行了。"

听了他的话，加茂面露苦笑。

"正常登出只能在存档点进行吧？但凶手应该用不了这个房间的存档点。"

"试试就知道了。"

说着，MUNAKATA（栋方）一屁股坐在了存档点的沙发上。但是下一刻，就有语音开始播报了。

　　这里是 YŪKI（游奇）的专用存档点。您的 VR 眼镜 ID 未通过验证，无法使用。

"现实世界的 RHAPSODY 和这里的存档点都靠读取眼镜 ID 启动。而 VR 眼镜有人体虹膜认证，所以只有佑树君才能使用这个存档点吧。"加茂解释道。

MUNAKATA（栋方）则不甘心地反驳："那强制登出呢？"

"如果凶手在密室内自杀，的确能触发强制登出。可是……那样会使凶手的虚拟角色以尸体的状态留在现场，还会出现凶手成为幽灵的问题。"

目前变成幽灵的人物，除了受害者 YŪKI（游奇），就只有 MICHI（未知）了。

MICHI（未知）是加茂杀的，所以她不可能在 YŪKI（游奇）的房间里自杀。此外，角色第二次死亡后，天使的光环会变成两层，因此不用考虑 MICHI（未知）在 YŪKI（游奇）的房间里又死了一次的可能，因为现在她的头顶只有一个光环。

MUNAKATA（栋方）啧了一声，走到存档点旁边，指着墙壁上方问："……那东西是空调吗？我房间里也有。"

墙壁上方装着铁丝网，MUNAKATA（栋方）伸长了手臂，还是差一点，够不到。

"我来检查一下铁丝网吧。"

加茂代替MUNAKATA（栋方）伸出了手。他比MUNAKATA（栋方）高十五厘米，很轻松就够到了铁丝网下端。他使劲摇晃了几下，但固定在墙上的铁丝网纹丝不动。

AZUMA（东）感叹道："加茂先生个子好高啊。有多高？"

"一米七九。"

回答她的人不是加茂，而是MUNAKATA（栋方）。

被分毫不差地说中身高，加茂忍不住默默地看着对方。他应该不是目测。而且这个数字也太精确了。

MUNAKATA（栋方）笑眯眯地指着AZUMA（东），继续道："你是一米五四。"

"你怎么知道的？"

见AZUMA（东）难掩惊讶，MUNAKATA（栋方）调出了游戏菜单。

"你们都看看玩家的数据如何。"

尽管这话让加茂很不爽，但MUNAKATA（栋方）说得确实有道理……游戏参加者的资料（见第40页）上记载了身高。加茂那一栏显示为5.87，东是5.05，栋方则是5.38。

其实加茂早就知道，但还是假装刚刚察觉到这些数字的意思，开口道："原来如此，是用英尺表示了身高啊。我记得一英尺是三十点四八厘米……"

AZUMA（东）好像很擅长心算，两眼放光地接过话头："换算过来，加茂先生就约为一米七九，我是大约一米五四，栋方先生则是一米六四。"

MUNAKATA（栋方）重新抱起胳膊，说："别管身高了。能看到铁丝网里面的情况吗？"

加茂搬了把椅子站上去，视线正好到达铁丝网的高度。那里面是个直径二十厘米的通风孔。

"……我不是很熟悉这种东西，应该是通冷气、暖气和换气的通风孔吧。"

这时，伸长脖子张望的AZUMA（东）抛出了问题。

"铁丝网的网眼大约直径五毫米？"

"差不多。网眼细密，且铁丝网牢牢地固定在墙上，要从这里拿放什么东西，估计很难。"

MUNAKATA（栋方）叹着气坐在了床上。

"VR空间里有空调，这不是很奇怪吗？这里的室温上升或下降，对我们都没有影响啊。"

"这倒不是，VR操作服内置了反映冷热感觉的功能。如果不保持VR空间内的温度舒适，玩家会感到不适。"

加茂说完跳下椅子，转过头正要开口，却被别人抢了先。

"冷热感觉……有道理，得查一查。"

MUNAKATA（栋方）嘴角一勾，露出了充满自信的表情。

加茂感觉操作手套里的手上冒出了一层冷汗。

……他发现什么了？发现了多少？

加茂一边祈祷不要被别人看出内心的慌张，一边跟着AZUMA（东）继续调查YŪKI（游奇）的房间。

这间屋子里的人偶一半是赛博朋克风格的，一半是现代日系风格的。

加茂拿起一个半边脸改造成机器的人偶，说："说起来，我的房间里都是精灵和矮人呢。莫非每个房间的主题不一样吗？"

这间屋里的人偶也比表面看上去的要重。AZUMA（东）拿起一个女高中生样貌的人偶，露出了苦笑。

"加茂先生住的是古典奇幻房间啊……我那里有很多战国时代的武将和忍者打扮的人偶，可能是古装剧房间。栋方先生呢？"

MUNAKATA（栋方）躺在床上回答："我看到了长得像爱德华·蒂奇和安妮·伯尼的人偶。"

加茂不太熟悉海盗，但他知道爱德华·蒂奇是黑胡子，伯尼则是著名的女海盗。故意使用不容易认出来的称呼，倒也很像 MUNAKATA（栋方）的风格。

因为粗略检查了一遍堆成小山的人偶，他们花的时间比预计的要长。尽管如此，还是在二十分钟内检查完了 YŪKI（游奇）的房间。

AZUMA（东）跪在地板上，无精打采地说："……没找到有用的线索呢。"

MUNAKATA（栋方）从床上坐起来，极其轻蔑地说："花了这么多时间，却没有收获……你们比我想的还要没用啊。"

调查期间，MUNAKATA（栋方）一直躺在床上。不愧是光明正大表示懒得动的人，那副懒惰的样子甚至令人敬佩。

AZUMA（东）似乎生气了，嘲讽道："哦？你之前查案子也是全让助手调查吗？"

"在船上第一次碰面时，你也是这样瞪我的吧？我打从一开始就觉得跟你合不来。"

"还不是跟你打招呼你也没反应，我才那样看你的。"

"啊啊啊，我最讨厌啰唆的人了！火烈鸟真的很棒，它从来不抱怨，跟人不一样……它不会背叛我。"

MUNAKATA（栋方）的语气中明显带有一丝阴霾，但是AZUMA（东）似乎没有注意到，继续毫不客气地说："肯定是你性格不好，才只能跟哈士奇作朋友吧。我看你好像很重视那条狗嘛。"

MUNAKATA（栋方）闻言，露出自嘲的微笑。

"它是我捡来的小狗，我觉得随时可以扔下它，就一直带着了。"

看到MUNAKATA（栋方）的表情中透露出前所未有的痛苦，加茂几乎是条件反射地问道："如果我猜错了，那先说声对不起。莫非……你的火烈鸟被当成人质了？"

"早知道就该立刻扔掉那条狗！这样我就不会被椋田抓住弱点……也不会让火烈鸟遇到危险了。"

椋田肯定是了解到他不相信任何人的性格，才把他的搭档火烈鸟扣下来当成了人质。她恐怕很清楚，那条哈士奇对栋方来说比家人还要宝贵。

见他这副样子，AZUMA（东）的态度也软了下来。

"对不起……那个……我不该说那种话。"

沉默持续了片刻。

不知不觉间，AZUMA（东）又换上了一副柔情与强烈的不安混杂的表情，注视着远方。可能因为提到了人质，使她想起了如今正面临生命危险的孩子。

与此同时，加茂也想起了伶奈和雪菜。

加茂是凶手角色，只要能解决YŪKI（游奇）被害案，就能结束游戏。在这一点上，他比所有侦探角色都更有利，可他迟迟找不到解决事件的突破口。不仅如此，他还要费力地防止自己的作案手段被揭穿。

"……这样下去，真的能保护她们两个吗？"

这时，走廊上传来了说话声。

三人打开门，发现FUWA（不破）和KENZAN（乾山）站在门外。

"你们这边也告一段落了吧？"

FUWA（不破）疲惫地笑了笑。

MUNAKATA（栋方）再次朝加茂努努嘴，示意他跟上，接着转身走向通往大厅的门。加茂本以为AZUMA（东）会跟过来，可她却若有所思地说："我要回房间整理整理思路，过后再跟你们会合。"

说完，AZUMA（东）便独自走向北馆，加茂目送FUWA（不破）和KENZAN（乾山）走进YŪKI（游奇）的房间后，跟默不作声的MUNAKATA（栋方）一起回到了大厅。

"……查到什么了吗？"

YŪKI（游奇）问了一句。他正百无聊赖地抓着玩偶屋的遥控器，操纵模型屋顶一会儿上升一会儿下降。

MUNAKATA（栋方）彻底无视了YŪKI（游奇）。

"加茂先生，接下来调查厨房吧。"

他说完就走进了厨房。加茂留在大厅向YŪKI（游奇）汇报情况。

"很可惜，我们这边没什么收获。"

YŪKI（游奇）把遥控器放回原位，点了点头。

"是吗……加茂先生一定能解决这起事件的。"

加茂以为他在调侃，但YŪKI（游奇）的语气并非阴阳怪气，更像是在平淡地陈述事实，让加茂感到匪夷所思。

加茂走进厨房时，MUNAKATA（栋方）正在检查冰箱，嘴边还挂着嘲讽的微笑。

加茂走到冷冻柜旁，VR操作服里的身体感受到了强烈的寒意。

冷冻柜里空无一物，冷藏柜里也只放了几瓶天然水。除此之外……就是制冰机的托盘里堆满了呈正方体的冰块。

MUNAKATA（栋方）拿起一颗冰块，他的体温使冰块渐渐化开了。

"嗯，看来这方面跟现实世界一样啊。"

说着，他把冰块扔进了水槽。冰块撞到洗碗的海绵上，停了下来。

这时加茂才意识到，厨房里没有洗洁精。这么说来，客房的浴室里也没有沐浴露和洗发水等物品。

……奇怪。他不记得自己请开发人员去掉了洗涤剂这类物品。

加茂皱眉思索时，MUNAKATA（栋方）已经走到了放调味料的架子前。

架子上摆放了大约三十种调味料，有盐、糖、黑胡椒、豆瓣酱、姜黄根粉、肉豆蔻，等等。都存放在手掌大小的玻璃瓶和玻璃容器中。

MUNAKATA（栋方）只是站在一旁观察，加茂则拿起瓶子逐一察看。所有调味料都只剩下一点，盐和味噌的残量最少。

昨晚调查时段刚开始，加茂就检查过这个架子。当时调味料的余量跟现在一样少。

……看来这个馆的主人被设定成了拖延症的性格。

调味料所剩无几却无人补充，水槽边杂乱地摆放着餐具和空瓶，这些都加强了拖延症的特征。

"那扇门后面是什么？"

MUNAKATA（栋方）指着架子最下层的柜门。加茂打开门，发现里面摆着大容量的调味料瓶。

瓶子里都是酱油、醋等液体调料，其中酱油的瓶子最大，但也只剩一个瓶底的量。

"原来如此。"

MUNAKATA（栋方）嘀咕着，离开了调料架。

加茂拿起酱油瓶。看大小，容量应该有四百毫升。瓶身的标签上印着"减盐酱油"的字样。然而……在这种极端情况下看到关注健康的物品，只会让他的心情更加沮丧。

接着加茂又伸手去拿醋瓶，恰在此时——

"调查结束了。"

MUNAKATA（栋方）突然这么说，加茂被吓了一跳。

他勉强压抑住内心的动摇回过头去，MUNAKATA（栋方）却看都没看他。此时MUNAKATA（栋方）正注视着冰箱，露出意味深长的笑容。

"结束……你不是还要再检查一遍仓库吗？"

加茂反问了一句，MUNAKATA（栋方）却没有解释。

"不用，需要的信息都到手了。"

明知道迟早会有这一刻，加茂还是倍感压力。

他很清楚，只要将MUNAKATA（栋方）调查过的内容结合起来，就能得出真相。可是……

"现在还太早了吧。"加茂笔直地注视着MUNAKATA（栋方）说道。

对方似乎吃了一惊，但很快就压低声音反驳道："这不是由你决定的吧。"

"我不知道你做出了怎样的推理，但应该花点时间仔细验证之后再说出来。否则——"

加茂的话没有起到作用，MUNAKATA（栋方）打断了他，高声宣布道："椋田，事件的真相我全都知道了！"

加茂意识到为时已晚，只能沉默。不知何时，MICHI（未知）从仓库探出了头。她的目光像是在判断MUNAKATA（栋方）究竟有几分是认真的。

一阵低沉的笑声传来，椋田打开了语音通信。

"我都等得不耐烦了。那么，接下来就进入解答时段吧。"

"我可以立刻在这里进行推理。"

MUNAKATA（栋方）充满自信地说完，却立刻被否决了。

"这里？开什么玩笑。"

"如果你要召集所有人，我也可以移动到大厅。"

"那样也不行。"

"……什么意思？"

"解答时段的精髓就在于通过被揭发对象的表情变化戳破其谎言，用推理的天罗地网将其逮住嘛。虽然虚拟角色也能反映玩家的表情……但终究比不上真人。如果要看推理者和揭发对象的碰撞，当然是现实世界最好呀。"

没有人提出异议。椋田继续道："从现在起，我们将游戏地点移至巨齿鲨庄。请各位玩家回房存档，然后到现实世界的休息室集合。这回可以不戴VR眼镜，但请不要忘了佩戴手套控制器。"

## 第七章　试玩会　第二天　解答时段①

二〇二四年十一月二十三日（周六）11:50

巨齿鲨庄里弥漫着浓烈的旧木材的气味，连暖气都挡不住的深秋寒气也是现实中才能感觉到的。

六本木被杀之后，这是加茂第一次走出现实世界的房间。

加茂看着平面图，沿着走廊向南前进。身后不时传来开门的声音，但他没有回头，专心致志地向前走着。

……如果栋方先生把两起事件的真相都解开了，那可真是万幸。

可是，万一他只看出了MICHI（未知）一案的部分真相呢？

届时不仅是加茂，连伶奈和雪菜都要丧命。最让加茂痛苦的是，无论他做什么，都改变不了结果。

穿过走廊便是休息室。

他转动圆形把手，走进去，里面空无一人。看来他是第一个到达的。

墙边的架子上陈列着巨齿鲨软件做的游戏周边。有手办、玩偶、攻略书、设定集等，给人感觉像个小型游戏博物馆。

房间中心也有一张圆桌。

那张圆桌跟傀儡馆里的一样，可容八人围坐。不过那边的是黑檀色，这边的则是白木色，而且圆桌上还有一个巨大的圆形显示器。

"……干吗这么急着推理啊。"佑树嘀咕着进了门。其他人也陆陆续续走进了休息室。

加茂有点漫不经心地回应道："嗯，是啊。"

很快，栋方也进来了，所有人的目光都集中到了他身上。片刻之后，东走了进来，这下七个人都到齐了。

所有人都穿着VR操作服，也戴着手套控制器。

栋方依旧面无表情，但他只是强装镇定而已。加茂发现他面色发红，眼中隐藏着强烈的兴奋。他手上拿着签字笔和活页本。

发表推理结果对侦探角色来说是高风险行为，只要答错一点，就要被判定为GAME OVER，然后丢掉性命。

正因如此，加茂才劝栋方暂时别说出结论，至少先验证一下再说……然而，他的努力没有效果。

不知从何处传来了熟悉的声音。

"本次的解答者是栋方希先生……请你按顺序说出自己的推理吧。从哪起事件开始？"

"从MICHI（未知）遇害案开始。"

加茂忍不住握紧了双拳。

一阵嗡嗡声响起，圆桌上的显示器亮了。

加茂原以为那只是个普通显示器，但是他错了，显示器上方竟出现了全息立体影像。

"这是3D显示器。虽然还没开发完成，但至少能投影出游戏内的影像。"

现在那上面映出的，正是 VR 空间内的影像。

加茂还是第一次看裸眼 3D……不过比起这个，他更惊讶的是其他人竟在桌子旁挤成了一团。因为他们争先恐后地想看画面。

"喂，别踩我！"

栋方生气地喊了一声，看向背后。

他尖厉的声音吓得旁边的不破缩了缩脖子。而他身后的东和乾山纷纷后退，表示不是自己干的。东后退时踩到了佑树，被吓了一跳的佑树又踩到了未知。

只有加茂躲过了这场走软绳式的闹剧，但他看得眼花缭乱，也不知道究竟是谁踩了栋方。

与此同时，椋田仍在语气平淡地做着说明。

"可以用手套控制器移动和放大 3D 影像，如果有需要，能显示出游戏内的任何场所。"

未知用右手指尖转动着大厅的影像，同时问道："……这个 3D 投影该不会用在诡计中吧？"

"不会，因为现在的技术还不足以投影出现实世界的 3D 影像。更何况，如果主要诡计是这个，那也太扫兴了。"

未知没有理会这番说明，而是用力一挥手。投影出来的大厅像陀螺一样转了好几圈，才停了下来。眼前的这幅 3D 影像画面的确有点闪烁，一眼就能看出是假的。

椋田低声继续道："另外，解答者不能中途停止说明……你准备好了吗？"

"当然。"

栋方甚是冷静地坐在了圆桌旁没有靠背的凳子上。

加茂和其他人也跟他一样，跨过固定在地板上的凳子，坐了下来。这回未知没有碰到腿，落座得很顺利。

栋方先环视所有人一圈，然后将胳膊置于圆桌上，十指交错。

"首先我想说明一个前提——昨天 VR 作案时段开始前，我在连接大厅和走廊的南北两扇门上设了陷阱。"

栋方放大了 3D 影像，显示出大厅与走廊相连的两扇门。接着，他解释说自己在上面粘了美工刀的刀片作为陷阱。

不破困惑地开口道："这种陷阱肯定瞒不过椋田吧？跟她一伙的执行人恐怕不会中计。"

栋方眯起了眼睛。

"没错，我的目的是引出凶手角色。后来我发现，只有北门上的陷阱被触发，门把手上的刀片不见了。不过残留的胶水上留下了没有擦干净的血迹。"

昨晚加茂曾用抹布擦拭过血迹，但是由于时间快到了，他没能彻底消除痕迹，还有一些沾在了胶水上。

"另外，我在玩偶屋旁边捡到了黑色手套的碎片……那应该是刀片割下来的。中计的人肯定想去查看抽屉里的美工刀和胶水还在不在，所以才走向了玩偶屋。"

说着，栋方在圆桌投影仪上展示出自己的房间。MUNAKATA（栋方）的房间桌上摆放着加茂手套上掉落的碎片。

乾山哼哼着说："……如果谁的虚拟人物手上有伤，那人就是凶手角色？"

椋田兴高采烈地插嘴道："只要戴着手套控制器把手放在屏幕上方，就能投影出虚拟角色的手部哦。"

"像这样？"

乾山伸出手，3D 显示器投影出了虚拟角色的手部。他的手心自然是没有伤的。接着，其他人也展示了虚拟角色的双手。

加茂放弃挣扎，也朝圆桌伸出了双手。

最震惊的人……是佑树。他面无血色地注视着加茂。东也一副大受打击的模样。因为她刚才一直跟加茂共同行动，所以才会这么吃惊。

"……揭发时请说出对方的全名。"椋田插了句嘴。

栋方立即开口道："我要揭发加茂冬马。"

不破一脸厌恶地看着加茂，但什么都没说。他旁边的未知则开玩笑般地说："哦，原来是加茂先生杀了我呀。"

加茂展示着右手食指到无名指处的伤口，面露苦笑。

"如你们所见，我的虚拟角色受伤了。但我并不打算承认自己是凶手角色。"

"无谓的挣扎。"栋方恶狠狠地说了一句。

加茂转向他，说："你忘了吗？就算我是凶手角色，一旦承认就要被视作自首。如果只是我一个人死，那倒无所谓，但自首的人，其人质也要遭受惩罚。"

这时，东插嘴了。

"我知道你断定加茂先生是凶手角色的理由了。可是，他也可能是杀害YŪKI（游奇）的凶手，不是吗？"

"这不可能。"

"为什么？"

"因为杀害YŪKI（游奇）的凶手不仅下了毒，还在走廊制造出响动。不进入南馆是不可能完成这些举动的。"

尽管栋方还没解释完，但东好像已经理解了。她一脸了然地接过了话头。

"对呀。如果加茂先生从所在的北馆移动到南馆，就应该在南门中招，而实际上是北门的陷阱被触发了，两者是矛盾的。"

加茂听着他们的分析，暗自叹了口气。

……从说明到理解，速度太快了。这些业余侦探能获得邀请，说明都不是普通人啊。

不破依旧挂着一副凶煞的表情，开口道："你这个推理不算坏，但能先说说你是如何破解密室的吗？"

"那就是个简单的物理诡计。"

栋方懒洋洋地说着，调出了仓库的影像。MICHI（未知）的尸体躺在那里，橡皮艇和置物架也还扔在室内。

"在研究如何制造密室时，我们都认为架子被放在了距离仓库门四十五厘米的地方。因为把橡皮艇夹在房门和架子之间后，门就打不开了。"

不破点点头，说道："而且扶起倒地的置物架后，它确实就在你刚才所说的位置。"

"但其实这个想法是错误的。凶手摆放置物架的位置，事实上距离房门有一米多远。"

加茂觉得全身的血液都在倒流。尽管室内开着暖气，他还是觉得背后发凉……此时，他最害怕的事情正在发生。

与此同时，东露出不明所以的表情。

"架子离门那么远的话，就算中间夹着吹胀的橡皮艇……也还有五十五厘米以上的空当。人虽然可以轻松进出，可这样仓库就无法封闭了。"

"没错，所以加茂先生在离开仓库后，用冰块堵住了房门。"

栋方胸有成竹地说完，东的表情更困惑了。

"厨房里确实有制冰机，可是冰块，要怎么用啊？"

"放架子的时候在底下垫冰块就行了。此举的关键在于要把

图一

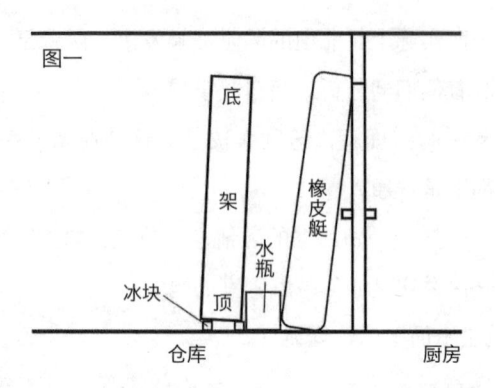

底架　橡皮艇　水瓶　冰块　顶

仓库　　　　　厨房

架子倒着放。"

"……上下倒放？"

"事先把装满天然水的箱子像这样摆在仓库的地上就好了。"

栋方拿起签字笔，在活页本上画了张图（见图一）。加茂心情沉重地看着他的动作。

未知露出了半信半疑的表情。

"可是冰块化了，架子也只会倒到地上而已啊。万一中途失去平衡，还很有可能往仓库里面倒。"

"不会的。冰块有一种特性，叫加压融化。"

"啊，原来如此。只要在不同的位置放上不同数量的冰块就行了。"

未知在栋方进行详细解释之前就自己得出了结论，对此栋方似乎很不爽，但还是说了下去。

"只要让靠仓库内侧的冰块多于靠门口的冰块，由于压力导致的倾斜，就会使靠门的冰块更快融化。换言之，能使置物架往门的方向倒。"

栋方连珠炮似的推理让加茂很想捂住耳朵，可是现实情况

图二

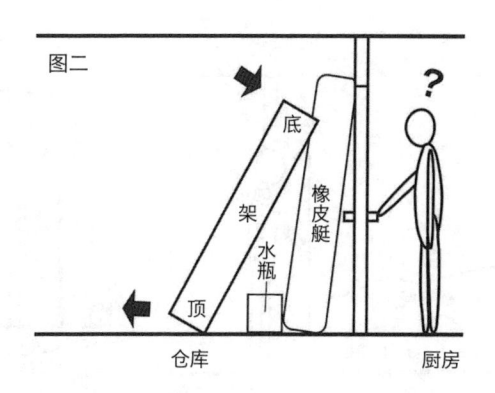

[图示：仓库与厨房，置物架倾斜，标注"底""架""顶""橡皮艇""水瓶"]

并不允许他这么做。

这时，栋方再次动笔，画了另一张示意图（见图二）。

乾山盯着示意图看了一会儿，也点了点头，表示赞同。

"真的呢。在这个状态下摇动房门，置物架的'顶板部分'就会顺着地面慢慢滑向仓库内侧。"

"只要一直不停地撞门，架子最终就会'底板部分'朝着仓库门倒下。我们听见的轰鸣声就是这么来的。同时，橡皮艇也会被置物架的边角划破。"

乾山指着图中的天然水箱子说："但是这样解释不了架子上有天然水的情况吧？那个置物架没有背板，如果把水放在上面，架子倾斜时水就会滑出来……地上的箱子又要怎么跑到架子上呢？"

栋方哼笑一声。

"很简单。架子倒下的位置让最下层完美地套住了天然水箱子。"

栋方画起了第三张示意图。一番流畅的走笔后，第三张图便画好了（见图三）。

图三

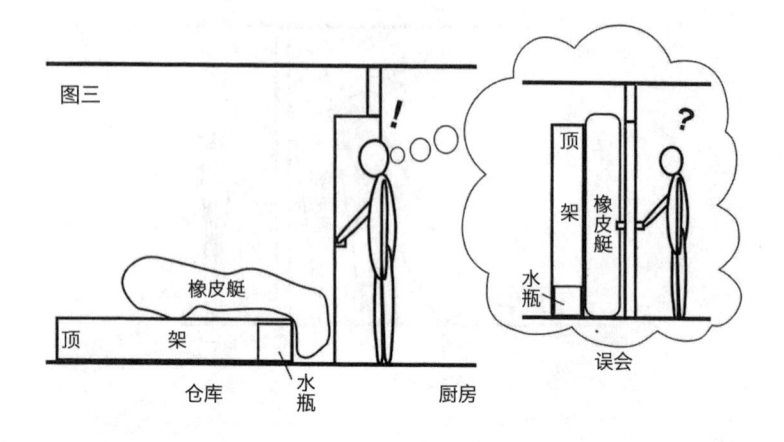

橡皮艇
顶　架
仓库
水瓶
厨房

顶架
橡皮艇
水瓶
误会

"开门时，我们发现地上摊着漏了气的橡皮艇。因为天然水的箱子在架子内部，置物架底部又对着房门，所以我们误以为'架子摆放在离房门四十五厘米远的地方'……这就是密室诡计的完整内容。"

乾山似乎并没有被说服，有点不服气地说："这完全是靠运气作案啊。"

"没错，这是一种受概率限制的作案方式。可是……你会不会忘了，那可是发生在VR空间里的事件啊。"

"什么意思？"

"跟现实中的犯罪不一样，凶手角色可以在傀儡馆内随心所欲地进行模拟实验。只要反复实验，不断微调，让架子倒在自己想要的位置并非难事。"

确实……加茂在监修时进行了许多次模拟作案。

VR空间内可以随意设置天气数据，不会出现突发龙卷风导致计划失败的事情。也正因如此，他能轻易地得到符合模拟实验的结果。

加茂知道自己不能一直保持沉默，于是咬咬牙开了口。

"……你要如何解释天然水的瓶子裂开了？"

"应该是置物架倒地时的冲击弄坏了水瓶。而瓶里流出的水又可以掩饰地面上冰块融化的痕迹，也是一种销毁证据的有效方法。"栋方游刃有余地反击道，到现在还坚信自己胜券在握。

看着这样的栋方，加茂忍不住掩面。他刚才之所以恨不得捂住耳朵……是因为栋方的推理与真相相去甚远。

既然给出了错误的推理，栋方将不可避免地成为执行人下手的目标。最令他痛心的是，栋方本人并不知道这个事实。

加茂重新打量起圆桌周围的人。

几乎所有人的目光都集中在被揭发的加茂身上。

只有一个人像着了魔似的盯着栋方，那就是佑树。他眼中藏着对不可避免的事态的恐慌……也许佑树也发现了栋方推理中的破绽。

屏幕里突然传出带着笑意的声音，打破了紧张的气氛。

"哦，我忘了说一件事。被揭发的玩家有义务提出反证。"

椋田的话让加茂不禁愕然。

"反证？是什么意思？"

"假如侦探角色发表的推理结论是错误的，加茂先生为了活下去，就必须提出反证。若反证失败，你和解答者都要被判定为 GAME OVER，成为执行人的下一个目标。"

"……你太卑鄙了！"

东气得声音发抖。椋田的语气却突然冷了下来。

"既然号称侦探，至少要能避开落到头上的火花吧。要是连一个错误的推理都无法推翻，那个人作为侦探就没有存在的价值了……当然，这的确也是为了快速减少玩家而设的规则。"

椋田发出了疯狂的笑声。

一股铁锈味在加茂的口中弥漫开来。原来他不知何时用力咬紧了牙关。

……反证的成败与否，完全靠运气啊。

被揭发的人必须当场组织反驳。要在如此短的时间内产生灵感，这靠的不是运气还能是什么？

另外，就算解答有误，被揭发者也可能无法证明。正如理论纵使符合所有已知情况，却也不一定就是真相。

最令人无奈的是……即便他成功反证保住了性命，栋方的命运也不会改变。不仅如此，假如加茂反证成功，他不就成了实质上引导栋方走向那个命运的人吗？

"这个规则对执行人也很不利吧？即便是你的共犯，但在反证失败的可能性上，那个人跟我们是平等的。"佑树平静地插嘴道。

"这你不需要担心。我的执行人早在参加游戏时就接受了这个风险。若执行人反证失败，就会自行选择死亡，并伪装成他杀以扰乱你们的调查。"

佑树冷静的面具彻底消失，露出了嫌恶的表情。

"连执行人……都可以当成弃子吗？"

"你怎么这样说话啊。如果那个人连你们发表的低水平推理都无法反证，活着也没什么用啊。"

栋方似乎忍无可忍了，耸着肩膀开口道："你们为什么以我的推理是错误的为前提说这些话？我的推理明明没有被反驳的余地。"

加茂的心情十分复杂，但还是转向栋方开口道："我不熟悉化学和物理，所以老实说，我并不知道'冰块受到的压力增大则融点下降'这种性质的诡计是否可行。不过……这次即使不用那种专业知识，我也可以断言栋方先生的推理存在漏洞。"

"……比如什么？"

"首先，置物架倒下时恰好把天然水的箱子套在层板之间，这是不可能的。置物架滑动多远才倒下，这取决于撞门的人力量有多大。无论凶手角色重复多少次模拟实验，都不可能控制这一点。"

"之前也说了，只要反复实验就能提高精准度。而且，无论你怎么强调失败的可能性，也无法证明你没有使用我所说的诡计。这也算反证吗？"

听到栋方轻蔑的言论，加茂的心情更沉重了。

"其实，只要栋方先生不那么讨厌亲自动手，早就应该发现了。使用冰块的手法，跟现场情况是矛盾的。"

加茂在屏幕上调出了成为问题焦点的置物架。

栋方并没有要求他继续解释，而是兀自观察起3D投影出来的置物架。很快，他便瞪大了眼睛。

"……灰尘？"

置物架的顶板上覆盖了一层薄膜般厚度均匀的灰尘。

加茂跟佑树一块儿扶起置物架时亲眼看到了顶板上的灰尘。然而栋方并没有上来帮忙，因此没机会近距离观察置物架。

他懒得动手的性格带来了致命的打击……导致他未能察觉自己的推理与现场情况的矛盾之处。

"蒙在上面的灰尘即使在置物架倒地后也没有震落。可是，如果顶板和地面之间放置过冰块，情况就会不一样了吧？那样一来，冰块融化产生的水应该会冲掉顶板上的灰尘，不可能保持如此均匀的状态。"

加茂再次将手伸向屏幕，调出架子的最下层。那部分层板上的灰尘痕迹很凌乱。

他看向一脸茫然的栋方，不得已给出了致命一击。

"如你所见，最下层的层板上痕迹凌乱，这是瓶子漏水所致。如果用了你说的诡计，顶板上的灰尘应该也会变成这样。"

不知从何时起，栋方开始抓头发。抓到指尖都渗出血迹时，他终于低下头喃喃道："你说得没错，看来我的推理出错了。"

\* \* \*

"解答时段继续吗？"

扩音器里传出了意想不到的提议。

圆桌旁的所有人都吓了一跳。其中反应最大的人，便是栋方。他声音沙哑地问："还能，继续吗？"

椋田带笑说问："解答时段就这样结束，未免太无趣了。栋方先生才解释了一起事件，肯定还不满足吧。既然如此，我就给你一个活命的机会好了。"

栋方沉默不语，椋田则用耳语般的声音继续道："我可以批准延长一次解答时段。如果栋方先生能准确说出YŪKI（游奇）遇害的真相，这一次的失败便能抵消。如何？这个提议对你有利而无害呀。"

栋方黯淡的双眼恢复了光彩。他继续用嘶哑的嗓音喃喃道："……可这对你有害而无利啊，不是吗？"

"因为你有可能揭发杀死YŪKI（游奇）的凶手，从而使执行人暴露身份？那我明说了吧，我可以承担这个风险。"

椋田兴高采烈地说着，使人难以判断其所思所想。加茂脑中愈发混乱了。

至少可以肯定，她如此提议绝非出于善意。

……如果栋方推理出了YŪKI（游奇）之死的真相，那他就将揭发藏在众人之中的执行人。如果那个人无法提出反证，就将难逃一死。而椋田却完全不把这一风险放在眼里。

加茂紧紧皱起了眉。

莫非椋田有绝对的自信，认为执行人的行动不会被准确地推理出来？或者说，她并不在意谁死，只关心如何增加死者？

遗憾的是，不能保证栋方对于YŪKI（游奇）案的推理是正确的。相反，他再次做出错误推理的可能性更大，然后让某位侦探角色的玩家一同卷入他的失败，跟他一起遭殃。

不一会儿，栋方低声说道："意思就是，如果我想活下去……就拉上别人一起承担风险，继续推理？"

"没错。因为要想在这个游戏中获胜，就得赌上自己的性命，践踏别人的生命。"

栋方闻言，嘴角露出一个危险的笑容。不破和未知连忙上前阻止，但栋方已经站了起来。

"当然，解答继续吧。"他看了一眼哑口无言的不破和未知，歪着脖子说道，"你们在害怕什么？怕被我点名吗？不过……放心吧。我要揭发的执行人不是你们。"

听了他的话，另外三个人面色骤变。

除去已经被指认为凶手角色的加茂，栋方将要在佑树、乾山和东之中指认一个人为执行人。

其中只有受害者佑树看起来不那么紧张。他平静地问道：

"好吧，你觉得是谁杀了我？"

"就是你，青叶游奇。"

"哦……啊？我？"

佑树可能完全没料到他会这么说，被呛得连连咳嗽起来。

加茂再次用左手捂住了脸。无论栋方揭发谁，他肯定都会倍感惊讶……可栋方偏偏揭发了佑树。

确实，佑树有时会做出一些让周围的人目瞪口呆的举动。

最惊人的就是他为儿时玩伴复仇未遂这件事。

佑树本人丝毫不后悔复仇的决定，甚至觉得自己跟椋田是同一类人。从这个意义上来说，他在思想上很可能跟椋田有共鸣。

可是加茂熟知佑树的性格，他不认为佑树会成为椋田这个"杀戮者"的帮凶。

……我可以，相信他吧？

栋方并不理睬咳嗽不停的佑树，语气平淡地继续道："如何进入密室下毒？思考这个只会浪费时间。在那种情况下，无论什么人都无法在水里下毒。"

佑树好不容易调整好呼吸，然后反驳道："即便如此，你也不能仅凭这个就跳跃到我是自杀的这个结论吧。这种犯罪方式可一点都不亮眼。"

栋方扬起眉毛，注视着佑树。

"加茂先生刚才一直等到我说完全部推理，看来你跟他不一样啊。"

"我觉得那只是因为加茂先生神经大条……不管怎么说，就算这是我自导自演的事件，还是存在难以解释的部分。"

佑树坐直身子说完这段话，栋方咧嘴笑了。

"你是指毒药吗?"

"没错。解答时段开始后,我一直在琢磨这件事。栋方先生推理时完全忽视了毒药,对不对?加茂先生提出反证时也没有提起这东西。"

面对佑树尖锐的指摘,加茂不禁苦笑。他之所以回避这个话题,是因为贸然提及毒药有可能会害了他自己。

佑树继续说道:"椋田小姐说过,馆内并没有放置超过致死量的毒药和令人昏迷的药物,是这样没错吧?"

"没错。只有一个例外,就是凶手角色或执行人,其中一人持有毒药瓶,装有超过致死量几千倍的毒药。"

"然而,事实上,未知小姐因为某种毒药而晕倒,我也中毒死亡了。如果不是凶手角色和执行人都持有毒药,就没法解释这个了啊!"

栋方露出了游刃有余的微笑。

"我之所以没有提及毒药,是因为毒药之谜跟你的罪行紧密相关。毕竟真正用到毒药瓶里的内容物的,只有MICHI(未知)之死。"

加茂差点发出惊呼,但勉强控制住了自己。

再看佑树,他全身绷紧,一言不发。大约过了十秒他才恢复过来,开口道:"……你这样说的依据何在?"

"首先,椋田准备的毒药剂量太大了。杯子里装着足够存档五次的水,假设在杯中下毒,只需要致死量的五倍就足够了。"

"有道理,确实没有必要准备超过致死量八千倍的毒药。"

栋方闻言,咧嘴一笑。

"那我们换个角度思考吧。此前考虑的一直是'经口'摄入毒药。如果……凶手角色加茂先生是用'经皮肤'的方式下毒的呢？"

佑树瞪大了眼睛。

"你认为是在门把手上涂抹了毒药？！"

"没错，你理解得真快。未知小姐的虚拟角色直接接触了仓库的门把手，毒药经皮肤进入了她的体内。因为毒药是无色透明的液体，无论涂抹在什么地方，都是看不出来的。"

"……事后再擦掉把手和尸体手上的毒药，从而销毁证据？"

"正是如此。这个方法唯一的缺点就是效率太低。虚拟角色只有手指会沾到少量门把手上的毒药，再经皮肤吸收的量就更少了。"栋方看着一言不发的佑树，得意扬扬地继续道，"这就是为什么要准备如此多的毒药。关于这一点，我应该没有弄错吧，加茂先生？"

面对他的挑衅，加茂犹豫着该不该进行反击。

针对MICHI（未知）之死的反证已经结束了，此时解答时段的当事人已经变成栋方和佑树。现阶段没有必要冒着失言的风险再进行反驳，做出如此判断后，加茂姑且选择了沉默。

"你这个假说很有意思。可是，这并不能解释我的角色为何丧命吧？"反驳栋方的人是佑树，他又嘲讽似的继续道："假如我没有使用毒药瓶里的东西，又是如何自杀的？若不能解释这个问题，你的推理就无法成立。"

栋方哼笑了一声。

"你没有使用所谓的毒药，还是中毒死了。"

听了他的话，所有人都骚动起来。

"啊……你什么意思？"

佑树并没有因此而生气，反倒流露出了强烈的困惑。他的表情似乎还游刃有余，脸色却愈发苍白了。

不知栋方是如何理解他的震惊的，挂着危险的笑容继续道："人不一定非要摄入毒药才会中毒。即使是本来不怎么有害的东西，只要剂量上来了，依旧能害人。急性酒精中毒就是一个例子。"

佑树一副猝不及防的模样，但很快反驳道："傀儡馆里没有酒，只有大量的天然水……没错吧？"

佑树突然失去了自信。加茂微微点头，表示他是对的。

但与此同时，加茂又暗自叹息。

……佑树放弃了侦探角色，没有认真调查现场，这么做反倒害了他自己啊。看他这个样子，恐怕连厨房里有什么都不知道。

成功提出反证的关键在于掌握了多少信息，并且如何运用那些信息。

无论怎么想，这对缺乏调查的佑树都很不利。

栋方并未察觉加茂的担忧，而是开始操作3D显示器。不一会儿，他就调出了厨房的画面。

"我没说作案时用到了酒精。你用的是盐。"

"……盐？"

佑树嘀咕了一句，然后陷入沉默。

3D投影出的厨房架子上摆放着各式各样的调料。

掌心大小的瓶子和容器中都只剩下很少的量，尤其是盐和味噌，残量最少。

"你听说过喝多了酱油会死吧？人体一旦摄入过量的盐分就会引发盐中毒，导致高钠血症，可能致死。"

栋方所言非虚。只要剂量过大，很多东西都对人体有害，哪怕是每天用到的调料也一样。

佑树慌忙反驳："可是那些装调料的容器都很小啊。那么一点盐和味噌，就算都吃下去，也不一定会死吧。"

"你装傻也没用。我亲眼看到这个置物架的底层摆着酱油瓶，记得容量是四百毫升的。"

佑树哑口无言了。他可能也觉得，把盐、味噌和酱油全部加在一起，确实有可能超过致死量。

栋方穷追不舍地继续道："你把盐、味噌和酱油全都带回了房间。之所以没有把厨房里的调料都倒空，恐怕是担心那样反而会引起注意吧。然后，你锁上房门，在语音通信里上演了一出'存档时服下了毒药'的戏码，随后把酱油一饮而尽，再从水龙头接水化开了盐和味噌，同样一饮而尽。就这样，你摄取了超过致死量的盐分。"

佑树依旧沉默不语。栋方飞快地说了下去。

"不使用毒药的毒杀事件……这主意还挺绝妙的啊。在得到这一切都是游奇先生自导自演的确凿证据之前，我们不得不先想方设法解开密室诡计，毫无意义地东奔西走。"

加茂不禁咬住了嘴唇。

……这是不可能的。栋方的推理又错了。

加茂对自己的记忆力很有自信，因此才能如此断言。

昨晚调查时段刚开始，加茂就确认过盐和味噌。当时的剩余量跟现在没有不同。因此可以肯定，佑树并没有在调查时段或犯罪时段中拿走调料。

然而，栋方还在继续发言。

"等到我发现是游奇先生自导自演，椋田又煞有介事地提出了毒药瓶的设定……她都这么说了，所有人都会觉得YŪKI（游奇）遇害案中肯定用到了毒药，不是吗？谁也不会想到用的竟是调料。"

加茂心不在焉地听着，脑中继续思考。

……可惜昨晚没有仔细检查酱油瓶。

这是他的失误。但他还掌握着一项栋方不知道的信息，他拿起酱油瓶打量过一遍，瓶子里装的是减盐酱油。如果目的是让自己盐中毒，肯定会选择普通酱油而非减盐酱油。虽然用这一点作反证有点力量不足，但他只能赌一把了。

想到这里，加茂决定出口相助，可是就在此时，椋田敏锐地插嘴了。

"哎呀，不行哦。只有被揭发的人可以提出反证，任何人都不能帮忙。一旦帮了忙，游奇先生和帮忙的人就都要接受惩罚。"

再一次被看透了心中的想法，加茂只得把话咽了回去。

此时，佑树自言自语般嘀咕道："傀儡馆里配备了洗衣房，却没有洗涤剂和柔顺剂。厨房里也没有中性洗涤剂，房间里没看见洗发水和沐浴露。"

栋方眼中浮现出警惕的神色。

"你这算是反证吗？"

佑树的目光从显示器移向栋方，然后点点头。

"……也许，你理解错了椋田的话。"

"什么？"

"在提及虚拟角色能够摄入的液体时，椋田说她没有在这座建筑物里放置超过人体致死量的毒药。然后她说……她特意准备了大量饮用水，还给凶手角色和执行人中的一位安排了毒药。"

加茂也记得这段话。栋方似乎越听越困惑了。

"那又如何？"

"她这种说法……你不觉得她特意准备的毒物有两种吗？毒药，还有饮用水。"

栋方听完就笑了。

"水怎么可能是毒物！"

"那可不一定。有一种现象叫水中毒，如果一次性饮用大量的水，也会对人体有害，跟盐一样。"

"你瞎说。"

"我没有瞎说哦。之前为了写小说，我还特意查过相关资料。水中毒与盐中毒相反，会引发低钠血症。人体的肾功能衰竭时无法排出水分，也会引发同样的病症。"

"……你要瞎说到什么时候？"

栋方的语气越来越恶毒，佑树却只是露出苦笑。

"我说的这些确实有点不可理喻。问题不是'一般性的毒物定义'，而是'椋田如何定义毒物'。按她说的话来考虑，我认为椋田肯定把大量摄取就会引发中毒的水和盐，都归为了毒物。"

这个思路转换得有点牵强，但没有错。

虚拟角色只能摄入液体。加茂也没在VR空间内看见洗涤剂、沐浴露和酒水，如果从避免设置有毒液体与易溶于水的物品这个角度来考虑，就能解释得通。

佑树继续道："假设除了毒药和'大量饮用水'之外，傀儡馆内并不存在超过致死量的毒物……那就说明盐、味噌和酱油都没有因为用于作案而减少，而是盐分总量从一开始就设置得很少，以免超过致死量。"

"你胡说！你在歪曲事实！"

栋方猛烈地摇着头，几乎要哭出来了。佑树的表情也扭曲得厉害。

"我不知道游戏开始时调料的总量有多少……栋方先生,你知道吗?"

栋方低着头不说话。佑树看向了显示器。

"我们两个再怎么争论也没用,请掌握信息的你来判定吧。"

扬声器内传出了一声叹息。

"游奇先生的推论没有错,我说的毒物也包括洗涤剂和调味料,这座馆里确实没有放置会引发盐中毒那么大量的氯化钠。栋方先生所说的自杀方式不可能实现。"

也许是早有预感,听完这番话栋方只是低头看着双手。佑树也一言不发,看不出反证成功的喜悦。

椋田像在嘲笑似的继续道:"我本想在这个解答时段一次性解决掉三个人,没想到被揭发的两个人都成功提出了反证,真没意思。"

"我……必须得死吗?"栋方喃喃道。

"没错。你连续两次推理错误,已经没有活着的价值了。你将以死为代价,变成让其他侦探陷入痛苦的新谜题。"

# 第八章　试玩会　第二天　第二波与调查时段③

二〇二四年十一月二十三日（周六）13:15

"那么，请各位回到VR空间的主舞台吧。返回房间连接上RHAPSODY后，请到大厅集合……包括栋方先生在内的七人到齐后，我会进行接下来的说明。"

语音通信结束了，但所有人都坐在巨齿鲨庄的圆桌旁，没有力气行动。

外面的风变强了，热带树木的硕大叶片随风摇摆。现在还能看见一点阳光，但说不定就要变天了。

加茂下定决心开了口，打破了令人压抑的沉默。

"在解散之前，不如我们想想怎么保护栋方先生吧。"

栋方哼笑一声。

"我差点用不着边际的推理杀了你和游奇先生哦，而你却……真是个老好人。"

"老好人？"

意想不到的地方发出了声音。不破表情严肃地看了一眼加茂，继续道："你也知道，执行人就混在我们中间。此时此刻那个人可能也在诱导我们，创造出方便作案的条件。如果贸然行动,很有可能反而让栋方先生陷入险境。"

一直抱着胳膊沉思的乾山开口了。

"我赞成加茂先生的提议。现在最优先要做的,应该是保护栋方先生。其实很简单,只要保证在场的所有人都没有机会伤害到栋方先生就行。大家都谨慎行动的话,执行人应该没有机会从中作梗。"

东点了点头,说道:"我也这么认为。不如让栋方先生最先回房,这样其他人就没有机会抢先一步潜入了。"

栋方耸了耸肩。

"……如果这样就能保住性命,那也太简单了。"

他的语气虽然轻松,眼神中却饱含深深的绝望。他旁边的未知轻轻拍了拍他的肩膀。

"别急着自暴自弃呀,现在只能保持谨慎,尽力而为了。"

最后众人决定,由加茂、佑树和不破三人护送栋方回房。

因为太多人一起行动反倒不方便互相监视,才最终选定了三个人。而这三个人之所以被选中,单纯是因为房间所在的方向与栋方一致。

栋方用智能手表打开门锁,粗略打量了一遍内部,然后说:"你们能不能别都一副死气沉沉的样子?反正很快就要在VR空间里碰面了。"

他的声音没有一丝气势。

不破担心地提醒道:"无论发生什么事,你都不要离开房间。锁好门之后最好别靠近门窗。"

"事先声明,我可不打算乖乖受死。"

栋方正要关门,又停下动作微笑着说:"对了,我有件事想拜托加茂先生。"

"拜托我？"

"一想到可能要死了，我就放心不下火烈鸟。如果你能活着离开这里……能替我照顾它吗？"

加茂感到惊讶，但马上答应了。

"……知道了。"

栋方总算露出了由衷的笑容。

"谢谢你。"

略显羞涩的微笑让他看起来比实际年龄小了许多。最后，栋方告诉加茂寄养火烈鸟的动物医院的名称，关上了门。

\* \* \*

时间过得太慢了。

此刻，加茂待在巨齿鲨庄……也就是现实世界的房间里。他坐在床上，无数次看向智能手表。

下午三点零六分。现实世界里的作案时段只剩下不到二十五分钟。

……但愿无事发生。

巨齿鲨庄里的家具和浴室设备都有点老旧，应该已经使用很久了。只有天花板上的吸顶灯是新式的LED灯，估计是近十年内更换的。

吸顶灯旁边安装了半球形的监控摄像头。一般客房里不会有这种东西，可见是椋田专门为囚禁他们而设置的。

加茂低头看着桌子。上面摆着一个塑料瓶，里面装着放了好久都没喝完的咖啡。VR空间里只有玻璃容器，所以光是盯着这个塑料瓶，他就能强烈地感觉到自己正身处现实世界。

加茂拿起塑料瓶，开始回忆一个半小时前发生的事情。

送栋方回房后，加茂从现实世界进入了 VR 空间。

他靠在自己房间里的 RHAPSODY 上，装置开始同步。放下 VR 镜片前，他特意看了一眼窗外。

远处是小小的一片海，灰色的天空倒映其上。雨还没有下起来。

放下镜片后，加茂就回到了闪着淡淡磷光的存档点。

……椋田的指示是进入 VR 空间后立刻到大厅集合。

加茂走出房间，穿过走廊。

除了加茂和 FUWA（不破），所有人都到了。众人都坐在圆桌旁，或是低着头，或是双手捂脸，谁都没有力气说话。

他看到 MUNAKATA（栋方），暗自松了口气。

"没事就好。"

MUNAKATA（栋方）疲惫地抬起头，耸了耸肩。

"暂时没事。"

等待 FUWA（不破）出现的时段里，大厅被凝重的沉默掌控。

KENZAN（乾山）似乎忍受不了沉默，缓缓抬起了头。他先盯着 MUNAKATA（栋方）仔细打量了一会儿，然后犹豫地问道："刚才我就一直很好奇……你是真正的栋方先生吧？"

听了他的话，MUNAKATA（栋方）露出苦笑。

因为没听见回答，趴在圆桌上的 AZUMA（东）和 MICHI（未知）都抬起了头，右手支着下巴的 YŪKI（游奇）也看向了 MUNAKATA（栋方）。

就在这时，椋田的语音插了进来。

"你们好过分哦。本来让大家在VR空间集合，就是为了请你们确认栋方先生回房后平安无事……我可以保证，在场这位就是栋方先生。作案时段还没开始，我才不会抢跑呢。"

此前椋田也保证过，角色的外表绝对不会改变，背后的玩家也不会替换。鉴于VR眼镜有内置的人体虹膜认证，加茂觉得可以相信椋田的话。

加茂并没有靠近圆桌，而是站在了靠近玄关的墙边。因为在这里更容易监视大厅里人员的行动。

不一会儿，FUWA（不破）打开北门走了进来。

他先就迟到一事道了歉，然后走到正对加茂的墙边站着，手轻轻托住下巴。看来他也选了一个视野良好的位置。

"所有人都到齐了吧？很好，从现在起到下午三点半是现实作案时段……也就是侦探在现实世界遭到追猎的时间。"

加茂感到毛骨悚然。这次跟之前不一样……现实世界可能要出现牺牲者了。

椋田高兴地继续道："在现实作案时段，只要不离开巨齿鲨庄的客房，你们干什么都行。可以趁这个机会组织推理，也可以吃午饭。"

YŪKI（游奇）警惕地问道："可以进入VR空间吗？"

"当然，继续调查MICHI（未知）案和YŪKI（游奇）案也不失为一种乐趣。只不过，一旦进入VR空间，玩家在现实世界就会变得毫无防备。我得提醒各位，执行人在现实作案时段要杀多少个人，全看那个人自己的安排。"

YŪKI（游奇）闻言，露出了苦笑。

"看来实际上并没有选择啊。要想确保自身的安全，就只能留在现实世界。"

之后，椋田正式宣布现实作案时段开始。

最先离开圆桌的……是MUNAKATA（栋方）。

虚拟角色体现出的懒惰气质与真人几乎一致。只见MUNAKATA（栋方）转了转脖子，然后皱起眉头。

"看来我精神上受到的打击出乎意料的大啊。"

他自嘲似的说完，脚步沉稳地离开了大厅。如今再看那瘦削的背影……加茂突然觉得他特别孱弱。

目送MUNAKATA（栋方）离开后，其他人也陆续回到了自己的房间。等通过存档点返回现实世界，加茂不由得吃了一惊。

不知何时，外面已是风雨大作。

由于VR设备隔绝了噪声，他一直没听见雨声。此时房间里暗得不像白天，他甚至一脚踢到了地上的签字笔，这才意识到有东西掉在了地上。

走出RHAPSODY，打量窗外，花草树木都被倾盆大雨压得抬不起头来。加茂拉上窗帘，打开吸顶灯，这时远处甚至传来了雷声。

……这就是下午一点三十五分时的情况。

雨下了一个多小时，总算离开了戌乃岛。

直到下午三点雨势才逐渐变小，现在太阳都出来了。

加茂再次看向智能手表。

三点半……现实作案时段终于告一段落。

在此期间，他没有听到特别大的响动，也没有遇到可能与事件有关的情况。不过巨齿鲨庄的隔音效果很好，在真正看到栋方之前，他都无法放心。

加茂来到了巨齿鲨庄的走廊上。空气中弥漫着潮气，应该是雨的影响。

他走到栋方的房门前，发现佑树已经在那里了。

佑树跟加茂一样，身上还穿着VR操作服，正在敲栋方的房门。一阵咚咚声过后，室内却没有任何反应。

加茂心生不安，问道："佑树君，你就在栋方先生隔壁吧，刚才听见什么动静了吗？"

"没听见什么，雨声特别吵……不过，如果这间屋子里有很大的动静的话，我肯定不会没听到的。"

这时，不破和东也赶到了。佑树又敲了几下门，这次敲的声音更响了。

"栋方先生，听到请回答。"

室内还是无人应答。

"是不是又要破门了啊。"未知从休息室走出来，这样说道。紧接着，乾山也赶到了。

这次破门的是加茂和佑树二人。

跟设置了可被突破效果的VR空间的房门不同，现实世界中的房门格外牢固。二人又是撞又是踹，花了将近五分钟才破坏掉锁舌的卡扣和防盗扣。

走进房间的那一刻，加茂忍不住闭上了眼。

距离RHAPSODY大约一米的地方……倒着一个人。

那个人侧躺在地上，腰部和膝盖弯曲成九十度，面部微微倾向地面，因此看不清楚长相。不过从发型和体形来看，那显然是栋方。

瘦削的后背上赫然插着白色的刀柄。

因为VR操作服的主色调是黑色，因此很难判断栋方的背部有多大的出血量。唯一血迹清晰的地方……就是操作服背部的插槽。这东西用于连接 RHAPSODY，刀子插入的位置在后脖颈和插槽之间，更靠近颈部。

加茂躲开地毯上的血迹向他靠近，轻轻转过栋方的脸。

睫毛纤长的双眼微微睁开，形状完美的唇角流出了少量鲜血。刀子刺穿了他的身体，刀尖从胸口戳了出来。

他轻触栋方的侧颈，没有感觉到脉搏，却感到指尖微凉，显然身体已经凉了。

东带着哭腔喃喃道："怎么会……为什么？"

佑树检查了浴室，阴沉地说道："室内没有藏人。"

加茂站起来，看向房门。

巨齿鲨庄的门跟傀儡馆里的门很像。

从锁舌的状态可以判断，栋方房间的门是反锁的。此外，根据破门时的感觉，防盗扣也是扣着的。

……这跟 VR 空间里的 YŪKI（游奇）案一样啊。门锁和防盗扣都是只能从内部上锁的结构，要从门外上锁可谓难于登天。

加茂仔细检查过房门后，汇报了结果："门上没发现动过手脚的痕迹。"

不破查看了床底，又拉开窗帘凝视着窗外，最终说道："床下没有异常，窗户上了锁，玻璃没有破损。这边的锁也没有动过手脚的痕迹。"

默默听着的乾山耸了耸肩，没有掩饰心中的困惑。

"傀儡馆的客房门上方有缝隙……巨齿鲨庄的房门却连缝隙都没有，一根线都穿不过去啊。"

"虽然不太可能……但这座建筑物里该不会有什么秘密通道吧？"

听了不破的话，未知用力摇头。

"没有。我接到邀请后专门调查了一番，这里是属于巨齿鲨软件的不动产，并且的确是向员工开放的疗养设施。"

"现在是疗养设施，也不能保证上一任主人没有设置过秘密机关吧。"

不破坚持己见，未知苦笑起来。

"没想到我们的想法竟然如此一致。正因为这座建筑有噱头，我才出于好奇做了深入的调查，可它并没有特别有趣的来历。大约二十五年前，巨齿鲨集团买下了这片空地，并在上面盖了这栋疗养设施，仅此而已。"

这时，加茂注意到地毯上有一个东西。

准确地说，进入房间时加茂就看见了那个红色的东西，但刚才他以为是滴在地毯上的血迹，可被窗外的阳光一照，那东西竟发出了金属的光泽。

"……这是什么？"

室内虽然不算太暗，加茂还是让佑树开了灯。有了头顶正上方的LED吸顶灯照明，地毯上的东西变得清晰可辨。

那是一个六角螺帽。

它掉落的地点距离尸体大约一米。未知凑上去仔细看了看，发出略显失控的声音。

"难道是RHAPSODY的零件脱落了？"

不破与乾山马上去查看机器。加茂把那项工作交给他们，自己用手帕包着螺帽将其拾起。

"大小约两厘米……厚度大约四毫米，比普通的螺帽要细。"

说着，加茂举起六角螺帽展示给所有人看。原本是银色的螺帽在沾上血迹后变得有点发红。

未知疑惑地眯起了眼。

"螺帽掉在没有血迹的地毯上，也就是说，它是在别处沾上了血迹，又被移动过来了？有可能是受害者移动的，也有可能是凶手移动的。"

这时，乾山从RHAPSODY内部探出头来，汇报了结果。

"这边没有发现有零件缺失的部分。"

"当然，也没有破损。"不破接着说。

加茂沉思着把螺帽放回到原来的位置。接着，他把包螺帽的手帕展示给未知和不破等人看。

"螺帽上的血液已经凝固了。"

正如他所说，手帕上并未沾上血迹。

佑树闻言，伸手摸了摸地毯上的血迹。那摊血迹以栋方的尸体为中心向周围扩散，边缘处已经凝固，呈现出黑色。

"……看来已经有一段时间了。"

听了佑树的话，加茂想起最初触碰尸体时的感觉。

"话说回来，我检查脉搏时，发现栋方先生的体温已经下降了不少，不像是刚刚死亡的。"

不知是不是怀疑他的话，未知也动手摸了摸尸体的脸部和衣服下的身体，随即露出苦笑。

"真的。穿着衣服的部分还没有很凉的感觉，但裸露的部分已经变凉了。"

其后，加茂等人开始推测死亡时间。

在调查冤案时，加茂掌握了一些基础的法医学知识。另外五名业余侦探似乎也略懂一二。

一般来说，"死后一到两小时，裸露的部分会变凉"，"死后一到两个小时开始形成尸斑，两到三个小时就能明显看到尸斑"。巨齿鲨庄二十四小时开着空调维持温度恒定，因此与这个粗略的时间预估应该不会存在太大的偏差。

因为无法测量栋方的体温，也没有非常专业的知识支撑，他们的推断肯定不够准确。不过综合已开始出现尸斑、皮肤的裸露部分已变凉和血液凝固等情况考虑，他们最后得出的结论是："可以肯定死亡已超过一个小时"。

由此推测，栋方是在下午两点四十分之前遇害的。

佑树低头看着栋方的遗体，嘀咕道："栋方先生去世时还戴着VR眼镜和手套控制器呢。"

正如他所说，倒在地上的栋方头戴VR眼镜，只是抬起了镜片。

操作镜片的按钮需要用力按下才有反应，仅仅是倒地应该无法触发。因此可以判断，栋方极有可能是自己抬起镜片的。

不破若有所思地说："这个VR眼镜虽然挺轻的，但长时间不用时都会摘下来吧？如果他还戴在头上，只抬起了镜片……那么栋方先生有可能是在身处VR空间的时候，或者刚刚离开时遇害的。"

另外他手上还戴着手套控制器，也印证了不破的观点。

其后，加茂等人摘下了尸体上的VR眼镜和手套控制器进行确认，二者都没有破损。加茂凑近镜片，看见上面显示出一行字：

这是栋方先生专用的VR眼镜。您不是本人，无法使用。

这下就能证实眼镜确实属于栋方，并且人体虹膜认证功能是打开的。RHAPSODY也对眼镜的ID做出了反应，因此不可能是从别的房间搬过来的。

接着加茂检查了控制手套，智能手表从里面滑落出来。

当然，智能手表并没有发射毒针。看来只要感应到使用者死亡，手表就会自动解锁，从手腕上脱落。

椋田似乎瞅准了他做完检查的那一刻，突然说起话来。

"初步调查似乎结束了呢。"

加茂转过头，发现她的声音来自天花板上的监控摄像头。

"我没有要补充的事项。至于我在现实世界给了执行人什么东西，还是要保密才更有意思啊。在接下来的调查时段，各位可以随意在VR空间和现实世界展开调查。"

椋田并不理睬加茂一行人瞪视监控摄像头的眼神，反倒饶有兴致地继续道："VR空间里发生了两起事件，现实世界中发生了一起事件……你们最好在更多的牺牲者出现之前速战速决哦。发生的事件越多，你们胜利的希望就越渺茫。"

之后，加茂等人花了将近一个小时调查栋方的房间。

室内没有打斗痕迹。他们从天花板到浴室的换气设备，甚至连排水孔都仔细检查了一遍，哪里都没有异常。

在此期间，加茂最关注的……是佑树的态度。

佑树宣布放弃侦探角色后一直很不配合调查。他只在有人面临危险，或是要确认某人是否平安时积极采取行动。这的确很符合佑树没法始终保持冷漠的性格。

话虽如此，刚才他就因为调查不充分而险些没能提出有效的反证，加茂本以为那之后他会更加积极一些，可目前佑树依旧是一副心不在焉的样子。

……佑树君究竟在琢磨什么？

不过就在加茂也险些变得心不在焉的时候,东提出了一个建议。

"所有人挤在一起调查太没效率了,不如我们分成两组,分别调查 VR 空间和现实世界吧。查得差不多了,再互换过来。"

不破一听就皱起了眉。

"执行人就混在我们中间,这种时候分散行动恐怕不好吧。"

"风险肯定是存在的……可是保持现状难以提高效率。我看椋田并不打算在作案时段之外制造事件,只要遵守'在现实世界三人一组展开行动'的准则,应该就可以了。"

在东的推动下,众人投票决定采取分组行动。

抽签后,加茂、未知和乾山被分为一组,先进入 VR 空间展开调查;佑树、不破和东是另一组,先在现实世界展开调查。

未知咧嘴一笑。

"现在是差不多下午五点,我们晚上七点半在巨齿鲨庄的休息室碰头,然后互换调查地点,这样可以吧?"

\* \* \*

回到 VR 空间后,加茂先去了大厅。MICHI(未知)已经在那里了。

她正在探头查看门厅。

"你说……掉在这里的手套究竟是怎么回事?"

二人一同走进门厅后,走廊那边的门把手轻轻转动,KENZAN(乾山)走了进来。他应该是在走廊听到了 MICHI(未知)的声音。

"其实我也很疑惑这个。"KENZAN(乾山)走进门厅后,注视着地面说道。MICHI（未知）听罢点了点头。

"那个手套是右手的，加茂先生的手受伤时，连手套也被割破了……所以可以肯定，掉落在这里的是执行人的手套。"

"可是作为证据，它又好像太刻意了。"

"同感。这个黑手套的材质弹性很大，手腕处还有松紧，只是甩甩手肯定不会脱落的。"

"……最好考虑上这是陷阱的可能。"

加茂其实也考虑了陷阱的可能性。

在YŪKI（游奇）案中，VR作案时段有三个小时，就算凶手掉了东西，时间那么宽裕，完全可以找回来。

……然而手套却扔在了这里。为什么？

MICHI（未知）突然自来熟地拍了拍加茂和KENZAN（乾山）的背。

"我说你们两位……接下来打算怎么办？"

"肯定是分头行动吧。这里又不是现实世界，我们没必要一起行动。"

KENZAN（乾山）躲开了MICHI（未知）的手，MICHI（未知）露出意味深长的笑容。

"但我们这边有凶手角色加茂先生啊。为了防止后面出现麻烦，还是三个人一起行动吧。"

"……我无所谓。"

加茂马上回答。一旦分头行动，很显然会有人怀疑他藏匿证据。

"我倒是也无所谓。"

KENZAN（乾山）也表态后，MICHI（未知）马上推着他们走了起来。

"既然决定了，那就先去调查YŪKI（游奇）的房间吧！在前面的调查时段，我光顾着调查仓库了，到现在都没能再看一眼。"

抵达YŪKI（游奇）的房间后，三人以MICHI（未知）为中心展开调查，加茂和KENZAN（乾山）则看了看之前遗漏的地方。

他们花了大约三十分钟在室内四处查看，然而检查的次数增多并不意味着就会有新发现。

终于无处可查后，MICHI（未知）从桌上抽出一张纸巾，当着加茂的面伸手去够高处的铁丝网。

"你要干什么？"

"我想做个尝试……啊，怎么就是够不着。"

见她在原地一蹦一跳的，KENZAN（乾山）笑出了声。

"玩家资料里写的数字果然是身高啊。"

"是啊，把我资料里的五点三一英尺换算成公尺就是一米六二，一点不差。"

加茂想起他跟MUNAKATA（栋方）有过同样的对话，便说出了当时没有说的想法。

"……不过，他们为何要用如此难懂的写法？一般都会分开写成五英尺八英寸这样吧。"

MICHI（未知）似乎并不关心加茂提出的问题，拖过椅子站了上去，再次把手伸向铁丝网。

"无论VR操作服设计得再怎么精密，也无法表现出空调吹出的微风形成的力吧？所以我想让VR空间内的风可视化。"

MICHI（未知）举起的纸巾轻轻晃动，证明铁丝网内的确有一股平缓的风。

"手没什么感觉，不过手腕部分有点暖，这肯定是空调了。"

加茂听了不禁瞪大眼睛。

"手没感觉吗？"

"我们用的手套控制器，跟上一部《谜案创造者》里用的是一样的啊。"MICHI（未知）用手拍了一下椅背，继续说道，"果然，穿着VR操作服的身体可以精确体会到痛感和冷热差……但是手套部分只反馈触觉，再怎么用力拍也不会觉得痛。"

这不可能。因为加茂的虚拟角色被割伤手指时，他的确感觉到了电击似的疼痛。

加茂难以置信地敲了敲桌子角，果然如MICHI（未知）所说，没有痛感。

……为什么会有这样的矛盾？

KENZAN（乾山）一直无奈又烦躁地看着加茂和MICHI（未知），最后终于忍不住开口了。

"别搞这些无聊的实验了……其实完全不用搬椅子，用排除法就能知道那里面是空调设备。"

"啊！"

MICHI（未知）在椅子上差点失去平衡。KENZAN（乾山）操作智能手表打开菜单界面，然后继续道："你们看，地图上都写了。傀儡馆内的每个房间都装有空调和排气设备，空调有调温和通风功能。"

MICHI（未知）爬下椅子，噘着嘴打开了地图。

"真是的，怎么不早说……浴室内安装的是排气设备。所以这个就是空调设备，没错了。"

正如她所说，浴室的墙壁上方装有排气设备，当然他们已经确认过，那里也用铁丝网封了起来。

KENZAN（乾山）很成熟地耸了耸肩。

"我以为这点小事你肯定知道的。"

片刻之后，正在操作菜单界面的MICHI（未知）惊呼一声。

"嗯？我的ID好像没有操控空调和排气设备的权限。"

"我也一样。是不是侦探角色都没有权限啊。搞不好凶手角色和执行人有。"

KENZAN（乾山）的推测没有错。

事实上，作为凶手角色的加茂，拥有好几项特殊权限。

一项权限是逃跑时可以熄灭全馆的照明。这一权限只能在作案时段使用。但另一项权限没有时段限制，那就是操控每个房间内的空调及排气设备的权限。也就是说，只要加茂有意，就能随意调节室温。只是……

加茂苦笑着对KENZAN（乾山）说："可是就算能调节室温，也解决不了事件啊。不管是调到桑拿房的温度还是零度以下，这个密室也无法破解吧。而且如果温度变化那么剧烈，VR操作服会反馈到佑树君身上，他肯定会有印象的。"

"有道理。昨晚的VR作案时段后半段有点冷，不过应该是深夜里现实世界气温下降的原因……"

"啊！我好像有个新发现。"

MICHI（未知）突然大叫一声，抬头看向天花板，继续道："虽然不知道是否跟事件有关，但你们发现没，傀儡馆内的照明和空调等设备全都安装在墙上。"

加茂和KENZAN（乾山）不禁对视一眼。

"还真是这样。在现实世界，照明和空调都装在天花板上。"

"我觉得那样才是正常的，而VR空间里的状况不正常。"

MICHI（未知）看向二人，笑眯眯地再次开口道："顺带一提，巨齿鲨庄和傀儡馆还有一些不同之处。在现实世界的地图上，玩家名都用汉字表示，而在VR空间，则都用字母表示。不仅如此，墙壁的颜色和圆桌的颜色也不一样，空调和电灯的安装位置也不同。"

"这应该是为了让玩家分清自己正身处哪个世界吧。"

KENZAN（乾山）的表情仿佛在说她怎么净抓着这些理所当然的细节不放，MICHI（未知）则饶有兴致地答道："哎呀，我只是觉得两者的差别搞不好跟VR空间里的诡计有关呢。"

接着，一行三人去了MUNAKATA（栋方）的房间。

提出想调查这个房间的人是加茂。

"栋方先生也有可能是身在VR空间时遭到了袭击。如果能确认一下他的虚拟角色是什么状态，也许就能知道他被执行人刺杀时的情况。"

他们突破了MUNAKATA（栋方）的房门，然而事与愿违，虚拟角色只是保持着坐在存档点的姿势冻结了而已。

他的右手摆出敬礼的姿势，应该是在按下VR眼镜时冻结了。加茂尝试摆弄虚拟角色的手，但无论多么用力都纹丝不动。

KENZAN（乾山）见状摇了摇头。

"冻结真的是字面意思啊，怎么弄都一动不动。"

MICHI（未知）托着脸蛋嘀咕道："……看这个情况，应该可以认为栋方先生是主动回到了存档点，并抬起了镜片。嗯，他是在现实世界遭到袭击的可能性更高吧。"

她的分析应该没错。

但是，加茂却很在意虚拟角色脸上的表情。因为这个冻结住的MUNAKATA（栋方）的脸上，带着诧异和恐惧。

话虽如此……他也并不能据此分析出什么结果。

拍照时随机按下快门，往往就会拍到出乎意料的奇怪表情。这个虚拟角色脸上的表情或许也只是从连贯的动作中截取出来了一个瞬间罢了，不一定反映了玩家那一刻的心情。

最后，三人又调查了仓库。

"真是的……跟杀了自己的凶手一起调查，这算什么事啊！"

MICHI（未知）嘀嘀咕咕地抱怨着，KENZAN（乾山）捋了一把头发，说："不管怎么说，这对我们是有利的。一旦发现加茂先生有奇怪的反应，我们就抓住那一点深入调查。"

加茂跟在二人身后，暗自叹了口气。

对杀害MICHI（未知）的凶手角色加茂来说，调查仓库没有任何意义，顶多只能让他掌握MICHI（未知）与KENZAN（乾山）的调查进度而已。

……是否应该扰乱调查？只要没有人发现真相，伶奈和雪菜就不会死了。

可是，万一MICHI（未知）等人因为他的扰乱行为发表了错误的推理……那就相当于加茂夺走了这些人的性命。

难道为了在游戏中获胜，就要践踏他人的生命？

加茂带着矛盾的心情旁观二人的调查。

除了西侧，仓库内的三面墙边都摆满了高大的置物架。KENZAN（乾山）看着那些整齐排列的置物架说："这个房间应该也有空调和排气设备。有人检查过那个铁丝网吗？"

这时MICHI（未知）正在调查仓库门。她像是没有听见KENZAN（乾山）的声音，自言自语似的说道："门的上下左右都没有缝隙，而且材质结实。手柄一体式门锁只安装在厨房那边，所以从仓库内无法上锁。"

MICHI（未知）说得都没错。与此同时，KENZAN（乾山）长叹一声。

"……未知小姐？"

被叫到的人忙着目测仓库门的厚度，然后继续嘀咕道："五厘米，作为室内门算是很厚了。"

"你在……听我说话吗？"

当KENZAN（乾山）的声音开始流露出烦躁情绪时，MICHI（未知）抬起头笑了。

"别生气嘛。铁丝网上次调查时确认过了，应该在那面墙的右侧和左侧各有一个。"她指着仓库南侧的墙面说。

南墙边也摆了一排置物架，全都是泛着黑紫色的厚重胡桃木材质。

KENZAN（乾山）抬头看了看，又对MICHI（未知）说："这么做可能显得我不信任你，但我还是要自己看看。"

"请便。"

KENZAN（乾山）先走向南墙的东侧，也就是靠大厅的位置。

他伸手去够置物架的顶端，但身高不太够。接着他又环视仓库，发现没有作业梯。

于是，KENZAN（乾山）决定踩着置物架的底层爬上去看。如果放任不管，他肯定会连人带架子一起倒下，加茂只得慌忙走过去扶着。

KENZAN（乾山）爬到了置物架的第二层，总算能够到顶板了。接着，他伸手去够比顶板稍高一些的铁丝网。

"嗯……既不冷也不热，这个应该是排气设备。"

KENZAN（乾山）嘀咕了一句，又摸索着抓住铁丝网用力一拉。铁丝网固定得很牢靠，他没有拉动。

……真正不妙的还在后头。

排气设备无所谓，但加茂不希望他调查空调设备。

不一会儿，KENZAN（乾山）又走向了正对大门的置物架，其位置在南墙的西侧。和刚才一样，KENZAN（乾山）在加茂的辅助下爬了上去，把手伸到顶板上方。

"嗯？这上面摆着人偶吗？"

正如他所说，置物架上摆着两个造型诡异的人偶。MICHI（未知）似乎想起了什么，突然笑出了声。

"我想起来了，架子上确实趴着两个奇怪的人偶。"

KENZAN（乾山）没有理会她，把手伸向铁丝网正前方的人偶。

盘腿坐在顶板上的，是分别身穿紫色和朱红色燕尾服的两个小丑人偶。见KENZAN（乾山）一把抓住人偶，加茂不由得身体紧绷。

那是加茂杀害MICHI（未知）之前看到的那两个小丑人偶。

昨晚，加茂把掉在地上的人偶放回到了他觉得是原位的地方。虽然把人偶藏了起来，但两个小丑人偶的脚和臀部沾到了MICHI（未知）的鼻血，这一点是无法掩饰的。

……KENZAN（乾山）是否发现了人偶身上的血迹？

加茂紧张地看着他，然而KENZAN（乾山）并不关心小丑人偶，将其放到一边，伸手探了探铁丝网，这样说道："嗯，手腕处能感受到暖意，这边的应该是空调设备。铁丝网也固定住了。"

KENZAN（乾山）将人偶复位，爬下了置物架。加茂暗自松了一口气。

昨晚，加茂把人偶放回空调设备下方的置物架顶端时赌了一把。

……如果人偶的一部分沾上了血渍，肯定会很扎眼。可如果人偶整体有点脏呢？

于是他故意在人偶的双臂和上半身也涂抹了血，然后才将它们放回置物架。

不知是幸还是不幸，仓库里放的是恐怖主题的人偶。

KENZAN（乾山）肯定看了一眼小丑人偶，但应该把血污理解成了原本的设计，并没有在意。虽然那些血渍已经有点发黑，但加茂的瞒天过海之计似乎奏效了。

只不过，下这个赌注时加茂犯了一个错误。

他没有等人偶沾上的血迹完全干燥就把它们放了回去。如果KENZAN（乾山）仔细观察那块顶板，应该会发现上面沾有血迹。

……好在仓库里没有作业梯，让加茂逃过了一劫。

由于踩在置物架上很不稳当，KENZAN（乾山）顾不上细察顶板的情况。再加上置物架本身就是接近焦茶色的胡桃木，上面有血迹也不明显。

话虽如此，加茂也深知幸运之神不会一直眷顾自己。即使现在能蒙混过关，也难保过后不会被人发现。

他怀着极其沉重的心情抬头注视着空调设备。

\* \* \*

他们在仓库的调查持续了大约一个小时……加茂精神极度

疲惫地回到了现实世界的房间里。

剩下的时间他准备用来休息。虽然只有不到三十分钟，但他补充了水分，吃了些能量胶。

快到晚上七点半时，加茂来到了巨齿鲨庄的走廊上。

他正要走进休息室，却碰到试图用智能手表打开自己房门的佑树。

"……你不去休息室吗？"

加茂叫了他一声，吓得佑树跳了起来。

"哇，为什么加茂先生会在现实世界啊！"

佑树看到是加茂似乎放心了一些，但脸上依旧带着一丝警惕。加茂苦笑起来。

"已经七点半了呀。"

佑树看了一眼手表，嘀嘀咕咕地说："还有五分钟呢，我想着进屋喝点水再去休息室。"

"另外两个人呢？"

"应该都在自己屋里。他们刚才还在置物间吵吵闹闹地检查天花板里面呢。"

这话出乎加茂的意料，他瞪大了眼睛。

"天花板里面？"

"置物间的检修孔好像能一直通到栋方先生房间的天花板……但是检修孔附近已老化，一使劲想上去就会发出噼噼啪啪的巨大响声。"

加茂听到这里，陷入了思考。

"电工也许会上天花板检修，可是普通人上去太危险了吧？"

天花板并没有结实到能够支撑一个人的体重，移动时要沿着房梁等结实的地方走，一旦踩空，就极有可能砸穿天花板掉下来。"

佑树耸了耸肩。

"不破先生也只是探头进去看了一眼，并没有爬上去。再说，栋方先生房间的天花板并没有破洞或者裂痕，对不对？他屋里的天花板跟我房间里的一样，是能完整将空间分隔出来的，再怎么调查恐怕也是徒劳。"

晚上七点半，六个人都平安来到了休息室集合。

众人商定深夜十点再次集合，然后又一次分为三人一组，分别对现实世界和VR空间展开调查。

加茂一组留在现实世界，首先去了栋方的房间。

夜幕已经降临，室内一片漆黑，几乎什么都看不到。窗外虽有满天星辰，但没有月亮。

加茂摸索着打开了电灯。

巨齿鲨庄内的灯亮度都较低，即使开了灯也难以看清房间的每个角落。不过案发现场离吸顶灯很近，并不影响调查。

乾山俯视着栋方的尸体说："其实我一直在想，自己背刺自己也并非不可能吧？"

加茂点了点头。

"嗯，只要把刀子竖着固定在地上，然后仰面倒下去……总之并非绝对不行。"

"不过，我还是认为栋方并非自杀。"未知接了话，然后继续道，"从刀伤的位置和深度看，栋方先生被刺后应该马上就失去行动能力了，如此一来，即使他能背刺自己，也无法消除自杀的痕迹。"

"用冻结的血液如何？刀柄用冻住的血块固定，融化后血液就融入了伤口流出的血,变得无法分辨。"

"不,应该不是那样的。"

"为什么?"

加茂指着尸体背上的刀子,露在外面的刀柄洁白无垢。

"如果用了冻住的血块,刀柄上应该沾满了血才对。"

"那用普通冰块呢?"

"我认为用冰这个方法就行不通,冰会融化,且冰块很滑,如果地毯也湿了,就会变得更滑……并不适合用来固定东西。"

未知也点着头说:"而且能拼成一个底座这么大的冰块,融化也需要时间啊。能否在短短两个小时的作案时段内完全融化,这个非常难说。"

但乾山依旧坚持己见。

"那个六角螺帽是不是很可疑?比如可以把刀子固定在那上面。"

未知挠着脸想了一会儿,最后表情僵硬地提议道:"……要不,我们把刀子拔出来看看?"

乾山听了倒吸一口气,加茂却不太惊讶,因为他稍早以前就在考虑这么做了。

目前他们都还没有检查过凶器。虽然这么做大大违背了保持现场原样的原则,但现在暂时无法指望警方的介入,所以老实说,连一点细微的线索加茂都不想错过。

加茂轻吸一口气,再一次走到栋方的尸体旁蹲下。

"我来拔好了。"

另外二人没有反对。

近距离观察后加茂才发现,VR操作服的背部吸收了大量血液,而且已经变干变硬了。看来这种厚度达到三厘米的聚氨酯材质具有很强的吸水性。

血液的流动方向特征明显。栋方倒地后身体朝右侧躺，导致一部分血液在背部右侧洇开，另一部分则朝着装有接口的腰部流淌……血迹会朝这个方向蔓延，意味着栋方被刺时可能处于站立或坐下的姿势。

加茂漫不经心地想着，握住了刀柄。

他小心翼翼地抽出刀子，以免拓宽伤口。虽有一点独特的吸附感，不过拔出刀子的过程比想象的顺利一些。也许因为死亡时间较长，伤口也没怎么出血。

加茂低头看着手上的刀。刀刃处随着他的动作轻轻颤动着，反射出LED吸顶灯的光芒。

刀刃部分长约十五厘米，最宽处约三厘米，刀尖未见破损。

"……这刀子好轻啊。"

刀柄的材质类似橡胶，几乎没什么重量。金属刀刃虽然薄而锋利，但看起来也有一定的强度。

乾山铁青着脸向加茂伸出了手。

"我负责看看它跟螺帽组合在一起会有什么效果吧。"

乾山摆弄了大约五分钟，最后扔掉了六角螺帽。

"不行。和刀柄刀刃的形状都不匹配……而且螺帽的厚度只有四毫米，根本无法把刀竖着固定在地上。"

三人暂且放弃研究凶器，开始检查栋方的房间。

他们把墙壁、地板和天花板都检查了一遍，没有发现任何可疑之处。

天花板上连细小的裂缝都没有，包括吸顶灯和空调在内，所有设备都未见异常。

最后，加茂等人决定检查馆内是否存在秘密通道。

"顺带一提,我很擅长找秘密通道……不对,是秘密金库。"

三人以语焉不详的未知为中心,检查走廊与房间的尺寸是否有差异。结果证实墙壁内不存在秘密通道,地下也不存在秘密空间。

"根据我的经验,已经可以断言这里没有隐藏空间。"

见未知一脸煞有介事的模样,乾山不禁笑了起来。

"看来你真的是前科犯啊。"

"老实说,我还没有改邪归正哦。叫我遵守侦探的规矩,就是在为难我……我只是被六本木威胁,半被强迫地金盆洗手了。"

加茂很怀疑她的话有几分是真的,但还是反问道:"被威胁是怎么回事?"

"别误会,我可不是被六本木抓住了辫子的笨蛋。他是用我家软饭男威胁我的。"

"……软饭男?"加茂和乾山几乎同时反问道。

"对,跟我同居了近十年的男人。啊,软饭男是个因为太懒惰而总是保不住工作,又特别喜欢赌博的没用男人。但六本木抓住了他这个把柄……结果成了这个样子。"

乾山突然面露困惑。

"他又吃软饭又没用……你却为他改变了人生态度?"

听了这话,未知竟害羞起来。

"哎呀,他除了完全没有自理能力,性格和长相都完全符合我的喜好呢。除了动不动就经济情况告急,跟我比起来他简直是天大的大好人,这点特别有意思……我就怎么都放不下他了。"

加茂决定不去深究未知和软饭男的关系,这已经涉及个人隐私了……何况他觉得就算未知解释得再详细，他也无法理解。

未知长叹一声，笑容变成了苦笑。

"真的，自从认识他，我就没遇到过什么好事。一会儿被六本木胁迫，一会儿被椋田扣了人质不得不对她言听计从。不过……我真的好想再见他一面。"

不知何时，未知已经无力地坐在了床上。乾山与加茂对视一眼，然后说："只要事件解决了，你就能见到他了。我也……想再见朋友一面。"

听到他想见的人竟然不是家人，加茂有些意外。看来乾山的家庭情况比较复杂。

乾山正要往下说时，监控摄像头里传出了熟悉的声音。

"这句话，我等好久了。"

加茂感到背后窜过一阵寒气。这已经是第二次听到这句话了。

乾山脸上也没有了血色，口中喃喃道："那句话不是对我们说的……莫非有人试图在VR空间进行推理？"

椋田高兴地笑道："既然如此，请各位戴上手套控制器，前往巨齿鲨庄的休息室集合。解答时段即将开始。"

## 霍拉大师致读者的第一个挑战
~ The first challenge to the readers from Meister Hora ~

恕我僭越,在此我要向各位读者递出第一封挑战书。

在横跨 VR 空间与现实世界的封闭空间中,已有多名虚拟角色和玩家成为牺牲品。

而且,虚拟角色 MICHI(未知)与 YŪKI(游奇),以及栋方的尸体被发现时,现场都处于看似不可能出现的状态。

遗憾的是,现在这个节点,还无法解开所有谜题。

因为加茂冬马手上,还有各位读者手上……尚未具备足以解决现实世界中发生的杀人事件的必要信息。

这一阶段,能让各位凭借推理而非直觉解开的谜团,有以下三个:

① "MICHI(未知)案"的不可能犯罪是如何实现的?
② "YŪKI(游奇)案"的凶手是谁?
③ "YŪKI(游奇)案"的不可能犯罪是如何实现的?
※ "MICHI(未知)案"的凶手是加茂冬马,这部分不需要推理。

破解以上谜题的材料都已经提示给各位了，只要正确分析并组合上文给出的所有信息，就能得出真相。

为了保证公平，我要补充几条："献给侦探的甜美死亡"开始后，VR空间的确是与外部相隔绝的。

YŪKI（游奇）案的凶手就是封闭空间内的七人之一，当然也是故事开篇的出场人物中拥有姓名之人。凶手是单独作案，并未得到受害者或其他玩家的帮助。

此外，椋田作为游戏管理者所说的话没有谎言。

最后，我向各位保证，此次事件并不涉及时空旅行（time travel）和未知生物。

就这样，祝各位武运亨通、大显身手。

# 第九章　试玩会　第二天　解答时段②

二〇二四年十一月二十三日（周六）20:55

"解答者是不破绅一朗先生。你要从哪起事件开始推理？"

六个人已经齐聚在巨齿鲨庄休息室的圆桌周围。

因为解答时段必须在现实世界展开，圆桌上的显示器再次投影出了 VR 空间的 3D 影像。

不破表情格外僵硬地回答道："那就从 MICHI（未知）案开始吧。"

"没问题。请你说出揭发对象的全名。"

这一次……推理又从加茂制造的事件开始了。

正如他所料，不破斩钉截铁地说道："我要揭发加茂冬马。我要引用栋方先生的推理作为他是 MICHI（未知）案凶手的依据。"

加茂自暴自弃地苦笑起来。

"这倒是没什么……可我是怎么作案的呢？"

"这里有两个问题需要解决。第一，你是如何让走进仓库的虚拟角色 MICHI（未知）失去意识的。第二，你是如何用橡皮艇和置物架封住了仓库大门，使其成为密室的。"

不愧是参与并解决过众多案件的私家侦探，不破的阐述方式要比栋方有条理得多。

见加茂不说话，不破继续道："令人费解的问题看似有两个，但其实二者同根同源。只要解决了其中一个，就能顺藤摸瓜解决另一个。"

很显然……这是看穿了真相才能说出的话。

加茂努力控制着表情，却无法阻止脸上失去血色。不破眯眼一笑，继续说道："先从让虚拟角色失去意识的方法说起吧。其实很简单，MICHI（未知）昏迷的原因是缺氧。"

"缺氧？"受害者未知反问道。不破点了点头。

"没错。正如文字描述，加茂先生抽走了仓库里的空气，使你的虚拟角色陷入了缺氧状态。"

未知好像没能马上理解，嘴巴一开一合却说不出话来。不破露出了同情的表情。

"大型客机在万米高空飞行，高空中，空气的压力会低至零点二五个大气压。在这种低压状态下，人体会立刻陷入缺氧状态，并在短时间内昏迷。"

未知条件反射地捂住了耳朵。

"莫非我的角色耳朵出血也是出于这个原因？"

"耳朵和鼻子出血都是超低压环境造成的。旅客坐在调整了气压的机舱里也会感到耳道疼痛，你的角色恐怕是忍受不住突然减压，鼓膜破裂了。"

"那我晕倒前全身发冷是什么原因？"

"解释这个需要用到一点专业知识。在室内外不存在温度传递的状态下使空气膨胀降低气压，温度会因为绝热膨胀而下降。套用在这个事件上，仓库内的气压迅速降低，室温也就跟着急剧下降。当然，未知小姐真人所感觉到的，只是 VR 操作服所能反馈的寒冷而已。"

面对这番准确无误的说明，加茂强装冷静开口道："仓库里的确安装了排气设备，难道你认为……用那个就能抽走室内的空气，把气压降低到足以让人昏迷的程度？"

"不使用毒药却让虚拟角色 MICHI（未知）昏迷的方法只有这一个。加茂先生，你也不得不承认仓库门的结构并不一般吧？"

说着，不破在 3D 显示器上调出了仓库门的影像。

除了圆形把手，门上还安装了手柄一体式门锁，通过扳动手柄开关门。

"这种一体式门锁通常兼作门把手。我去的音乐教室就使用了这样的把手，它常被用在需要隔音的地方。这不就证明这是一种密闭性很高的门锁吗？"

听了他的话，加茂感到背上开始冒冷汗。加茂想不到反驳之词，只好保持沉默。

未知思考了一会儿，插嘴道："这么说来，傀儡馆里的其他室内门要么有缝，要么有猫洞，确实完全谈不上气密性。而只有仓库安装了铁门，还装有一体式门锁，有条件制造低压环境呢。"

……糟了，糟了，糟了。

一旦被说中真相，凶手角色就再也没有挣扎的余地了。

明知道是无谓的抵抗，加茂还是拼命思索如何才能打破现状。与此同时，不破对他露出了可怕的微笑。

"把受害者关进仓库后，加茂先生操作智能手表，把排气装置开到了最大功率。大约五分钟后，仓库内的气压就降低到能致人昏迷的程度，于是虚拟角色 MICHI（未知）晕倒了。"

他的推理好似行云流水，没有一丝停顿。

加茂在一旁听着，渐渐陷入无力的深渊。

手法被看穿了。与其垂死挣扎，不如干脆承认吧……是伶奈和雪菜让他勉强按捺住了这个冲动。

不破毫不留情地继续道："虚拟角色MICHI（未知）昏迷后，你又迅速给仓库送气。"

明知道没用，加茂还是尝试反驳："……为什么？"

"地图上标明巨齿鲨庄内装有换气设备，傀儡馆内则有排气设备。我一直觉得奇怪，为什么要使用'换气'和'排气'两种不同的表述方式……其实傀儡馆内的排气设备纯粹只能用于排气，而空调设备兼具了送气功能。"

东瞪大眼睛喃喃道："送气就是往室内输送新鲜空气吧？确实，只要用了送气功能，就能恢复仓库内的气压。"

不破微笑着点点头。

"没错，加茂先生使用空调设备送入了大量空气，迅速恢复了仓库内的气压。等气压上升到一定程度，他就进入仓库，勒死了虚拟角色MICHI（未知），并将其尸体拖到了房间深处……到这里为止，我的推理如何？"

他的推理准确无误，让人怀疑他是不是目睹了作案过程。这番推理找不到任何漏洞。

这时，加茂突然苦笑起来。

……瞎想什么呢？我现在该做的不是给不破的推理挑刺，就算被他说中了真相，只要他能完美地解决剩下的两起事件，这个游戏便是侦探组获得胜利。这不正是大家所盼望的结果吗！

"你为什么要笑？"

回过神时，加茂发现不破正在用略显恐惧的目光看着自己。

加茂摇了摇头。

"不,我只是在想,我已经找不到反驳的突破口了。"

不破突然换上了极度轻蔑的表情,继续展开推理。

"接着是封闭现场大门的方法。其实……这里也利用了仓库里的空调与排气设备。"

此时佑树少见地用上了咬死不放的语气说道:"使用空调设备加大仓库内的气压,确实能形成内外压差,导致仓库门无法开启。然而,这样并不能解释这次的事件。"

"为什么?"

"因为在发现尸体之前,仓库门并非纹丝不动,而是能推开几毫米。"

东马上加入了反驳。"他说得没错,我甚至趴上去看了看能不能透过缝隙看到仓库内部的情况。"

"对吧?虽然只有几毫米,可是只要有缝隙,厨房和仓库之间的压差就会消失,门就能推开了。"

佑树的主张虽然没有错,但不破还是带着同情的语气开口了。

"你们这些推理小说作家,想问题总是想得太复杂了,反而容易翻船。制造这个密室其实非常简单……而且是只有在VR空间里才能实现的诡计。"

加茂忍不住闭上了眼睛。

……没错,那时仓库和厨房并不存在压差。封闭仓库大门时我确实用了只有在VR空间才能实现的简单方法。

当他再次睁开眼睛时,3D显示器上已经显示出俯瞰仓库的影像。不破继续说道:"加茂先生给橡皮艇充气时只充了八分满,没有完全膨胀的橡皮艇,就能按扁后轻易塞进门后的空间了，对不对？如此一来，就算在离大门四十五厘米的位置摆放了置物架，橡皮艇也不会妨碍进出。"

昨晚，加茂正是这样行动的。

由于有置物架和门后被压扁的橡皮艇阻挡，仓库门只能打开三十多厘米。但这已经足够让一个体形较瘦的人通过了。加茂小心翼翼地躲开门把手，侧着身子从仓库走到了厨房。

他下定决心，抛出了有可能是最后的一个问题。

"如果橡皮艇没有完全充气，佑树君和乾山君推门的时候，门应该能打开很大一条缝。然而仓库内部的东西的确堵住了大门，这如何解释？"

不破哼笑一声，抬手指向 3D 显示器。

"如你所见，空调设备在正对仓库门的墙上，从这里吹出的强风会打在门上。"

"……啊？"

加茂没听明白他的意思，全身都僵住了。片刻之后，他渐渐理解了状况，不由得双手抱头。

由于加茂突然一言不发，乾山先发出了疑问。

"那个，莫非你觉得……门是因为风压而打不开的吗？"

"排除了所有的可能性，最后剩下的就是真相。无论听起来多么荒诞，除此之外别无其他解答。"

说完这句好似获胜宣言的话，不破冲着加茂竖起了食指。

加茂忍不住闷哼一声。

没想到在这个节骨眼上，不破受到他自身总是脱离常识的影响，推理偏向了不着边际的方向。

从各种意义上来说，这都是最糟糕的状况。

不破给出了错误的推理，即将落入败北和死亡的命运。不，也许椋田会让他继续进行推理，但那要看椋田的心情。

与此同时，加茂又要被迫履行提出反证的义务。如果只是提出反证倒也罢了，问题在于不破已经看穿了近八成。

要提出反证，就只能抓住剩下的两成。可是……加茂没有自信能够如此精确地证明不破的错误。

最关键的问题是，即使这次反证成功，加茂也没有退路了。

其他侦探角色只需稍微换个角度，就能推理出最后两成真相，解开MICHI（未知）案的谜团。

……这种情况下，叫我怎么办？

不破并不知道加茂的纷乱思绪，开始在活页本上画图。那是栋方说明完推理后留在圆桌上的本子。

"现场的置物架是没有背板的款式，对吧？那么空调吹出的风就可以透过去吹到橡皮艇上。放在置物架上的天然水是为了增加重量以免风吹倒置物架的。"

未知注视着他画的图，感慨道："原来如此。没有充满气的橡皮艇会像船帆一样受风，风压就这么借助橡皮艇封住了仓库门（见图四）。"

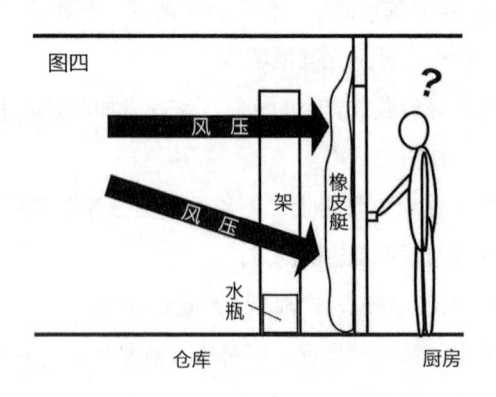

图四

风压 → 架 橡皮艇 ?
风压 →
水瓶
仓库　　　　　厨房

不破放下签字笔，煞有介事地点点头。

"我们尝试破门时，加茂先生关掉了送风功能。门上没有了风压，瞬间就被撞开，接着门压着橡皮艇撞上了里面的置物架。只要再做些小动作，确保置物架倒下时会划破橡皮艇，就完美了。"

"只要橡皮艇上有破洞，就无法判断里面本来充了多少气了。"

"以上就是MICHI（未知）案的真相。"

不破目不转睛地看着加茂。他至今仍坚信自己的推理无懈可击。

加茂无奈地戴上了手套控制器。

"很遗憾……你的推理错了。"

说完，加茂操作3D显示器，显示出正对仓库门那堵墙边的置物架。

"位于空调前方的置物架的顶板上，有两个人偶。"

加茂飞快地移动指尖，放大了染血的人偶。正是分别身穿紫色与朱红色燕尾服的那两个小丑人偶。

看见人偶的瞬间，除了不破以外，所有人都骚动起来。

唯独不破保持着冷静，淡然开口道："那又如何？"

"傀儡馆里的人偶都有一定的重量，普通的空调风肯定是吹不动的。但是换成足以阻拦开门的强风，那就不一样了。如果当时空调设备真的吹出了那么大的风，架子上的人偶肯定会被吹掉。可是……在发现虚拟角色MICHI（未知）的尸体时，并没有在仓库的地上发现掉落的人偶。"

让人看到满身是血的小丑人偶，对加茂来说风险很高。但除此之外，他想不到别的办法了。

他旁边的佑树安心地点了点头。

"太好了，这下就能证明门不是被风压堵住的了。"

然而，不破脸上依旧荡漾着游刃有余的笑容。

"这就叫作聪明反被聪明误。你觉得我没发现小丑人偶吗？那两个人偶反倒证明了空调设备的确被用于作案。"

加茂感觉到手套控制器里冒出了一层冷汗。这时，佑树怀疑地反问道："证明？"

"如你所见，小丑人偶上有血，虽然乍一看有点像是原本就有的装饰，可你们不觉得那其实是发黑了的血渍吗？"

听到这句话的瞬间，佑树倒吸了一口气。

"难道那是真的血……"

"未知小姐说，她的角色昏倒时站在房间内侧正对仓库门的位置，那正好是两个小丑人偶所在的置物架前……这下，想必你们都知道发生了什么吧？"

东接过了话头。

"虚拟角色MICHI（未知）遭到杀害前，凶手为恢复仓库内的气压使用了空调设备。但他必须在缺氧的虚拟角色恢复意识前完成作案……那么肯定在短时间内输送了大量空气。那时人偶就被空调吹出的风吹到了地上，对吧？"

"没错。掉在地上的人偶沾上了虚拟角色流出的鼻血，于是加茂先生又在上面涂抹了更多的血，试图伪装成原本就有的装饰。"

回想起作案时的情景，加茂再次忍不住闭上了眼睛。

那时……他看见地上的小丑人偶，惊得呆住了。

他很快就意识到它们是被空调的风吹下来的，监修时馆内并没有放置人偶，他以为真正执行时情况会与监修时完全相同，就没有细心查看。只能说这是他的疏忽。

……毋庸置疑，那两个人偶是为了妨碍凶手作案追加上去的。

面对那两个人偶，加茂感到左右为难。

是放到别的置物架上企图蒙混？还是带回自己的房间？抑或是放回原来的地方？也许带回自己的房间、混到其他人偶里最安全。可是……结合未知晕倒前所在的位置来看，她很有可能看到了架子上的人偶。

要是她和加茂一样对记忆力很有自信的话，记得有人偶的概率就更高了。

短暂的犹豫后，加茂决定把小丑人偶放回原处。

好在两个小丑人偶的衣服分别是紫色和朱红色的，沾上了血也不会让它们的整体形象发生很大的改变。应该不会有人记得人偶衣服的细节，可以说发现其变化几乎是不可能的。

……没想到到头来未知并不记得有人偶存在，不过，他的选择依旧是正确的吧？

加茂恢复了一些冷静，继续提出反证。

"要如何解释是你的自由……但都无法改变发现尸体时小丑人偶就在架子上的事实。当时两个人偶都不在地上，这就足以证明不破先生的推理有破绽。"

听到这里，不破大笑一声。

"操控空调设备时没发现人偶固然是你的失误……但你也不是同样的错误连续犯两次的蠢蛋，对不对？经过了第一次失败，你大可以挪动人偶的位置，避免它们再次被吹落。"

"……哈？"

加茂已经不再是听见别人说蠢话就马上咄咄逼人地反驳的

小孩子了。只是，他必须想办法证明这个愚蠢的推理是错误的。

乾山抱着胳膊开口道："我想顺便问一下，有人记得发现尸体时小丑人偶在什么地方吗？"

没有人回答。

不破得意地继续道："加茂先生在调查仓库时悄悄把人偶放回到了空调前方。仓库里虽然没有作业梯，但你的身高将近一百八十厘米，只需伸长手臂就能够到顶板吧？"

如果栋方还活着，就能证明加茂没有在那时移动过小丑人偶。因为栋方早就怀疑加茂是凶手角色，一直在监视他的行动。然而现在想这些也没用了。

加茂再次闭上了眼睛。

什么人的话语或行动……能够成为让反证起死回生的转折点？

椋田兴高采烈的声音响彻休息室。

"那么，就要判定加茂先生的反证失败——"

"你之前说那两个小丑人偶是'趴在架子上的奇怪人偶'对吧？那是什么意思？"

加茂突然开口询问未知，虽然不明就里，但未知还是马上做出了回答。

"哦，我检查空调时想移动人偶，可唯独那两个不知为什么粘在了顶板上，不过我稍微一用力就拿起来了。"

加茂得到了意料之中的回答，微微一笑之后，他向椋田提出了要求。

"空调前方的置物架顶板上应该有血迹，能用3D投影显示那个部分吗？"

椋田用不悦的沉默回答了他，屏幕上很快便显示出没有人偶的顶板。

由于层板是胡桃木色的，看得不是太清楚，但一层薄薄的灰尘中的确有两个人偶的臀部和腿部留下的血迹。

加茂指着血迹继续道："看来没人仔细检查过置物架的顶板啊。顶板上残留着血迹，证明人偶是沾上血后马上被放了回去，继而可以证明人偶昨晚就已经在这个架子上了。"

不破表情扭曲、青筋暴出，他反驳道："胡说八道！你犯了个低级错误，把带血的人偶直接放回了顶板。但是你很快就发现那样会妨碍你实施密室诡计，就等人偶身上的血迹干燥后，把它们移到了旁边的架子上。"

"这不可能……未知小姐调查时，小丑人偶可是粘在顶板上的，这是因为血液与灰尘相融，产生了黏性。换言之，人偶在血迹未干之前就被放在了顶板上，直到未知小姐拿开，都没有动过。"

没等人偶身上的血迹干掉就把它们放到架子上去了，这是加茂的失误。然而机缘巧合之下，这又反倒救了他一命。

"那就是小丑人偶身上的血迹干掉后与顶板粘得很牢，空调的风都没能把它们吹掉！"

不破的语气越来越激烈，反驳的精准度却大幅下降。

加茂叹着气继续道："未知小姐刚才也说了，她稍微一用力就拿下了人偶。这点黏度恐怕对抗不了你刚才所说的强风。"

不破终于陷入沉默，咬紧牙关低下了头。

\* \* \*

"不破先生，我也再给你一次继续推理的机会……你要继续吗？"椋田带着笑意说道。果然她还是不能满足于只有一个牺牲者。

不破似乎料到了她会这样说，立刻抬起头来。

"我就等着你这句话呢。"

他的双眼因兴奋而充血、发红。

又有人要被揭发了……想到这里，加茂陷入了强烈的不安，因为他不认为不破还能保持冷静继续推理。

"那么请你选择要推理的事件。"

"现实世界中的杀人案。"

加茂本以为他会开始YŪKI（游奇）案的推理，但是猜测落空了。圆桌周围的人纷纷坐直了身子。

不破环视过所有人后开口道："关于这个案子，我们到栋方先生的房间去说吧。"

不破第一个走进室内，发出了毫不掩饰的嫌恶声音。

"……是谁这么残忍？"

除加茂以外的四个人连忙挤进去看发生了什么事，不仅把不破挤进了屋里，还在门口发生了短暂的推搡。

加茂隐约察觉到了不破在说什么，于是越过东和未知的头顶看了一眼尸体，然后说道："拔刀的人是我。为了检查凶器。"

不破凝视着栋方背上的伤口，表情扭曲了片刻。但他似乎不打算就此争论，转而冲着所有人开口道："我仔细检查过了，这个房间可以说是一个头发丝都放不进来的完美密室。"

众人似乎都赞同这句话，没有人反驳。

不破轻吸一口气，一字一顿地说道："之前也说了，这个案子若没有密道就不可能完成。"

乾山突然不耐烦地插嘴道:"怎么又说起这个了?刚才我们都检查过整个馆了,根本没有密道。"

不破轻轻一笑,又一次转向加茂。

"我们最后一次见到栋方先生,是在VR空间的大厅。当时各自解散回房后,你做了什么?"

加茂不明白他提问的意图何在,但如实回答了问题。

"我马上返回现实世界,然后一直待在巨齿鲨庄自己的客房里。"

"你在巨齿鲨庄有没有听见可疑的响动?"

"当时雨声很大,建筑物内部应该没什么响动……话说,你应该问佑树君吧?巨齿鲨庄的隔音还不错,我的房间又离这里很远。"

佑树听了正要开口,却被不破抢了先。他再次对加茂竖起食指,说道:"这下可以明确了,加茂冬马,你就是执行人。"

"……我?"

好不容易完成了凶手角色的反证,加茂还在担心下一个被揭发的人……没想到事态竟朝着完全想不到的方向发展。

不破穷追不舍地继续道:"虽然栋方先生认为你是凶手角色,但我从一开始就怀疑你是执行人。"

"为什么啊!如果我是椋田的共犯,怎么可能干蠢事被人集中攻击。"

加茂忍不住叫嚷起来,但不破充耳不闻。

"既然你是椋田卑鄙的同伙,就绝对能够面不改色地故意触发门把手的机关,上演一出'我是凶手角色'的戏码!"

……这个所谓的著名私家侦探,根本就是纸老虎!

加茂气势汹汹地与不破对视了一会儿,最后叹着气说:"那就先请你给出我是执行人的依据吧。否则我都无法提出反证。"

"我佩服你的厚脸皮。"

"……随你怎么说。"

"未知小姐和乾山君可能不知道,可以从置物间进入巨齿鲨庄的天花板。而发生在这个房间的凶案,就是利用了天花板。"

听着不破口沫横飞的解说,加茂忍不住笑了。

"利用天花板能干什么?"

"利用天花板的作案方式后面我会详细说明,现在重要的是……置物间的检修孔已经老化,如果有人试图从那里爬上天花板,会发出很大的声音。"

加茂想起佑树也说过同样的话。

"那又如何?"

"你的房间与置物间只有一墙之隔。就算外面雨声很大,建筑物的隔音又比较好……可一旦检修孔附近发出响动,在你的房间也不可能听不见。"

加茂用力摇头。

"我没有听见那样的响动,可以证明作案时段没有人上过天花板。"

"不,要想杀害栋方先生,只能利用天花板。如果你说没听见声音……那么你的证词就是假的,而你正是爬上天花板的执行人。"

再争论下去也不会有结果。

加茂想起智能手表上的地图和所有人的资料,陷入了沉思。

……总之,我得先证明自己没有上过天花板。我的身高有五点八七英尺,在这些人里仅次于不破,再往下应该是五点八一英尺的佑树君。

加茂想试试能否从身高提出反证，但是英尺和公尺的换算太麻烦了。如果一开始就显示成公尺，能省去多少工夫啊……想到这个的瞬间，加茂轻呼一声。他感到脖子后面仿佛受到电击，连指尖都发麻了。

他梦呓般地说道："手套，毒药瓶……"

原本意义不明的碎片一瞬间全都嵌入了正确的位置，掩盖真相的黑暗一扫而光……原来自己手上早已掌握了所有必要的信息，并且发现真相的机会也出现过好几次了。

加茂不禁诅咒自己的大意。

若不是忙于隐瞒作案手段，至少能更快地发现YŪKI（游奇）案的真相。

有人一把抓住了他的左臂，加茂吓得几乎跳起来。

刚才他完全沉浸在思考中，完全忘记了自己身在何处。他转头一看，是佑树，佑树松开了手。

"……你没事吧？"

此时，不破是一脸冷峻的表情。

"把话题转移到VR空间里的事件也没用，我要揭发的，是你在现实世界制造的凶案。"

看着不破脸上的浅笑，加茂感到全身汗毛直竖。因为他推理出的YŪKI（游奇）案的凶手，正是不破。

……他并不是纸老虎，也不是脱离常识的人。这家伙就是执行人。

他之所以发表一通如此胡来的推理，肯定也是受到了椋田的指示。

不破这么做的目的，恐怕有两个。

第一，强行制造解答时段和作案时段，物理上打断加茂等人的调查。第二，除掉凶手角色加茂。

如果加茂反证失败，紧接着就是下一个现实作案时段。不破很可能打算杀死加茂……然后把他杀伪装成自杀，上演推理失败而死的戏码。

……他是想在明天正午之前拖延时间、扰乱线索，诱导所有人远离真相吗？太卑鄙了。

加茂打从心底涌出一股强烈的愤怒，愤怒化作犀利的目光射向不破。不破眯起了眼睛。

"看来你终于明白了自己的处境啊。"

"开什么玩笑，你才是执行——"

加茂正要抛出事实，却被椋田间不容发地打断了。

"安静！现在是不破先生的解答时段，你只能提出反证。如果再说出不相关的话，我就要请你退场了哦。"

她的言下之意是：你若敢揭发不破，我就发动毒针。

加茂咬紧牙关，闭上了嘴。

……察觉到YŪKI（游奇）案真相的时机太晚了。如果此时无法成功提出反证，存活下去，自己甚至无法将掌握到的信息传播出去。

看着被逼上绝路的加茂，不破耸了耸肩。

"我没时间陪你胡闹，还是继续推理吧。"

几乎所有人都没有干涉加茂和不破，只是安静地旁观。唯独佑树尖锐地插嘴道："天花板和这个房间在空间上是完全隔断的，这里的天花板没有任何破损，你口中的凶手究竟要如何在上面行凶？"

加茂等待着不破的说法。

如果他是执行人，肯定不会在这里公开杀害栋方的方法。

不破接下来要说的话，必定是能够以假乱真的假推理。

不破卖了个关子，用食指指向尸体正上方的灯。

"加茂先生用了吸顶灯。"

"什么？"

佑树看了一眼天花板，露出费解的表情。因为上面安装的LED吸顶灯没有任何异常。

不破似乎很享受佑树的反应，笑着说道："吸顶灯安装时要在天花板上开个孔，再用螺丝固定。跟荧光灯不一样，天花板上的孔是不会封起来的。"

看他那充满自信的模样，他所说的吸顶灯的特征应该属实。加茂姑且放弃反驳这部分。

"不对，你这个想法是行不通的吧？有人在天花板上面走来走去，还在吸顶灯上动手脚，栋方先生岂不是一下就听见了。"

"只要有椋田的协助就好。"

"什么意思？"

"椋田如果提出'我给你一个活下去的机会，咱们到VR空间详谈'，栋方先生肯定会心动。就算觉得那可能是圈套，他也想赌一赌吧，哪怕只有百分之一的概率。这就是人性。"

栋方是否真的进入了VR空间，导致现实世界中的自己毫无防备，这点还很难说。

不过，椋田诱惑或威胁他这么做的可能性并不是零。既然无法断言不可能，那么作为反证的依据就太无力了。

不得已，加茂只好换了个问题。

"如果你主张从天花板作案，那就必须引诱栋方先生到吸顶灯正下方，并让他背对天花板，否则绝对无法在他背上插上一刀……这个部分你要怎么解释？"

"你趁栋方先生进入VR空间时,通过天花板的洞扔了一颗六角螺帽。栋方先生返回现实世界后看见螺帽,便蹲下来仔细查看。这一刻,你趁机从洞中扔下了刀子。"

加茂听着不破的说明,思索着该如何提出反证。

……六角螺帽为何沾了血,这一点能用吗?如果不破说是预先沾了血以提高吸引栋方的概率,那就很难再反驳了。

那把刀很轻呢?如果计划是从天花板抛下刀子刺杀目标,应该准备更沉重结实的刀子。不行,单凭这一点也力度不足。

不破在加茂眼前露出了确信自己能获得胜利的微笑。

"突然被刀刺中背部,栋方先生肯定会不知所措。他摇摇晃晃地向前走了几步,最后双腿一软,倒在了地上。正因如此,尸体才没有在吸顶灯的正下方。"

为了整理脑中的思路,加茂轻吸了一口气。接着,他对不破发出了尖锐的质问。

"在VR空间最后一次与栋方先生交谈之后,我们纷纷回到了现实世界,那时是……下午一点三十五分左右,对吧?"

不破带着警惕的神情闭口不言,是佑树点了点头,应道:"是的,大概是这个时间。"

"当时外面已经下起了大雨。那场雨持续下了一个多小时,直到下午三点才变小了。"

应该不是每个人都能清楚记得雨变小的时间,但谁也没有反驳。于是,加茂继续说道:"回到现实世界,抬起VR镜片后,肯定每个人都会做一件事。"

佑树咧嘴笑了,接过话头:"我先去开了灯,因为房间里黑得不像白天。"

"但是……我们冲破这扇房门时,吸顶灯是关着的状态。我记得检查地毯上的六角螺帽时,佑树君开了灯。"

不破恶狠狠地盯着加茂,说道:"那么,栋方先生就是在雨停之后被杀害的。乌云散去,太阳出来之后,就不用开灯了。"

"不对,根据尸斑和体温流失的程度,我们推测栋方先生是在下午两点四十分之前被杀害的。那时雨甚至没有变小。"

不破哑口无言。加茂低头看着地毯上的六角螺帽,再次开了口。

"按照你刚才的推理,栋方先生在遭到杀害前一度进入过VR空间。当时外面因为下雨而天色很黑。抬起VR镜片的那一刻,他不可能马上适应周围的黑暗,甚至会觉得更黑了。在这种情况下,他是看不到地上的一个小小螺帽的。"

事实上,加茂就在类似的情况下踢飞了地上的签字笔,可见当时室内光线真的很暗。

加茂眯着一只眼睛继续道:"也就是说,栋方先生是在没有打开吸顶灯……当然也没有发现六角螺帽的情况下被杀的。如此一来,他就没有了在吸顶灯正下方蹲下的理由,抛落刀子刺中背部令其死亡的推理也就无法成立。"

"……怎么可能!"

不破脸上已经渗出了豆大的汗水。

加茂又毫不留情地开口道:"你的推理可真是彻头彻尾的胡说八道啊。如果没有那场雨,我险些没能提出反证呢。"

"闭嘴!"

不破大吼一声,右手砸向墙壁。墙壁被砸凹了一块,他那大过常人的拳头顿时沾满鲜血。

"我知道你是执行人!不能让你跑了……"

不破喘着粗气,依旧恶狠狠地盯着加茂。他的拳头在杀意的灼烧中微微发颤。

加茂并不害怕不破所表现出的暴力。

原因倒不是面色铁青的不破随时都要倒下。此时瞪视着加茂的那双眼睛里充满了憎恨和纯粹的敌意。只不过，加茂也在不破的目光深处看到了不带一丝虚假的诚实。

鲜血从不破的拳头滴落，在地板上形成一摊血迹。

恍惚中传来了椋田的声音。

"继续推理的机会也被用掉了，因此我判定，这次解答时段的失败者只有不破先生一人……虽然很遗憾，但谁让加茂先生连续两次反证成功了呢。"

"不，我的反证还没结束。"加茂几乎是下意识地说道。

方才还在要求继续推理的不破已是一副失魂落魄的模样，椋田则没能掩饰内心的意外，愣了好一会儿才说道："你还要反证什么？"

加茂知道他做的选择很危险，但他坚信这是最好的办法。他抬起头看着监控摄像头，说道："不破先生直到现在依旧怀疑我是执行人，那我如果不能证明我不是执行人，这场反证就不算结束。"

几秒钟的沉默后，椋田从喉咙深处发出嬉笑声。

"很好，但如果你反证失败，还是要死哦。"

\* \* \*

"你先前说过……给执行人和凶手角色各配了一副黑色手套，对吧？"

众人返回休息室后，加茂问椋田。

"是的，我在他们的口袋里各放了一副作案手套，作为初始道具。"

加茂戴上手套控制器，在圆桌上调出VR空间的大厅画面，然后放大了南侧的电灯开关。

开关上有三个竖向的手指痕迹，从拇指到中指依次排列，显然是什么人用右手摸到开关时留下的。

"凌晨零点五十分，圆桌上还没有人偶。由此可以推断……开关上的痕迹是执行人在圆桌上放置人偶时留下的。"

接着，他道出了跟佑树、东一起调查时得出的结论。

开关上沾的是黑色铅粉，是佑树在零点五十分调查大厅时沾上去的。三根手指印显示出了作案手套特有的防滑颗粒的形状。因为只有手掌一侧设计了防滑颗粒，再次证明那的确是右手用的黑色手套留下的痕迹……诸如此类。

不破听完这番话，表情丝毫没有变化地说："从这个痕迹可以得出的信息，只有它出现在零点五十分以后对不对？指印有很多不清晰的部分，不具备判断其所有者的特征。"

圆桌旁的另外四人都一言不发地注视着加茂和不破，像是害怕稍微发出点声音就会打扰他们。

面对不破的指摘，加茂点了点头。

"开关长十厘米，宽四厘米，如果整只手按在上面，会留下这样的痕迹也不奇怪。当然，除了手特别大的人。"

不破终于露出了不明就里的表情，继而低头看向自己缠着手帕止血的右拳。他长得格外高大，手也比一般人大了许多。

……如果有那么粗的指头，肯定无法在宽度只有四厘米的开关上留下三个手指的指印。换言之，不破虽然是YŪKI（游奇）案中的凶手，但他不是执行人。

椋田曾断言执行人只有一个。但她从未明确说过凶手角色有几个。那是因为凶手角色从一开始就有两个吧。也就是说……除了加茂，不破也是凶手角色。

执行人……另有其人。

"你证明了我不是执行人又有什么用？你有什么目的？"不破喃喃道。

他的声音里带着强烈的困惑。也许是因为他受到了椋田的误导，坚定地认为加茂是执行人吧。

事实上，在看到不破砸墙的拳头之前，加茂一直没发现自己的错误。

……竟然会犯如此低级的错误，真没出息。

不过自这一解答时段开始，情况就一直在发生令人眼花缭乱的变化。加茂也只是在十五分钟前才发现了"YŪKI（游奇）案的真相"，甚至没时间确认自己的推理与实际的证据之间是否存在偏差。

加茂与不破互相表达着嫌恶与憎恨，一门心思地想让对方失败、毁灭……并且险些同归于尽。

如果解答时段就这样结束，不破恐怕不会再听信加茂的话。不仅如此，他还会劝说其他参加者否决加茂的提议，哪怕赌上性命，也要妨碍加茂的所有行动。

如此一来，事态就会陷入泥沼，再也无法挽回。

正因如此，加茂才要冒着风险继续反证"我不是执行人"。这都是为了在解答时段中让不破意识到执行人另有其人，并且在接下来的作案时段得到不破的全面协助，打出逆转现状的起死回生之路。

加茂正要往下说，椋田突然尖锐地开口了。

"加茂先生，你如果再说出与反证不相关的话，就要判你犯规了哦。"

看来椋田察觉到了加茂正在接近真相，又一次在绝妙的时机打断了他。

加茂摇摇头。

"不，这不是与反证不相关的话。那三个指印是否属于我，是个极其重要的问题。说到这个，想必大家都知道我的虚拟角色右手食指到无名指被割伤了吧？"

不破耸耸肩。

"这事不用你说，都知道。"

"那就假定我中了栋方先生的圈套吧。如此一来，栋方先生看到的手套碎片，就是我的右手连同手套一起被割伤时产生的。你觉得破成那样的手套，能够在电灯开关上留下连防滑颗粒都清晰可见的手指印吗？"

对此，不破沉思了一会儿，然后回答："不可能。加上此前强调过执行人也只有一副黑色手套，戴上备用手套按开关的可能性就也排除了……不过这也只是顺序问题吧？现在能确定的只有黑色铅粉出现在零点五十分左右，电灯开关是后来被按下的，但你完全有可能在那之后才受伤……"

说到一半，不破的目光闪烁起来，也许是他发现了矛盾之处。

加茂笑了一声，说道："没错，栋方先生在大厅发现黑手套的碎片也是零点五十分。也就是说，我在那之前已经受伤了。换言之，我无法在零点五十分以后留下指印。"

但不破依旧没有让步。

"不，碎片可以是伪造的，是你为了扰乱调查而刻意扔在那儿的。"

听了他的话，加茂操作起 3D 显示器，调出自己房间的桌子。看到上面的东西后，圆桌旁的人都倒吸了一口气。

"……作案手套！"不破几乎哽住了。

加茂疑惑地说："这么惊讶干什么？这是我今早在走廊看到的。没告诉大家是我不好，但也没有违反规则啊。"

当然，这是假话。

桌上放的就是加茂作案时用的黑色手套中的一只。那只右手用的手套指尖部分被割开，沾染上了虚拟角色的血。

加茂指着手套继续道："栋方先生捡到的手套碎片应该能与这只手套缺少的部分相吻合。只要能对上……那就证明中了栋方先生设下的陷阱的人并非执行人。"

不破已经趴在了圆桌上，嘴里念念有词地说着听不清的话。

加茂安静地等待着他的反应。

按下开关的人并非不破，这点他本人肯定最清楚。从手的大小和不破在 VR 空间内使用的作案方法来看……他都不可能留下那样的指印。

加茂又证明了自己也不可能按到开关，那么答案只有一个。

这个 VR 空间里存在第三副作案手套……而那副手套的主人，才是执行人。

加茂并不担心，通过不破此前发表的推理，可以相信他一定能得出这个结论。

没有人试图打破眼前的沉默，甚至连椋田都一声不吭。

不破再次抬起头时，已经换上了看穿一切的表情。可是当他看到加茂时，表情又迅速扭曲了。

"啊，我又……做了一件天大的蠢事。我的推理大错特错了。对不起……对不起。"

听了他的话,椋田冷冷地嘲笑道:"真是的,你跟二十六年前完全一样啊。一开口就是胡编乱造的推理,无论有多少人为此牺牲你都毫不在乎。"

不破的脸上出现了恐惧的表情,但他恐惧的并不是椋田,而是自己。

片刻之后,他铁青着脸点了点头。

"你说的是事实……不过,我终于看清了真相。"

"现在看清也没用了,因为你的解答时段已经结束了。"

椋田恶狠狠地说完,不破悲伤地笑了。

"我承认我失败了,如果注定要被执行人杀死,我也愿意接受这个结果。也许,那的确是我应得的死法。"

"你的态度很值得敬佩嘛,这是吹的什么风呀。"

"但是作为交换,在解答时段结束之前……作为解答者,我想问两个问题。"

这话让加茂也吃了一惊,他用目光对不破发出无声的疑问,对方则平静地继续道:"这也许是我能起到的最后一点作用了。"

整整过了三十秒,椋田才给出回答。

"你想问什么?"

"第一个问题很简单。你说我们中间只有一个执行人,那么,凶手角色呢?"

不破故意用了拐弯抹角的方式提问,恐怕是为了不被解释为自首。

"呵呵,你想知道这个啊……其实我也没打算隐瞒。你们中间有两个凶手角色。"

椋田话音刚落,圆桌周围就一片骚动。

也不能怪剩余的四个人太过迟钝，只是因为加茂和不破在解答过程中进行的暗中交流，若不是凶手角色，是绝不可能完全理解的。

与此同时，加茂再一次感到全身发冷。

椋田如此干脆地承认了凶手角色有两个，这反倒让他毛骨悚然。她好像根本不在乎自己和执行人会不会陷入不利的境地。

"另一个问题是什么？"

不破瞬间露出了疲惫的表情。

"在提问之前，我想解释解释二十六年前我和你父亲之间究竟发生了什么。毕竟这是最后的机会，我也希望在场的所有人都知道这件事。"

椋田没有回应，不破说了下去。

"二十多岁时我进入一家征信所工作，之后出来单干，至今已经三十多年了。在此期间，我参与调查并解决了数不清的案件……但或许也犯下了同样多的错误。"

"错误？"乾山困惑地问道。

不破点点头。

"你还年轻，所以没有直面过矛盾，对不对？这么多年来，我给出的一直都是我认为正确的推理。可是说到底，谁也不知道我的推理究竟是否正确。因为众所周知，人不是全知全能的。"

"可是，通过证据指出谁是作案人，看穿其作案手法，这不是板上钉钉、可以明确的事情吗？"

"你能保证对证据的理解没有错误吗？那甚至有可能是多重的巧合，与实际的犯罪没有任何关系。也许……真凶熟知像我这样的'侦探'的思考方式，专门用'虚假的证据'设下了陷阱。你能断言绝对没有这种可能吗？"

乾山听了,略显烦躁地反问道:"那如果凶手自首了呢?有了证据和供述,总该没跑了吧?"

"也有可能是假的。而且,人的记忆是暧昧不清的,就算没有说谎,人也可能篡改自己的记忆,误以为自己犯了罪。"

"……照你这么说,就得扩大嫌疑人范围了。"乾山似乎不再把这当回事,带着嘲讽继续道,"因为还得考虑超能力者或外星人啊!毕竟无论什么事情都无法断言'百分之百不可能'嘛。"

听到乾山这样说,加茂忍不住笑了。

"先不说这种时候用归谬法反驳正不正确……刚才不破先生说到的问题,本来就不是只针对侦探的,应该说,只要是调查,就必定会出现那种问题。无论调查者是警方、检方,还是业余侦探,都一样。有的时候法官甚至会根据错误的推测做出判决。"

调查并报道过多起冤案的加茂最清楚其可怕之处。

不破忧伤地笑了笑。

"刚开始做这种工作时,我自认为很了解其中的危险。正因如此,我每次都会暗中与警方联手,完成事件的调查。我认为这样能多少避免犯下重大的过失。"

说到这里,不破的目光飘向远方,沉痛地继续道:"我衷心祈祷,这三十年来自己做的大部分推理都是正确的。但是……也有一些案子,我到后来才发现自己的推理错了。而其中的一个案子,夺走了椋田耀司的性命。"

椋田耀司——这就是之前不破所说的"椋田千景之父"。

"二十九年前,我与耀司先生结识。当时我还是个不到三十岁的愣头青,每个月连房租都交不上,身无分文地被房东赶了出来。"

"耀司先生比我年长十岁，是我当时所在的征信所隔壁的快餐店的常客。我跟他……经常一起坐在吧台吃午饭。后来我们逐渐熟悉，慢慢地有了交流。

"记得有一次，我向他抱怨自己的处境，没想到耀司先生说：'那你来我这儿吧，困难的时候就要互相帮助嘛。'后来我才知道，耀司先生刚继承了一栋两层楼的出租公寓，他以几乎免费的价格把二楼的一间房租给了我。

"那时我的工资全靠绩效，收入逐渐稳定后，我就再三恳求他把房租涨到了正常价位。其实他一直都不答应，可我真的过意不去啊。

"那栋公寓楼离车站很远，外面的路又很窄，开不进汽车，所以四间屋子空了三间，只有我一个住户。不过耀司先生不打算拆掉公寓变卖土地，他说那里充满了他与祖父的回忆。正因如此，我赚到钱之后也一直没搬走，就为了感谢他的照顾。

"现在回想起来，包括那个决定在内，我真的是一步错、步步错……

"耀司先生的夫人去世得早，他在不动产相关的公司上班，要抚养两个孩子。我第一次见到那两个孩子……应该是入住前到耀司先生家登门道谢的时候。记得当时姐姐十岁，弟弟应该是八岁左右。

"遗憾的是，我不记得他们的名字了。那个姐姐，应该就是千景吧？

"姐姐千景从来不跟我打招呼，甚至见到我就害怕地跑开。弟弟则为了保护姐姐，总是很凶地瞪我。

"我去过耀司先生家好几次，姐弟俩却都不愿意接近我。不过……我能感受到姐弟俩感情很好。但是有一点很奇怪，他们长得一点都不相像。

"有一次，耀司先生对我说起了他的孩子。我才知道姐姐千景原来是耀司先生的侄女，后来被耀司先生领养，成了父女关系。

"而让千景失去双亲、失去了幸福生活的……是一起杀人事件。

"与我相遇的三年前，千景在东京都内跟父母一起生活。某天，他们家附近发生了一起一对夫妻惨遭杀害的事件。警方调查后认为事件的起因是入室抢劫。然而，现场还存在一些可疑之处。

"当时六本木至道刚从警视厅退休，开始从事类似业余侦探的工作。没错，就是我们都认识的……那个六本木。

"他公开表示要调查这起夫妻被杀案。当然，他并没有得到警方的委托，他的行动也不属于官方调查。他本人似乎打算利用这起事件迅速提升名气。

"那时具体发生了什么我不太清楚……总之，六本木认为遭到杀害的丈夫与千景的母亲有婚外情，而千景的父亲发现了他们之间的关系，于是闯进对方家中杀害了男方，最后还杀害了目击到犯罪现场的男方的妻子。

"六本木甚至去质问过千景的双亲。

"他的主张自然是毫无依据的。如果真的有，警方早就行动了。因此，他的举动可以说是为了出名不择手段，是一种暴力行径。

"然而坏事传千里，出轨的谣言和真凶是千景的父亲的谣言瞬间就传开了。那也许正是六本木故意造的谣。

"千景的父母不堪其辱，双双自杀了。二人应该是同一天决定自杀的。他们给彼此留下了遗言，请对方原谅自己的软弱……并把千景托付给对方，就这样离开了人世。

"唉……何等可悲。丈夫不知道妻子要自杀，妻子不知道丈夫要自杀，竟不约而同地舍弃了性命。被抛下的千景是个聪明的孩子，尽管她还小，却知道是六本木逼父母走上了自杀的绝路。

"她被六本木这名侦探夺走了父母，后来在耀司先生的家中重新获得了安稳的生活。耀司先生是个心地善良的人，一起生活的那几年，千景无疑是幸福的。而我，是第二个威胁到她的安稳生活的侦探。

"她害怕我也不无道理。我非常同情千景……不，如果我真的这么想，就应该早点远离耀司先生。

"与他相识的第三年，我自认为到达了人生的第一个巅峰。

"因为我成功解决了一起几乎要成为悬案的连环杀人案。我发现了警方漏掉的受害者的共通点……然后一举锁定了真凶。

"这下我一定能够得到大客户的信任，业务的范畴也会大幅拓宽。我开始考虑离开原本的征信所，独自创业。

"没错，那时我被名利心蒙蔽了心灵。从这个意义上来说，我跟六本木没有任何不同。

"那天……我在快餐店跟耀司先生聊天，突然想起出门时忘了关浴室的水龙头……那是我第一次犯如此粗心的错误，我格外慌张，耀司先生见我那样，忍不住笑了。

"'工作很忙吧？那我去帮你关水好了……没关系，公寓离我下一单业务要去的地方很近，正好我又带着备用钥匙忘记收起来了。'他又开玩笑地说，万一房间淹了水或是弄坏了热水器，就要我支付修理费。其实照他的性格，无论房间变成什么样,他都绝不会让我出一分钱的,只会说等我出人头地了再说。

"然后,耀司先生就死在了我租的房间里。

"夺走耀司先生性命的人,是我破获的那起连环杀人案的凶手的母亲。

"没错,那一次……我的推理也出错了。

"我发现的共通点并不完整,收集到的信息不够齐全。所以我揪出来的男人,与连环杀人案其实毫不相干。

"警方在巩固证据之前并没有逮捕他,但是他作为重要参考人接受警方询问的消息被大肆报道了出去,人人都把他看作了真凶。于是那个人遭到了严重的骚扰,面对面的辱骂、骚扰电话、住所的墙被涂鸦……行为不断升级,最后甚至有人往他家里扔石头。

"耀司先生遇袭那天清晨,一块石头砸中了他的头,他跌倒在地,头部再次受到撞击……就这么过世了。

"他的母亲后来说,抱着儿子渐渐发凉的尸体,她暗下决心,一定要杀了那个侦探。

"为什么就这么祸不单行呢?

"我忘记关水龙头了,那可是百分之一都不到的概率。但凡那天我没有犯这个错误……或者没有在快餐店里想起这件事……或是没有让耀司先生代替我去关水……

"那位母亲就埋伏在我的住处附近,看见耀司先生开门进屋,就用菜刀狠狠地砍了无数刀。后来她发现杀错了人,便留在原地等我回去。那天晚上我回到住处,在门口发现了耀司先生的尸体,又看见拿着菜刀向我冲来的那位母亲,顿时恍然大悟。

"确实,我犯下了死不足惜的重罪,但是耀司先生没有做错任何事啊。我本来应该挺身而出去保护他的，可是……为什么耀司先生死了，我却苟活在世上？菜刀扎进了我的肩膀，我却几乎感觉不到疼痛。又扎进我的侧腹，我却像在远处静静地旁观这一幕。我觉得一切都不重要了……

"后来附近有人听见响动报了警，我得以保住了性命。在医院醒来的那一刻，我流着泪体会到了生命的宝贵。没错，我一度觉得什么都不重要了，到头来还是不愿舍弃生命。

"休养了几个月后我出院了，耀司先生家已是人去楼空，孩子们都不在了。

"后来我听说耀司先生的葬礼早已结束，两个孩子都被亲戚领养了。可是，我没有去追查他们的去处。

"因为我害怕。

"若是见到那对姐弟，我该说些什么？该如何道歉？所以……最终我选择了逃避。

"我什么都不愿去想。为了逃避这段难以忍受的回忆，我不断追求新的事件。因为这样一来就无须去思考事件以外的事情了。就这样……我把一切都埋藏在了记忆的最深处，并将土壤夯实。

"就这样，我成了夺走千景家人的第二个侦探。

"夺走了姐弟俩的父亲，扰乱了他们的生活，促使椋田策划出如此可怕的游戏——这一切，无疑都是我的错。"

\* \* \*

不破十指相扣，自嘲似的继续道："在接受邀请来到这里之前，我从未想过邀请人椋田与耀司先生会有什么关系……单从这一点，恐怕也能看出我的人品了吧。"

扬声器里传出了轻蔑的叹息。

"不破先生，你会不会太自恋了一点？你和六本木确实让我知道了业余侦探是如何危害世间的，不过，那也只是一个契机而已。"

"连我……也只是契机？"

不破无奈地喃喃着，椋田讽刺地答道："后来我又见过许多业余侦探，目睹了他们的所作所为，全都不堪入目。且不说那些乱七八糟的推理，甚至有人接受贿赂捏造证据……不过那几个接受贿赂的人没有资格被邀请到这里，所以我送他们先上了黄泉路。"

椋田继续嘲讽道："我很快就明白过来，跟那种侦探逐一交手，只会没完没了。所以我才把你们都集中到了巨齿鲨庄。"

佑树愣愣地说道："为了一口气把我们……把业余侦探收拾干净吗？"

"这么好的机会可是千载难逢啊，当然要追求最大的成效。"

休息室里的众人陷入了沉默。过了许久，不破再次开口道："那么，我的第二个问题是……你究竟是谁？"

扬声器里传出的声线带上了一丝讶异。

"你问这个是什么意思呀？我就是椋田啊……真是做梦都没想到，这种时候了你还会问这个。"

"我最后一次见到椋田千景，是在上岛的船上。到达巨齿鲨庄后，她就一次都没有出现在我们面前了，不是吗！"

听了不破的话，加茂回想起船上的光景——在船上我看见椋田千景跟十文字亲密交谈，那的确是我最后一次看见她。

不破声色俱厉地继续道："自从被监禁在巨齿鲨庄，我们只见过复原了椋田千景外形的虚拟角色，除此之外，你就以各种理由只与我们进行语音对话……为什么一直以这种不正常的方式交流？理由只有一个，你并不是真正的椋田千景。"

"呵呵，你想说我假借了椋田千景的声音、用了她的角色外形来糊弄你们？有意思。那你说我是谁呢？"

"刚才我发现了……巨齿鲨庄的相关人员中，有一个人跟耀司先生有几分相似。"

"那个人是谁？"

扬声器里传出的声音没有一丝慌乱，反倒像是乐在其中。

"制作人，十文字海斗。"

扬声器里一片沉寂。

"十文字也是一位有名的插画家。虽说大部分游戏开发者都用真名，但插画家不会这样，很多人习惯用笔名展开活动，从事另一种行业时也有人继续使用笔名。"

"所以呢？"

"十文字只是笔名，而你真正的姓氏是椋田……你是耀司先生的儿子，椋田千景的弟弟，对不对？"

南边突然传来敲打玻璃的声音。加茂循声望去，险些发出惊呼。因为十文字正在落地窗的另一端笑眯眯地挥手。

"大家好呀……机会难得，我就来打声招呼吧。在活动前的说明会等场合我已经跟各位见过几次了，并且跟坐第一班船的人一起到了岛上。"

被休息室里的灯光照亮的十文字头戴耳机，真人的声音跟室内扬声器里传出的椋田千景的声音融合在了一起。

二者交融，变成了一种极不真实的音色。

他那宛如泰迪熊般的和善面孔上始终挂着笑意。

"正如不破先生所说,十文字海斗是我的笔名,而我户籍册上的姓名是椋田海斗……也就是椋田千景的弟弟。"

他那爽朗的表情与监修工作期间别无二致,却反倒让加茂感到毛骨悚然,阵阵作呕。就连道出他的真实身份的不破似乎都有点喘不过气来。

加茂之前就觉得,那两个人在船上亲密交谈的样子……与其说是同事,其实更像姐弟。

看到众人的反应,椋田海斗为难地皱起了眉。

"我猜到了事情会朝这个方向发展,才出来跟大家见面的。莫非打击还是太大了?"

加茂好不容易调整好心绪,反问道:"那真正的椋田千景呢?她没什么事吧?"

椋田海斗在落地窗的另一头不高兴地眯起了眼。

"虽然我们在复仇这件事上有一点意见不合,但我怎么可能伤害姐姐呢。姐姐她好得很呢。"

说完他做了个拉扯的动作,从加茂等人看不见的地方拉出了一台轮椅。

户外灯照亮了一个身体被浴巾捆绑着的女性。她口中被塞了毛巾,从美丽的杏仁眼中滑落大颗的泪珠。

"椋田千景!"

冲动之下加茂站了起来,椋田海斗立刻指了指左手腕。他的意思恐怕是若你敢轻举妄动,就发动毒针。

加茂站在原地,恶狠狠地盯着窗外。

……她的害怕不像是演戏。果然骗我们进入这个死亡游戏的主犯是椋田海斗,他的姐姐千景只是被利用了!

椋田海斗跪在轮椅前,一脸悲伤地轻抚着轮椅的靠背。

"我做这些可都是为了被业余侦探搅乱了人生的姐姐呀。可是……你却一点都不理解我。如果你不反抗，也不至于变成现在这样。"

说着，椋田海斗离开轮椅，走到落地窗边。

"姐姐是个才华横溢的人。是她唤醒了失去父亲之后漫无目标的我，给我指明了插画家的道路。她二十多岁就被提拔为制作人，后来又连续制作了好几部销量过百万的作品。这就是姐姐的实力……而我，只是她的影子而已。"

椋田海斗一脸骄傲地继续说道："现在，椋田千景作为巨齿鲨庄的执行董事，已经成为业界首屈一指的游戏制作人……如果没有姐姐光辉的名望，这个计划注定只是一场梦。"

他明明像狂热的信徒一般崇拜姐姐，却利用姐姐的名望策划了如此骇人的复仇，并且丝毫没有愧疚感。

显然……这个人精神异常。

"另外，多亏了千景姐在启动会议上发挥辩才，我才成功邀请到了你们八个人。"

加茂浑身一震，继续狠狠地瞪着在落地窗另一边微笑的椋田海斗。

"现在我知道你利用了姐姐的身份。可是……在把我们关进巨齿鲨庄后，你应该没有必要继续伪装了，不是吗？"

加茂没有料到的是，椋田海斗竟露出了讶异的表情。

"你为什么要说这种话？"

紧接着，他换上了怜悯的表情继续道："姐姐可是被业余侦探夺走了母亲和两个父亲呀。这世上最大的罪恶，就是狂妄地自称侦探……姐夫丧命，说到底也是因为这种罪恶。"

未知颤抖着呢喃道："难道，椋田千景的丈夫……也被业余侦探夺走了性命？"

"呵呵，姐姐才应该是这场复仇的主角。这起事件唯有以椋田千景之名发起，才具有意义。"

"……疯了。"不破嘀咕道。

加茂以为这句话会激怒椋田海斗，但他那好似泰迪熊的脸上依旧只有淡淡的微笑。

"有什么不可以？如果你说能够理解千景姐，我反倒会浑身发冷。"

说到这里，椋田海斗掏出手机看了一眼。

"都已经超过预定时间这么久了，我宣布，第二个解答时段到此结束……不破先生将成为让所有人陷入无尽痛苦的谜团。"

## 第十章　试玩会　第二天　第三波

二〇二四年十一月二十三日（周六）23:05

"那么请各位回到VR空间吧。在那里，各位将通过虚拟角色确认不破先生已经平安回到房间，然后再进入作案时段。"

栋方被判定推理失败并因此丧命时也是同样的操作。

……如果放任不管，还会发生同样的惨剧。

想到这里，加茂大喊一声："开什么玩笑。你不就是想在我们戴上VR眼镜，无法确认室内情况时发起攻击吗？！"

椋田海斗在落地窗的另一边笑了。

"没关系哦。"

"……什么？"

"我说可以省去在VR空间集合这个步骤，没有关系的。因为对我和执行人来说，那并不重要。"

交叠的声音充满了自信。

加茂感到异常不安。因为他怀疑自己的抵抗也在对手的计划之内。

椋田高兴地继续道："那么，就在各位返回巨齿鲨庄的房间后，马上开始作案时段吧。好了……我们也回去吧，姐姐。"

他的声音化为呢喃，接着他恭敬地握住轮椅的把手，缓缓推动起来。不一会儿，他的身影就穿过草坪左侧，消失不见了。

他的真实声音也随之消失了，休息室里只剩下被加工过的女声。

"……作案时段具体为何时，过后会通知。"

话音落下，休息室完全陷入了寂静。

"我有个请求。"

不破打破了寂静。环视着所有人的他声音格外开朗，表情却扭曲着，似乎随时都会哭起来。

"请求？"乾山反问，毫不掩饰内心的不安。

"希望你们无论如何都不要试图救我……你们都明白吧？是我制造了椋田海斗这个怪物，这个后果必须由我来承担。"

东的眼中噙着泪水。

"那怎么行！不破先生这么多年来都是为了谁这么努力啊？"

"为了我被劫作人质的妻子……"

"那你就该想尽办法活下去，活着回家啊。之前你不是也对我说过吗？为了WATARU，大家一起努力克服难关啊……"

东的音量越来越小。

不破微微一笑。"为了你儿子，这样是最好的。"

未知少有地换上了严肃的语调。"一点都不好。你现在放弃挣扎，就正中那个恋姐癖狗杂种的下怀了。"

"……放弃？"

不破喃喃着，眼中重现出坚韧的光芒。

"椋田海斗刚才说，他要杀了我制造新的谜团，让大家陷入痛苦对吧？那个谜团确实会让我们烦恼不已，但同时也是针对椋田与执行人的一次反击。"

听了不破的话，佑树阴郁地回应道："按照常理，作案次数增加会对作案者不利。虽说执行人在袭击栋方先生时实现了完美犯罪……但也有可能在下一次作案时犯下致命的错误，导致形势逆转。可话虽如此，要我们寄希望于这个，未免太……"

他没有再说下去，于是加茂接过了话头。

"对，这个办法我不能接受。我们绝对不会眼看着不破先生被杀。"

乾山用力点点头。

"身为侦探，绝不能放任这种事发生。"

不破微微一笑。

"不过，这个游戏本来就是对椋田有利。你们被他的规则所束缚，就算再怎么想保护我……恐怕也派不上用场。因为你们所做的一切，都跳脱不出椋田的预想。"

这回，包括加茂在内的所有人都低下了头。因为不破的话是无可否认的事实。

不破突然露出了苦笑。

"细想起来，我从一开始就不配当侦探啊。"

未知连忙说："哪里哪里，不破先生怎么会没有资格。你看我干了多少违法犯罪的事情，现在即使金盆洗手了，也在灰色地带……"

未知虽然支支吾吾的没有说完，但她的意思非常明显。

然而，不破并没有松口，而是继续道："二十六年前失去耀司先生那天，我就应该死了。那次我选择了苟活，后来一直奋不顾身地投入到罪案的调查中……那是我作为侦探的骄傲。不过在椋田看来，那恐怕只是我的傲慢和伪善罢了。"

"怎么会呢，不破先生的坚持不懈并没有错！"

不破并不理睬东的含泪劝说，站了起来。

"现在对与不对已经不重要了。如果我无法活着解决这起事件，那就利用自己的死，为你们打开通往真相的道路吧。"

佑树一言不发地低下头，未知用混杂着放弃和怜悯的目光看着不破。东和乾山还想劝阻，但都被不破眼中的气势压倒，陷入了沉默。

加茂轻吸一口气，问道："……你准备怎么办？"

不破厉声道："从现在起，我将死守在巨齿鲨庄的客房里。椋田，你再怎么哄骗也不会有用的。无论发生什么事，我都不会离开房间，也不会放过任何试图闯入房间的人！即使同归于尽，我也要亲手制伏执行人……让大家生还的可能性更大一些。"

"不破先生……"

不破看了低声喃喃的乾山一眼，继续说道："够了。与其为我着想，不如把时间用在解开事件的谜团上。这是我最后的愿望。"

\* \* \*

加茂躺在床上，凝视着奶油色的墙纸。

根据墙纸颜色可以判断，他现在身处巨齿鲨庄……也就是现实世界的房间。

智能手表显示此时是深夜十一点半。椋田虽然没有宣布作案时段开始，但他认为战斗已经打响了。

不知何处传来了刺耳的电子音，很像听力检查时的声音，来源是VR眼镜。

加茂小心翼翼地拿起眼镜，生怕这是个圈套。

"这次对话只有你我能听见……你不必戴上VR眼镜，只需把耳朵凑过来就行。"

声音小得几不可闻，但那的确是椋田的声音。加茂认为只是把耳朵凑过去应该没什么危险，便照做了。

"你还要用你姐姐的声音吗？"

眼镜内置的麦克风采集到了加茂的声音，椋田发出了一阵让人耳膜发痒的笑声。

"因为这场复仇必须以椋田千景的名义展开。"

加茂坐在床上说道："随便你怎么说吧。接下来不是现实作案时段吗，你联系我干什么？"

"在进入作案时段之前，我得跟加茂先生算一笔账。因为你自首了。"

"在哪个部分？"

加茂没有搪塞的打算。他很清楚自己下了好几次危险的赌注，已经多到他真的不知道椋田究竟在说哪个部分。

"当然是提交自己的作案手套作为证据啊。你这么做太过分了，只能解释为自首行为。"

"为什么？我不是说了那是捡的吗？"加茂满不在乎地反驳道。

如果椋田真的认定那是自首行为，就应该在解答时段杀了加茂。他没有这么做，证明他另有目的。

果然，椋田长叹了一声。

"我就猜到你会这么说……然而，是不是自首的一个重要标准是听者怎么想。听了那番话的人，包括不破先生，应该都认为你是'自首'了。"

"这应该算是无限接近于黑的灰色吧。"

"对,毕竟是灰色,所以我没有当场除掉你和人质。只不过,接下来你要跟我打个赌。"

加茂想了想,然后说:"打赌?我赢了就不算自首,输了就要被判定为自首吗?"

"正是如此。"

"我无权拒绝是吧?"

"怎么可能有呢?请让我听听你对YŪKI(游奇)案的推理吧。如果你说中了真相,这场赌局就算你赢。"

意想不到的提案让加茂陷入了沉默。这时,耳边响起了椋田银铃般的笑声。

"老实说吧……我很关心你是如何推理的。也许应该说,我一直战战兢兢。"

"可我看你挺乐在其中啊。"

"呵呵,我只是觉得借此机会确认一下你的想法也不错。当然,如果你的推理稍有差错,我是绝不会手软的。"

他的目的恐怕就是试探加茂手里的牌,同时寻找机会除掉加茂。

就算他达不成目的,也能让加茂在赌局结束之前都无暇思考栋方的案子。除了拖延时间,他可能还想削弱加茂的精力和体力。

不管怎么说,加茂都无法反抗主宰这场游戏的椋田。

"那就赶紧开始吧。"

"别这么急着去死呀。在此之前,我能说说MICHI(未知)案吗?"

椋田虽然用了征求意见的语气，但并没有等加茂回答，就兀自继续道："你设计的诡计被不破先生看破了八成呢。你布下的阵已经千疮百孔，不堪一击了。"

加茂听了只能露出苦笑。

昨晚，加茂把虚拟角色MICHI（未知）关进了仓库。然后使用排气设备抽出仓库内的空气，气压急剧下降，令她陷入晕厥。离开仓库后，他又利用空调设备和排气设备……封闭了密室。

到这里为止，不破的确都说中了。

椋田遗憾地说："我还很期待他能说出全部真相呢，但我忘了解答者是那个不破。没想到他竟说出风压挡门这种离谱的结论！"

加茂点点头。

"发现尸体时，仓库与厨房没有压差……此外，通过大厅门上的猫洞和客房门上部的空隙可以看出，傀儡馆里除了仓库以外，所有房间都不具备气密性。换言之，不仅是厨房，大厅、北馆和南馆都没有压差。"

"不破最终还是没能跳出那个先入为主的观念。"

其实有好几个提示。

虽说有排气设备，可为何能如此轻易地降低仓库里的气压？

上午八点进入VR空间后，加茂等人为何短暂地感觉到身体很沉重？

YŪKI（游奇）房间里的地毯为何干得那么快？

加茂露出了复杂的笑容。

"话说回来……你之前对所有人说'傀儡馆外部是虚无'

吧？听到那句话时，我吓得都冒冷汗了。"

"我只是说了实话而已。毕竟傀儡馆外是文字意义上的虚无……也就是相当于宇宙空间的真空啊。"

这样的空间能轻易降低气压，却很难维持内部人员的生命。从这个意义上来说，傀儡馆其实更接近于宇宙空间站。

傀儡馆内的空调设备之所以具备送气功能，也是因为建筑物处在如此特殊的环境中，必须定期供给含有氧气的新鲜空气。

椋田继续道："离开仓库后，你操控傀儡馆内各个房间的排气设备，一点点抽掉了整个馆内的空气。花了好几个小时，把馆内的整体气压调节到了相当于富士山顶的状态……也就是小于零点七个大气压，对吧？"

在高山上，未开封的薯片袋会膨胀成圆滚滚的样子。这是因为包装袋外部的大气压下降了。

"没错。在一个大气压的环境中只充到八分满的橡皮艇，能够随着外部气压的下降……自动膨胀起来。"

那个密室就是用如此简单的方法封闭的。

加茂只做了降低馆内整体气压这一项操作。如此一来，众人发现尸体时，仓库门就会被置物架和膨胀的橡皮艇死死顶住了。

"破开仓库门后，倒下的置物架会划破橡皮艇。这样即使气压恢复，也无法判断里面本来充了多少气。接着只需操控空调设备慢慢提升馆内气压就 OK 了。"

实际实施过程中，也可能破门的力度不够，橡皮艇没有被划破。若出现这种情况，加茂就会提议检查橡皮艇内是否有动过手脚的痕迹，在气压恢复前诱使侦探角色割破橡皮艇。

此外，椋田没有提及一件事……改变气压时，为了不让其他玩家发现，还有必要尽可能地控制室温不发生变化。为此，加茂利用了馆内的空调设备，最终花了好几个小时缓慢地改变气压。

这时，椋田长叹一声。

"不过，侦探角色都是一群废物呢。再次登入VR空间，到气压完全恢复，过程中肯定所有人都感觉到身体变重了，可没想到，谁都没留意这个问题。"

众人会感觉身体沉重，是因为虚拟角色患上了"高山症"。

他们的VR操作服和RHAPSODY尽可能地再现了角色所处的低气压环境，反映到玩家身上，就是耳鸣和身体沉重等现象。

"YŪKI（游奇）房间里被打湿的地毯不是干得特别快吗？他们在那个时候就应该察觉到异常了，为什么谁都没发现啊！"

在海拔高、气压低的地方，水的沸点会低于一百摄氏度……反过来，使用高压锅能够提高水的沸点，用更高的温度烹调食材。

由于加茂降低了傀儡馆内的气压，水的沸点下降，于是打湿的地毯和衣服都能更快地干燥。

加茂皱紧眉头说："我不想再听你的抱怨了，可以开始推理YŪKI（游奇）案了吧？"

"那就请你先揭发作案者吧。"

加茂低头看着自己的双手。

"掉落在门厅的黑手套暴露了作案者的身份。"

"……哦？"

"那只手套磨损得很严重，从这一点可以肯定，在VR作案时段，手套主人是戴着手套行动的。"

"但也不一定就是用于杀死 YŪKI（游奇）的吧？"

确实也需要考虑这个可能性。

"如果只是移动客厅里的人偶，手套不会磨损得如此严重。所以手套应该被用在了杀死 YŪKI（游奇）和移动人偶这两件事情上，或者只用于杀死 YŪKI（游奇）。不管怎么说，至少能认定手套的主人就是犯下 YŪKI（游奇）案的凶手。"

"原来如此。"

加茂轻叹一声继续道："因为手套还要继续使用，可以想象作案者应该是很小心不让其丢失的。以这个为前提思考，为什么那个人会摘下戴在手上的手套？明明戴着手套回房就不必担心丢失了。"

"加茂先生不是因为受伤，慌忙摘掉了手套吗？"

椋田的声音里带着笑意，加茂皱着眉回应了他。

"当时我亲身体验到了，那副手套绝不可能自己从手上滑落。因为它有弹性，很贴合手形，手腕处还有松紧带加固。也就是说……YŪKI（游奇）案的作案者在回房前遇到了迫不得已、必须摘掉手套的情况。"

"呵呵，这就是你进行推理的第一条件吗？"

加茂重新拿好 VR 眼镜，继续道："但这个条件并不能锁定作案者，所以还需要思考第二条件……作案者为什么没有拿回手套？"

"只是没发现掉了吧。"

椋田说完，加茂耸了耸肩。

"不一定。此次聚集在巨齿鲨庄的，都是观察力很强的业余侦探，或是能力可与你挑选的共犯相匹敌，甚至超过那个人的人物。"

"这我不否认。"

"假设作案者拿着摘下的手套返回了房间，等他进屋之后，应该很快就会发现手套少了一只。这里的人都有敏锐的观察力，他就更不用说了。"

"……那个人也可能把手套塞进了口袋，没发现不小心掉了一只。"

"那也不应该。在VR空间里从口袋掏东西或放东西时，视野中都会显示口袋内部的物品名称，玩家的操作过程必定伴随着视觉提示，不是吗？"

"是的。比如要拿出'凶手的面具'，游戏设定会保证玩家不把别的东西也一起拿出来。"

加茂点点头继续道："把手套放进口袋时，看到显示出的物品名称，作案者就会当场发现手套少了一只。因为物品名会是'作案手套（左手）'。"

当时是佑树暂时保管在门厅捡到的手套，他说看到显示，口袋内放入物品"作案手套（右手）"。

"……原来如此，如果是业余侦探，肯定不会忽略那个提示的。"

"没错。YŪKI（游奇）案的作案者肯定是明知道手套少了一只，却出于某种原因故意没去找回的人。"

加茂听见一声哼笑。

"这就是第二条件？假设作案者发现丢失了手套，原路回去寻找也只需要几分钟时间。你是想说，那个人连短短的几分钟都没有吗？"

"你觉得很奇怪对不对？就算在VR作案时段内无法找回手套，第二天一早也有机会。那天早上，第一个进入大厅的人是我……但当时已经是上午八点多了。如果作案者八点钟准时展开行动，完全可以在碰到我之前找回掉在门厅的手套。即使来不及，他也可以直奔手套，比我先一步靠近大厅和门厅。然而……作案者并没有这么做。背后的原因就是关键。"

"到了早上也无法去找回……在你们中间，只有游奇先生会遇到这种情况吧？虚拟角色被毒死后，他被强制登出，第二天早上也无法回到 VR 空间，直到虚拟角色的尸体被发现。"

听了椋田充满恶意的解读，加茂摇摇头。

"刚才我也说了，手套是杀害 YŪKI（游奇）时磨损的。如果受害者佑树君自导自演了那场死亡，他应该不需要进行甚至磨损了手套的繁重操作，对不对？所以，丢失手套的并不是佑树君。"

"那就没有人能满足第二条件了呀。"

"不，有一个人能同时满足第一和第二条件……那就是不破绅一朗。"

短暂的沉默后，椋田叹了口气。

"请你说说他怎么满足条件了？"

"正如你所说，YŪKI（游奇）案的作案者只需几分钟就能找回丢失的手套。何止如此，如果在门厅落下手套时立刻就发现，那只需十秒就能捡起。然而那个人没能在短时间内去拿回手套，甚至错过了第二天早上的机会……如此特殊的情况，我只能想到一个。"

"什么？"

加茂无力地笑了笑，继续说道："YŪKI（游奇）案的作案者在行凶回来的路上险些被人看见，一时间慌了手脚。在那千钧一发之际，作案者匆匆摘掉作案手套塞进口袋，直接跟我们会合了。"

加茂说的当然是第二天早上他们几个在大厅集合后，虚拟角色FUWA（不破）迟了一会儿才出现的场景。

"你是想说……不破的作案行为并未在VR作案时段内结束，而是一直持续到了第二天早上？"

"在这个游戏中，凶手角色即使不在限定时间内返回房间也没问题，对不对？事实上，我杀死MICHI（未知）后，也是超过零点才返回了房间，但并没有被判定为超时。我推测，只要能在限定时间内完成不可能犯罪，就算通过了。"

椋田没有回答，保持着沉默。

加茂轻吸一口气，继续道："我记得是乾山君吧，今天早上他很担心一直没出现的不破先生等人，提出要去他们房间看看，然后走向了FUWA（不破）的房间。"

回想起来，当大厅里的众人谈论起不在场的人，准备展开实际行动确认他们的安危时，只有FUWA（不破）马上开门进来了。那个时机很不自然，而且不同于其他人走进客厅的状态，不破看起来就像是听见有人在讨论自己，情急之下跑了进来似的。

也许，当时不破刚刚完成了全部作案计划，正要从门厅返回自己的房间，却听见了乾山在大厅里的提议。

他们马上就要去查看自己的房间了……想到这里，不破肯定陷入了恐慌。

"若我们真的去房间查看，不破不在里面的事实便会败露。关键在于，出于某个原因，不破不能让其他人知道自己曾待在门厅。"

"呵呵，不破惊慌的样子真的不难想象呢。他肯定是急得满头大汗,胡乱摘掉手套和面具,匆匆忙忙塞进了口袋。"

加茂点点头,继续说道:"这下,他就满足了作案者的第一条件。然后,不等乾山君走进北馆,不破先生就从门厅进入走廊,然后打开大厅的门跟我们会合了。彼时他当然是装出刚从自己房间过来的样子。只不过,因为是千钧一发之际做出的行动,就算他发现手套掉在了门厅,也无法返回去捡起来。"

椋田呵呵笑了。

"有道理啊。跟大家会合后,彼此的行动都被监视着,他也没办法偷偷去捡回来。"

"正是这样,不破先生又满足了YŪKI(游奇)案作案者的第二条件。"

片刻的安静后,椋田又一次开口。

"你认为YŪKI(游奇)案的作案者是不破绅一朗的理由我听完了。那么,他用了什么方法呢?"

"首先要注意的,是你的不同措辞。"

"……哦?"

"宣布二十二日的舞台时,你还很自然地使用'傀儡馆'这个名称,但在宣布二十三日的舞台时,你就不再称其为傀儡馆,而是含糊地用'这座馆'或'这座建筑物'代替,对不对?这个细微的变化提示了不破先生使用的诡计。"

椋田再次用沉默回应。

加茂继续道:"我们重新登入后,进入的二十三日的舞台……不,应该说我们第二天进入的建筑物才更准确吧。那并不是傀儡馆,而是与之一模一样的另一座建筑。"

椋田假模假式地装傻道:"就算你说对了,这跟YŪKI(游奇）案有什么关系？不破在不为人知的情况下给虚拟角色YŪKI（游奇）下了毒，这是在二十二日的舞台完成的。既然都在同一座建筑里，那还需要第二座建筑干什么？"

"接下来我会解释这个问题的。现在，我们姑且把二十二日的舞台称为傀儡馆，把二十三日的舞台称为玩偶屋馆吧。"

"呵呵，你起的名字真有意思。"

加茂长叹一声，继续说明。

"我发现有两座建筑物的直接契机，是游戏参加者的资料。我的身高是一百七十九厘米，资料上显示为'5.87'，我原本以为是换算成英尺了，可是数字后面并没有单位。而且如果换算成英制单位，一般会表述为五英尺八英寸，分两个单位这么写。"

"是的，在欧美国家普遍是这样。"

"一英寸等于十二分之一英尺。而玩偶屋是十二比一的微缩模型。"

"因为大多数玩偶屋都是以一英尺等于一英寸的比例缩小制作的，十二分之一的微缩比例很正常。"

加茂抬头看着漆黑的天花板，说道："也可以这样想：二十二日的舞台是傀儡馆，二十三日的舞台……则是放在傀儡馆大厅里的那个十二分之一比例缩小的玩偶屋。"

"你这个推理真够异想天开的啊。"

VR眼镜的耳机里传出了吹口哨的声音，加茂不禁苦笑。

"其实我也觉得太离谱了。但是后来我又想，不破先生说不定真的会想出如此异想天开的诡计。"

不破虽然看起来一本正经，但实际上经常做出脱离常识的行为。结合他的梦境来考虑，他应该是那种脑子里装满奇思妙想的人。

"关于这一点，我不否认。可你究竟是怎么得出这样的结论的？"

"最先让我起疑的，是资料上的数字后面没有单位。我开始想，没有单位可能是因为第一天与第二天的身高单位其实并不一样。想到这里，所有线索环环相扣，促使我发现了玩偶屋馆的存在。"

"原来如此。你是觉得第一天的游戏人物为'5.87英尺'，是傀儡馆尺寸，第二天则是'5.87英寸'，是玩偶屋馆尺寸。"

听声音，椋田好像愈发乐在其中了。

"那么，不破是怎么下毒的呢？"

"午夜零点过后，不破先生先前往大厅，放下玩偶屋的屋顶，关掉了大厅的电灯。"

那时不破走的应该是大厅的北门。而就在不久前，加茂触发了门把手上的陷阱，并拆除了美工刀刀片，因此，不破的手没有受伤。

"他为什么要这么做？"

"玩偶屋将成为二十三日的游戏舞台。如果玩偶屋的屋顶和天花板还吊在上空，我们瞬间就会发现那不是傀儡馆。"

"熄灯也是出于同样的理由吗？"

"是的。傀儡馆外是一片虚无，玩偶屋则不是。因为它就在傀儡馆的大厅里。如果不熄灯，第二天我们就会发现屋外是巨型尺寸的大厅。"

椋田发出了悦耳的笑声。

"原来如此。只要关掉傀儡馆大厅的灯，玩偶屋周围就是一片漆黑，没有人会发现外面不再是虚无了。"

玩偶屋的底座是黑色的，傀儡馆的墙纸则是统一的深灰色。只要熄灭傀儡馆大厅的照明，从玩偶屋馆的窗户看出去，就将是一片漆黑。

这时加茂想起了他在玩偶屋底座上发现的写有希腊神名字的纸片。

"昨晚底座上还有一张内容莫名其妙的纸片，也是不破先生把它扔进了垃圾桶。"

"为什么？"

"这跟纸片上的内容无关，单纯因为它被放在了玩偶屋附近……万一有人在玩偶屋馆里看向窗外，然后发现了一张巨大的纸片，那就麻烦了呀。"

正因如此，不破才把那张纸揉成一团，扔进了垃圾桶。

加茂停下来喘了口气，然后继续讲述。

"接着，不破先生回到房间，完成第一天的登出，很快又再次登入。那时日期已经改变，所以他登入的是二十三日的舞台。"

"按照你所说的，那应该是十二分之一尺寸的世界……也就是玩偶屋馆，对吧？"

"没错。虚拟人物FUWA（不破）也成了十六厘米高的微缩尺寸。"

迷你FUWA（不破）登入后来到玩偶屋馆，第一个行动应该是离开房间，进入门厅。

加茂想象着当时的场景，继续说道："迷你FUWA（不破）走出玩偶屋的大门，顺着傀儡馆里的矮桌下到了大厅的地面上。对微缩尺寸的迷你FUWA（不破）来说，充当玩偶屋底座的矮桌恐怕足有四米高吧。从那里下去，就需要用到你配的道具黑色绳索。我猜他应该是把绳索拴在了矮桌靠墙那个角的铁钉上。"

"那时傀儡馆的大厅已经是一片黑暗了吧？"

"'凶手的面具'有夜视功能，这不成问题。不过效果肯定没有开灯时那么好。"

椋田没有反驳，所以加茂说了下去。

"下到地面后，迷你FUWA（不破）穿过傀儡馆大厅，向南馆移动。"

大厅的门装有猫洞，微缩尺寸的虚拟人物轻而易举就能进入南馆走廊。

"凌晨零点五十分左右，迷你FUWA（不破）在走廊制造出响动。然后，他趁佑树君开门查看的空档，潜入了他的房间。因为迷你FUWA（不破）只有十六厘米高，如果事先不知道会有这么小的人物存在，谁也不会特别去注意那个高度的东西。"

如果躲藏在靠近房门的墙边，趁佑树看向别处时迅速移动，被发现的风险就更低了。

"你的意思是，他就这么进入了YŪKI（游奇）的房间，趁游奇先生检查走廊和大厅时，把毒药瓶里的毒药倒进了水杯？"

"因为放水杯的架子只到脚踝，迷你FUWA（不破）爬上去应该也不用费什么工夫。这么说来，你说毒药瓶里装着超过人类致死量八千六百四十倍的毒药，对吧？"

"我只说过一次，你的记忆力这么好啊。"

"同时，存档处的水杯若装满，可进行五次存档。如果把毒药全部倒入水杯，存档一次服下的剂量就是五分之一，也就是超过致死量一千七百二十八倍。这是十二的三次方。"

VR眼镜里传出了鼓掌声。

"答对了。那时我所说的，是各位的虚拟角色变成迷你大小后的致死量。相对来说，第一天游奇先生还身在十二倍大小的世界。根据体重差作一个简单的计算……要杀死一个巨人尺寸的人类，就需要十二乘十二乘十二倍以上的毒药剂量。"

加茂眯起眼睛继续道："迷你FUWA（不破）下毒后，应该是藏在了房间里的人偶堆里。佑树君返回房间后，根本不会想到迷你FUWA（不破）进来过，就这么喝下了水杯里的毒药……这是凌晨三点之前发生的事情。"

"缩小了确实很方便进入房间，可是那样就不方便离开了吧？首先够不到门把手，其次力量微弱，什么都做不了……哦对了，房门上方有五毫米左右的空隙，可是迷你FUWA（不破）再怎么小，也不可能钻得过去。"

椋田说得没错。即便以迷你FUWA（不破）的视角来看，门缝是五毫米的十二倍……也仅仅只有六厘米而已。

"所以你说说，迷你FUWA（不破）是怎么离开YŪKI（游奇）的房间的？"

"凌晨三点之前，你命令我们完成登出再登入的操作。这样一来，当时能够再登入的虚拟角色就都转移到了二十三日的舞台，也就是玩偶屋馆。"

那时椋田明确表示，加茂等人再登入的建筑物准确反映了"二十三日凌晨三点保存的傀儡馆的内部状况"。

如他所说，再次登入时进入的玩偶屋馆的内部状况，的确与同一时刻的傀儡馆同步了。

虽然一切都变成了十二分之一的尺寸，但馆内无论是物品、家具还是门窗……甚至虚拟角色的尸体，都反映出了傀儡馆内的情况和配置。因此，加茂等人丝毫感觉不到异常，深信第二天所在的建筑物就是第一天的建筑物。

继续游戏时要读取事先保存的存档，这是每个游戏重新开启时的必备步骤。加茂万万没想到会有人利用这个步骤作案，因此疏忽大意了。

他轻叹一声，继续说道："所有人转移到玩偶屋后，只有迷你FUWA（不破）还在傀儡馆。傀儡馆内除了他自己没有别的玩家，这样他就能随意行动了。"

"也许吧。"

"……此前有人用剑割开了橡皮艇，对吧？看来傀儡馆的模型连物品的锋利程度都完美重现了。迷你FUWA（不破）也是借用了人偶手上的斧头等道具，在YŪKI（游奇）的房门上破开了一个洞。"

客房门是木门。虽然发生在第二天，但加茂记得他们破门时，那门一下就变形了。如果房门是用强度较低的木材制成，那么只要花点时间，迷你尺寸的FUWA（不破）应该也能破开一个洞。

椋田突然笑出了声。加茂察觉到他的意思，皱着眉继续道："遗憾的是……破门作业没有不破先生想象的那么顺利。"

"呵呵，为什么呢？"

"因为我为了制造MICHI（未知）案的密室，把傀儡馆整体的气压降低到了足以引发高山症的程度。"

加茂花了很长的时间一点点抽掉了傀儡馆内的空气。气压降到最低点是在凌晨三点以后……不破因此受到了巨大的影响。

"正是这样。RHAPSODY判定迷你FUWA（不破）得了高山症，这严重妨碍了他的行动。我猜，他的破门作业比监修时痛苦了无数倍吧。"

椋田的语气极其平淡，想必早就知道结果会是这样，却还是放任不破完成了作案计划。加茂用力握紧拳头，掌心几乎要滴血。

"本来按照计划，不破先生应该能轻轻松松回到玩偶屋馆自己的房间。但是因为破门受到阻碍，计划发生了大幅延迟。恐怕……上午八点左右，他还在忙着攀爬傀儡馆大厅里的绳索。"

今天早上，不破出现在玩偶屋馆大厅的时间比加茂晚了将近十分钟。

那时他之所以呼吸凌乱……肯定是因为刚刚顺着绳索爬上了巨大的矮桌。

最后，加茂脑中浮现出他们在门厅看到的作案手套的状态。

那只手套的防滑层磨损得很严重，应该是使用绳索来回攀爬了体感高度达四米的巨大矮桌所致。手套上的木屑是破门时挂上的，黑色纤维应该是与绳索发生摩擦蹭出来的。

加茂继续说道："他返回玩偶屋馆，插上门闩，还没把气喘匀，就听见大厅里的人说要去查看自己的房间。"

"当时他一定急坏了吧。"

"……无奈之下，不破先生只能在大厅跟我们会合了。但是因为过于慌乱，他不小心在门厅掉落了一只手套，并且到最后都没能把它捡回来。"

"因为会合之后，你们几个业余侦探就开始互相监视了呀。那么，不破为何要隐瞒他到过门厅？"

"如果被人猜到他是从玄关进来的，YŪKI（游奇）案的手法就有可能被看穿。他害怕的就是这个。"

YŪKI（游奇）案诡计的重点在于让所有人误以为"VR空间的玄关门打不开，而且外部是虚无，连地面都没有"。他必须用尽一切办法，避免有人想到"我可以离开建筑物"的可能性。

可是因为他把作案手套掉在了门厅，一切努力都白费了……

\* \* \*

"果然……你已经看穿了YŪKI（游奇）案的真相。"椋田又是无奈又是佩服地喃喃道。

"其实我也是在刚才的解答时段好不容易想到的……不过，我花了更多的时间意识到开关上的三个指印并非不破先生所留，然后推导出执行人另有其人的结论。"

椋田沉默了大约一分钟。

就在加茂觉得语音通信是不是已经结束了时，他才开口道："看来你确实很擅长推理和解谜，不过，你无法在这场游戏中活下来。"

"现在还说这种不温不火的威胁有什么用？"

椋田发出了悦耳的笑声。

"反正你都要死了，不如就告诉我吧。你为什么要当业余侦探？"

听见这个意想不到的问题，加茂换了只手拿VR眼镜，然后开口道："我本来就不认为自己是业余侦探。应该说，我从没觉得自己是侦探。"

"游奇先生和未知小姐也说过这样的话呢。"

加茂轻叹一声，然后笑了。

"聚集在这里的八个人……的确都解决过一些事件。假如是虚构作品中的侦探，也许会持有那个世界通用的侦探观念吧。然而，现实并不一样。"

"哦？你的意思是，有的人钟爱侦探的身份和谜团，有的人则像你这样？"

"解决事件的经过和目的，在这里的所有人肯定都不一样。"

"那么请告诉我，你为什么要翻那些老案子？"

加茂毫不犹豫地回答："我听声称自己蒙冤的人讲述其经历，然后写成文章。尽量客观地整理事件，如果发现被判有罪的人有一丝无罪的可能性，我就想替他们发声。"

"你一个普通人，为什么要……"

"如果没有人做这件事，蒙冤的人就无法发出声音了，不是吗？所以我选择倾听他们的声音。仅此而已。跟侦探没有任何关系。"

椋田的声音里多出了强烈的愤怒。"骗人！既然如此，你为什么数次陷入不利的境地，好几次被人揭发，却还能如此平静地面对事件？这种事……如果没有身为侦探的信念，不着迷于解开谜团的成就感，是不可能做到的。"

霍拉大师也曾说过，加茂很擅长破解这种脱离常规的谜团。然而擅长与着迷是不同的。

"你劫持了我的家人，摧毁了解决事件以外的所有选项，还好意思说这种话？"

"你是想说……你的动力完全来自于守护家人的信念，活下去与家人重逢的渴望，还有不再让任何人成为牺牲品的祈愿吗？"

加茂没有回答他。椋田哼笑起来。

"就算是这样，你也跟不破和六本木一样！因为你觉得只要优秀的自己参与到事件调查中，就肯定能拯救他人，肯定能减少牺牲者。告诉你吧，你那不自量力的盲目自信，就是你的绊脚石。"

"我做的并不是这种伟大的事情。"

"哈？那你说说到底有什么不同。"

"换作是你，处在只要伸出手就有可能挽救某个人的境地……会一动不动吗？不好意思，现在的我做不到。"

"现在……的？"

椋田的声音中透出几分疑惑。

其实，这脱口而出的措辞也让加茂很困惑。但他很确定……如果是十几年前的他，不管别人陷入多么深重的痛苦，他都会漠不关心、视而不见。

加茂露出了苦笑。

……没错，那时的我还坚信弱肉强食的道理。

后来，他遇到了伶奈。

成长于温室之中的她有时候过分善良，从来不知道怀疑他人。甚至那个因为性格粗暴而无人亲近的加茂，她也能在相识的瞬间就给予无条件的信任。

看着那样的她，加茂感到语言都失去了力量。

所以在刚认识的那段时间，加茂曾经吓唬过她，想让她知道她的信任有多危险。可是……伶奈一直都是那个伶奈，反倒是加茂，在不知不觉间发生了改变。

伶奈极大地改变了他的命运……现在，加茂有了想要守护的人。

椋田烦躁地说道："那你怎么知道自己伸手帮助的人真的想被救？对方也许会因为加茂先生的能力不足反而丢掉性命。或者因为你救了这个人，导致另一个人陷入不幸。即使这样……你也要单纯为了自我满足而出手相助吗？"

"我还想问你为何如此傲慢呢。"

沉默。

"我们都不是上帝，无论多么优秀的人，都不可能预见全部未来。正因如此，不管是在黑暗中摸索，还是亲眼看着地狱……我们都只能自己选择前进的道路。"

加茂认为，这才是活着。

"所以，以后我也会继续选择'出手相助'。如果你打算等到未来成为过去之后再来嘲笑我的无谓之举，随你的便。"

椋田长叹一声。

"我们果然水火不容啊。"

不知为何，他的声音听起来非常疲惫。但是下一个瞬间，椋田又极尽嘲讽地说："你想赢得这场游戏，尽量拯救他人？如果说这是你的信念，我无话可说。既然如此……你就先想想如何活过接下来的作案时段吧。"

听到这句话，加茂的表情扭曲了。

"原来如此，这就是你的下一手棋吗？"

"是这样的，执行人正忙着准备在现实作案时段下手，所以我想把VR作案时段交给加茂先生一个人。你为试玩会准备了两个案子，现在已经完成了MICHI（未知）案，接下来……"

"还有FUWA（不破）案。"

按照原来的计划，第二起事件的牺牲者将是不破。

"那可不行，因为他已经成了执行人的目标。所以你要更换目标。"

"什么！"

意想不到的指令让加茂忍不住从床上撑起了身子。

他的那个计划必须在位于隔壁的FUWA（不破）的房间里才能完成……而且对象必须是身高很高的人。因此，绝对不能套用到别的游戏角色身上。

椋田落井下石地继续道："之前也说了……VR空间里发生的杀人案，关键在于受害者会以幽灵的形式复活。这样就使凶手角色不能在受害者面前露出马脚，因而提高了作案的难度。然而，如果在FUWA（不破）案之后，现实世界中的不破先生也被杀了，这不就毫无意义了嘛。"

加茂咬紧了牙关。

"煞有介事的说辞就免了。我看你是真的想弄死我吧。"

VR眼镜中炸响椋田的笑声。

"你真有悟性，太好了。这次你也可以把目标设定为已经成为幽灵的MICHI（未知）或YŪKI（游奇）哦。或者你也可以自杀。现在是凌晨零点二十五分，假设通知时间需要五分钟，就把VR作案时段设定到凌晨两点半为止吧。"

加茂低头看了一眼智能手表，面露惊愕。

"只有两个小时？"

"就算你看穿了YŪKI（游奇）案的真相，也是徒劳。好了，请你在两个小时内挑选一个新目标，想出一个全新的不可能犯罪计划，并执行吧……如果你有那个本事的话。"

这简直就是椋田的胜利宣言。

\* \* \*

之后，椋田用语音通信告知巨齿鲨庄的所有人VR作案时段开始。条件与昨晚的VR作案时段几乎相同。

原则上，玩家要一直待在VR空间的房间里等候。但是在此基础上增加了一条规则，就是不破不会成为这次VR作案时段的目标，只有他不需要进入VR空间。

说明结束后，加茂进入了VR空间。

他心里清楚自己身在玩偶屋馆，但无论怎么看，这里都跟第一天的傀儡馆完全相同，很难想象这其实是十二分之一大小的世界。

加茂做了几次深呼吸，然后查看右手的伤口。

血已经完全止住了。可能因为是锋利刀刃导致的割伤，伤口很小，愈合得很快。

加茂从存档点站起来，面朝虚空问道："我想确认两件事。"

椋田又一次打开了跟加茂的私密聊天，高兴地说道："什么事？"

"第三天的舞台不会变成玩偶屋馆内的房屋模型吧？"

椋田咻咻地笑了起来。

"二十四日的舞台仍旧是玩偶屋馆。第一天各位角色的身高单位是英尺，第二天是英寸，再往下可就没有了呀。"

这个回答在加茂的预料之内，于是他继续问道："你刚才说'如果在FUWA（不破）案之后，现实世界的不破先生也被杀了'，对不对？那么，VR作案时段过后还有现实作案时段吗？"

"我是这么打算的。"

"说清楚点。VR作案时段结束之前，不破先生都会平安无事吧？"

"游戏规则本来就是在不同时段内实施不同的杀人啊。这次我也可以保证，在VR作案时段中，没有人会在现实世界袭击不破先生。"

椋田可能认定加茂命不久矣，语气中带着胜者的怜悯。

加茂微笑道："很好……那我只要一个小时就足够了。"

"什么!"

椋田态度突变,发出了被哽住般的尖叫。

加茂没理睬他,右手戴上了调查用的白手套,又将扔在桌上的作案手套叠着戴了上去。当然,就是那个手指部位被割破了的手套。

接着,他从左边口袋里拿出了另一只作案手套和"凶手的面具",依次穿戴完毕。

穿过走廊前往门厅的路上,椋田一直在加茂耳边提问。老实说,有点吵。

"你到底要干什么啊……"

走进门厅后,加茂才回答了他的问题。

"为试玩会准备了犯罪方案的并不只有我一个人,不是吗?毕竟有两个凶手角色啊。"

加茂用左手拉开门闩,打开了玄关门。其间椋田用近乎哽咽的声音说:"不可能……你怎么会知道不破设计的诡计?"

"应该算是看穿YŪKI(游奇)案真相的附带产物吧。"

玄关门外是一片漆黑的世界。虽说加茂知道玩偶屋馆外部其实是傀儡馆的大厅,但面对如此浓重的黑暗,也还是忍不住心生一丝踌躇。

他走出门外,反手关上玄关门,同时说:"YŪKI(游奇)一案,不破先生使用了切换大小两座馆这一异想天开的诡计。那个人……怎么说呢,外表看起来一本正经,其实还挺怪的。"

即使习惯了黑暗,仅凭虚拟角色的肉眼也很难看清馆的周围有什么。

加茂打开了"凶手的面具"配备的夜视镜功能,眨眼间,视野就切换成了黑白两色。

他测试了一下夜视效果。虽然能看清手脚的轮廓，但分辨不出上衣与裤子的分界。不过，矮桌边缘和玩偶屋馆外墙等部分都能分辨出来，看来是不影响行动的。

加茂在玩偶屋外围边走边说："他准备了这么大的一个机关，作为凶手角色来说，只用一次就丢弃未免太可惜了。以不破先生的性格，我想他也许还会把它用在第二起案件上。"

很快，加茂就在巨大的遥控器前停下了脚步。

这是他第一天夜间看见的傀儡馆大厅矮桌上的小遥控器。

现在加茂是十二分之一的尺寸，遥控器看起来足有八十厘米大。只要按下上面的开关，从傀儡馆大厅天花板垂下的钢琴线就会收短，从而吊起玩偶屋馆的屋顶。

加茂低头看着遥控器，咧嘴一笑。

"为了方便作案时逃脱，我们凶手角色在作案时段拥有关闭馆内照明的权限，对不对？"

椋田一言不发，但麦克风拾取到的呼吸声暴露了他的慌张。

"而且，玩偶屋的屋顶和天花板部分可以用遥控器升降。把这些条件拼凑起来……要做的事情就只有一件了，对不对？"

椋田低声喃喃道："应该早点……杀掉你的。"

# 第十一章　试玩会　第三天　调查时段④

二〇二四年十一月二十四日（周日）8：00

加茂来到了巨齿鲨庄的走廊上。

跟昨天一样，调查时段从早上八点开始。只是……这次的时间只有四个小时。如果不在今天正午之前找到真相，椋田就能用一根指头夺走所有人的性命。

不过加茂的推理也并非没有进展。

他已经找出了不破制造的事件的真相，接下来只需解决执行人制造的事件就行了……这无疑是一场跟时间赛跑的较量。

加茂一出屋就敲响了不破的房门。

然后他又大声呼喊，但还是无人应答。这期间，除不破以外的五个人都已经聚集在了门前。

乾山一脸沮丧，可能因为加茂把他的虚拟角色勒死了。

加茂结束在 VR 空间的作案……是在凌晨一点十分。

椋田宣布凌晨两点半开始是现实作案时段，这个时段于凌晨五点半结束。其后，众人跟第一天一样完成了登出和登入的步骤，然后便是现在。

再次登入时，椋田对他们发誓："各位登出后，我绝不会做出改变建筑物状况、消除犯罪痕迹或证据等影响公平的行为。"考虑到二十四日的舞台依旧是玩偶屋馆……这回应该可以按字面意思理解他的话。

最后一天的调查时段，众人可以随意调查巨齿鲨庄和玩偶屋馆。所有人理所当然地在现实世界集合了，目的当然是为了确认不破是否平安。

"撞门吧。"

加茂对佑树说了一声，不料自己先大吃一惊，因为佑树今早的脸色格外糟糕，那不是单纯的疲劳……而是悲怆与绝望。

"……你没事吧？"

这么一问，佑树反而担心地看着他说："你才是，看着好像整夜没合眼。"

加茂确实一夜没睡，但佑树的状态很难用睡眠不足来解释。

五年前，前往幽世岛之前，佑树曾经找过身为撰稿人的加茂谈心。当时佑树一心想为儿时好友报仇……并且很担心加茂会看穿他的计划。为什么呢？他总觉得现在佑树眼中也带着和当时一样的决心与恐惧。

不过，此刻最优先的事项是确认不破的平安。

加茂没再说话，跟佑树合力撞开了房门。跟之前撞开栋方的房门相比，这次轻松多了。

大家很快就发现了原因。因为不破的房门没有反锁，也没有搭上防盗扣。只有自动锁锁着。

令众人意外的是……不破不在房间里，而且室内没有打斗痕迹。

桌上摆着VR眼镜和手套控制器，活页本上有一些貌似推理时做的笔记。不过字迹非常凌乱，很难辨认。

众人进门后在屋内调查。加茂拿起VR眼镜，看了一眼镜片，眼前马上显示出一行熟悉的文字。

这是不破先生专用的VR眼镜。您不是本人，无法使用。

这时未知从浴室走出来，面露苦笑道："不破先生从一个固若金汤的密室里消失了……不对……只有自动锁锁着，应该是他主动走出去的。"

东皱起了眉，说："但是，不破先生说了他绝对不会离开房间。我觉得无论椋田怎么花言巧语，他都不会轻易上当的……椋田究竟是怎么把不破先生引到屋外的呢？"

这就是最大的谜团。

昨晚，不破下定决心死守在房内，要与执行人同归于尽。以他的性格，那应该不是瞎说的。

佑树朝着走廊走去，边走边说道："也许执行人以某种方式进入室内偷袭了不破先生，然后控制住他，把他拖了出去。"

这个说法很难让人信服。

加茂抱着胳膊开口道："不破先生身高近一米九，从体型看，体重也不轻，你觉得谁能搬得动他呢？"

"有道理。如果是一个人搬，肯定很难做到。我看不破先生的体重应该有九十公斤左右……连个子还算高的加茂先生或者我，恐怕都搬不了很远。"

之后加茂向所有人确认，昨晚到今早，有没有人听到过特别大的响动。也许是因为这里的隔音真的做得很好，没人听到动静。

接着，一行人又去检查栋方的房间。

这个房间跟昨晚没什么两样。尸体和凶器都不像被移动过。当然，不破也不在这里。

然后，他们走进了正对着栋方房间的空房间。

这是他们第一次调查这间房。因为没有放置RHAPSODY，内部看起来特别宽敞，除此之外跟别的客房没有任何区别。里面自然也是空无一人。

最后，他们在隔壁的游戏室找到了不破。

游戏室没有上锁，一转门把手，门就打开了。房间里靠北侧的置物架前，赫然躺着不破的尸体。

只需一眼就能看出，他已经断气了。

不破的头部和右肩靠在置物架上，胸口处插着一把白色刀柄的刀。被刺的位置在心脏上方……看来刀子刺穿了心脏。

VR操作服的厚重聚氨酯面料都无法完全吸收流出的血液，地毯上形成了一摊血迹。

尸体周围散落着一些游戏盘，看似原本是放在架子上的。不破就倒在那上面。从这一现场状况推断，他应该是被人从正面刺中胸口，之后又被凶手往置物架的方向推了一把。

没有人发出惊呼，因为多少都预料到了这个结果。只不过……所有人脸上都浮现出了悲痛的表情。

未知蹲下来确认其脉搏，然后低声说道："……失温现象比昨天栋方先生的尸体严重，肯定已经死了几个小时了。"

现实作案时段从凌晨两点半开始。如果相信椋田的话，不破就是在那之后被杀害的。然而，谁也不能保证椋田没有说谎。

于是，他们决定再一次估算死亡时间。

不破的身体连有衣服覆盖的部分都发凉了，此外尸斑很明显，死后僵硬并未蔓延到下肢关节，手指和脚趾也都没有僵硬。

一般来说,"死后四到五个小时后,尸体未裸露的部分会变凉","死后两到三个小时会出现下巴等关节开始僵硬,僵硬会从上肢关节向下肢关节蔓延,六到八个小时后遍及全身"。

从不破的失温情况和僵硬情况判断……他的死亡时间应该是三到五个小时前。

加茂飞快地心算了一遍。

"现在是八点十五分,那么推测死亡时间应该是在凌晨三点十五分到凌晨五点十五分之间。"

现实作案时段是凌晨两点半到凌晨五点半,因此基本可以确定执行人在现实作案时段内杀害了不破。

接着,他们开始对尸体进行更详细的检查。

也许因为致死原因相同,不破和栋方的尸体有很多相似之处。

比如不破身上还穿着VR操作服,显然他一直没能脱掉这身衣服。

加茂检查了不破左手腕上戴的智能手表。

这次手表也松脱了,和栋方那时一样,应该是感应到生命体征消失后自动解锁了。当然,不破的左手腕上没有被毒针刺中的痕迹。

与此同时,乾山检查了插在尸体胸口处的刀。根据白色橡胶材质的刀柄可以推断,这把刀跟杀死栋方的凶器是同一款。

乾山气得面容扭曲,说道:"那个执行人……究竟藏了多少把刀啊。"

这把刀并不是杀害栋方的凶器,因为他们刚才检查过,先前的刀依旧放在栋方的房间里。搞不好……执行人给他们每个人都准备了一把。

奇怪的是，尸体的手臂上没有一丝防御时留下的伤痕。

……不破此前明明斗志昂扬地说："即使同归于尽，我也要亲手制伏执行人。"那么，他为何没做任何抵抗，就这样被刺死了？

当然不能排除执行人乘虚而入、偷袭不破的可能性。也有可能执行人使用某种方法令不破晕倒，然后把他带到这里来刺死了。

加茂重新打量起游戏室。

室内只有折叠桌椅和壁挂式置物架，桌椅都处在折叠状态，靠在南边墙脚。而除了南边的墙，另外三面墙都装了置物架。

东边的置物架上摆着历代家用游戏机，还装有大型壁挂电视。北边和西边则摆满了以巨齿鲨出品的游戏为中心、来自世界各国的游戏软件。

北边置物架上的部分展示品散落在地上，粗略一看有日语版、中文版、英文版等各种版本的游戏。这些应该是不破侧身撞到架子时掉下来的。

佑树也在环视房间，还露出了疑惑的表情。

"这里明明是游戏室，却看不到一把舒服的椅子，有点奇怪吧？室内只有折叠椅，怎么看都不像是供人舒舒服服玩游戏用的。"

确实，这个屋子除了壁挂置物架以外没什么家具，给人一种奇怪的空旷感。加茂点了点头。

"包括休息室在内，似乎都只配备了最低限度的家具……也有可能在决定用这座建筑物监禁我们之后，椋田就让人把用不到的东西都搬走了。"

接着，所有人把游戏室内部仔细调查了一遍，但没找到任何能够指明执行人身份的线索。

这时……已经快上午九点了。

随着时限临近，乾山难掩烦躁地说："不如我们到VR空间看看吧？光在现实世界调查也没用，再说VR空间里也发生了事件……而且，我是在自己屋里被杀了。"

他的提议很合理，于是众人决定返回VR空间。

当然……杀死KENZAN（乾山）的人是加茂。

调查这起事件对加茂来说几乎毫无意义，不过调查VR空间也是揭穿执行人身份的重要步骤。

因为……执行人所做的，并非只有在现实世界杀死栋方和不破。那个人还在VR空间把人偶放到了圆桌上，触碰电灯开关留下了第三副手套的痕迹。

加茂早已成竹在胸。

……就算在现实世界的调查无法锁定执行人的身份，结合VR空间里的三个指印等线索，必定能揭开其真面目。

\* \* \*

回到VR空间后，众人在KENZAN（乾山）房门前碰头。

但只来了四个人，KENZAN（乾山）没有出现。

昨天YŪKI（游奇）案的规则在此案同样适用。虚拟人物在自己房间遭到杀害后，为了强调现场为密室，在第三方辨识出尸体之前，该虚拟人物的幽灵无法得到释放。

和之前一样，加茂和YŪKI（游奇）合力撞开了上锁的房门。

KENZAN（乾山）的房间极其凌乱，床上和地上到处都是五颜六色的人偶。KENZAN（乾山）则倒在床边。他的舌头耷拉在嘴边，脖子处有很明显的痕迹。

MICHI（未知）低头看着KENZAN（乾山），小声嘀咕道："跟我一样被勒死了。"

由于现实世界已经发生了不止一起杀人案，众人对VR空间的凶案已经略感麻木了。这次他们已经知道乾山在现实中平安无事，态度也就更显平淡。

尽管如此，他们面对的依旧是在视觉效果上极度逼真的凄惨尸体，看着这样的场景还能保持平常心……加茂不禁觉得，这是一种危险的麻木。

YŪKI（游奇）伸手试探KENZAN（乾山）的脉搏。

第三方已确认乾山凉平角色死亡……KENZAN（乾山）的幽灵被释放。

字幕提示过后，KENZAN（乾山）出现在房间的存档点。

他站起来开口道："总算能登入了……"

此时KENZAN（乾山）跟MICHI（未知）和YŪKI（游奇）一样，头上有了一个天使的光环。

成为幽灵的KENZAN（乾山）看着自己口角流涎，还有失禁痕迹的尸体，表情顿时扭曲了。不过，他应该想起了时限将至，马上耸耸肩说："首先……我说说自己被杀时的情况吧。"

MICHI（未知）也恢复了平时的笑容，问道："VR作案时段开始没多久，馆内的灯就全熄灭了呢。你是那个时候被杀的？"

"没错，我被人偷袭了。"

当然，关灯是加茂操作的。他使用凶手角色权限，暂时断开了整个玩偶屋馆的电力。

MICHI（未知）看着智能手表继续道："这个手表发出的光

太弱了，无法进行照明，所以我只能老老实实地待在自己的房间里。停电应该是持续了二十分钟左右吧？"

AZUMA（东）像是回忆起了当时的情景，微微颤抖着说："停电期间，我听见了一阵响动，像是搏斗的声音……当时我以为自己要遭殃，都快吓死了。原来那是KENZAN（乾山）君屋里的响动吗？"

KENZAN（乾山）点了点头。

"应该是。昨晚停电后，我就一直待在床上……不知道过了几分钟，突然有人猛地扑过来勒住了我的脖子。还没等我反应过来，就被强制登出了。"

YŪKI（游奇）困惑地说："停电时作案者突然出现在房间里？这再怎么想都不可能吧？"

KENZAN（乾山）的表情顿时阴沉下来，指着被破坏的房门说："我只是如实描述了自己的遭遇……如你所见，门是反锁的，也扣上了防盗扣，外面的人轻易进不来。尽管如此……老实说，我真的想不通。"

正如他所说，门上的防盗扣在他们破门时损坏了，锁舌也处在双重锁定的状态。

看着KENZAN（乾山）等人百思不得其解的样子，加茂暗自苦笑。

为了这次的试玩会，加茂费尽心思设计了侦探角色绝对想不到的犯罪诡计。然而，从各种方面来说……不破的诡计都远比他的要异想天开得多。

KENZAN（乾山）案的真相是这样的：

首先，加茂熄灭了玩偶屋馆的照明，让黑暗成为他的帮凶。侦探角色什么都看不清，而他却能凭借有夜视功能的"凶手的面具"行动自如。

然后，加茂操作巨大的遥控器，吊起了玩偶屋的天花板和屋顶部分。

由于虚拟角色变小了，遥控器的按键感觉上硬了许多，不过用脚使劲踩住的话，倒也可以操作。就这样，吊着傀儡馆天花板的钢琴线缓缓卷了起来。

短短十秒后，玩偶屋馆就成了没有天花板的状态。

看着天花板和屋顶部分被吊起到一定高度后，加茂沿着建筑物外侧绕到了KENZAN（乾山）的房间。

加茂早就发现了一个事实——玩偶屋馆的外墙是凹凸不平的红砖设计。

……也许，我能像攀岩一样顺着外墙爬上去？

加茂的预想没有错。好在他比较擅长运动，攀爬将近三米高的外墙没有费什么工夫。

爬上外墙后，加茂看准时机纵身一跃，跳到了KENZAN（乾山）的床上。

KENZAN（乾山）在黑暗中遇袭，来不及反抗就被勒住了脖子。加茂不得已模仿了动作电影里杀手杀人的方式，但是在当时的情况下，他也没有多少选择的余地。

KENZAN（乾山）看着自己的尸体，抱着脑袋继续说明道："遇袭的前一刻，我听见了轻微的摩擦声。但是房门并没有被打开……然后我一时没注意，就突然被人勒住了。"

MICHI（未知）伸手拿起掉在地上、穿着旗袍的人偶，若有所思地说："房间这么乱，是不是意味着什么呢？"

加茂弄乱房间，是为了不让人发现他拿掉了原本放在层层交错的置物架上的人偶。

要从房间爬出去,就得利用层层交错的置物架。可架子上摆着人偶,不仅有可能妨碍攀爬,还有可能不小心踩坏。

……不过话说回来,这个房间里的人偶颜色还真夸张。

KENZAN(乾山)的房间里摆满了各个时代的中式人偶,从三国人物风格的,到剃发留辫风格的,应有尽有,甚至还有不少僵尸。

由于昨晚只能靠夜视镜视物,加茂没有看出人偶身上的装饰细节,直到现在才发现都是中式人偶。

与此同时,YŪKI(游奇)一直盯着墙上的置物架,目光从地面攀升到天花板。

不知是故意还是偶然,他的视线轨迹正好与加茂离开房间时的路径相同。

……不,即使是佑树君也不可能这么快就发现真相。幸运的是,架子上并没有留下明显的血迹。

在犯下 KENZAN(乾山)案时,加茂最不放心的就是右手的伤口。

他的虚拟角色被美工刀的刀片割伤了。像攀岩一样攀爬外墙时,右手的伤口极有可能裂开。外墙沾上血迹倒也没什么问题,但他想尽量避免在 KENZAN(乾山)的房间里留下血迹。

为此,他特意在作案手套里面又套上了调查手套……好在伤口开裂并不严重,仅有的一点出血也都被调查用的白手套吸收了。

顺着 KENZAN(乾山)房间里的置物架爬回建筑物外侧后,加茂踩着巨大的遥控器按键,重新放下了玩偶屋馆的天花板和屋顶部分……最后再解除停电状态,计划便完成了。

整个过程花了二十分钟左右。虽然是迫于无奈借用了不破的诡计，但他完成得还算不错。

只不过，好像所有人都知道是谁杀了KENZAN（乾山）。因为加茂回过神时，发现所有人都盯着他，仿佛在说："你到底是怎么做到的！"

"你们……怎么都一副肯定是我杀了人的表情啊。"

AZUMA（东）有点为难地回答道："因为凶手角色一旦在VR作案时段行动失败，就会被判定为GAME OVER呀。现在虚拟角色KENZAN（乾山）被杀了，加茂先生却平安无事……那就只能证明你在VR空间作案成功了嘛。"

AZUMA（东）似乎难以决定说这番话时该用怎样的态度，是该同情加茂的立场，还是毫不留情地揭发其犯罪事实。

加茂轻叹一声。

……都被怀疑到了这个地步，再假模假式地调查KENZAN（乾山）案也没有意义了。

"我有个提议。不如我们兵分两路，一组人留下来调查KENZAN（乾山）案，另一组人去调查别的地方吧？"

他话音刚落，MICHI（未知）就露出了狐疑的表情。

"兵分两路？你是叫我们分成三人和两人一组吗？"

"要是我一个人离开，又该被怀疑隐匿证据了吧。所以最好这样。"

"拜托，我们正要开始认真调查KENZAN（乾山）案呢。除了加茂先生，还有谁会放弃这个案子，跑去调查别的地方啊。"

她说得确实很有道理，但是YŪKI（游奇）开口了。

"那我去调查别的地方吧。"

MICHI（未知）听了一愣，AZUMA（东）却毫不留情地插嘴了。"昨天游奇先生也说了很奇怪的话……说什么对解决事件不感兴趣。那时我还以为你只是在嘲讽栋方先生呢。"

YŪKI（游奇）咧嘴一笑，回答道："我没有说谎……顺带一提，我也不是安乐椅侦探。"

看来他也知道了AZUMA（东）兄长的事情。这时，AZUMA（东）的怒气瞬间爆发出来。

"大家都在拼命，而你真的要放弃推理吗？"

作为继承了兄长遗志的侦探，她当然无法原谅佑树的举动。

YŪKI（游奇）看着地面说："至少……我不会妨碍大家。"

"你这种说法也太卑鄙了！身为侦探，难道连追究事件真相的决心都没有吗？"

AZUMA（东）气得双眼含泪，YŪKI（游奇）还是一味地摇头。

这时，MICHI（未知）似乎想起了什么，惊呼了一声。

"啊！说到对能否解决事件毫无兴趣，一切调查行为都只是出于消遣……这样的侦探，我只知道一个。"

这番完全跳脱主题的发言让AZUMA（东）困惑地闭上了嘴。YŪKI（游奇）反倒用少见的轻蔑眼神注视着MICHI（未知）。

"……你说什么呢？"

"你为何不直接说出本名呢？反正写作也只是一种消遣，不是吗？龙泉佑树先生。"

被叫到真名，YŪKI（游奇）脸上顿时没了血色。看到他的反应，MICHI（未知）似乎很得意，继续说道："你果然是参与了'幽世岛事件'的龙泉佑树！啊，听见YŪKI（游奇）这个发音我就该发现的。之前我说没听过这个名字，现在要收回那句话……说到龙泉家，那可是创建了大财团龙泉集团的家族。大家都很关注你呢,觉得你是现代难得的消遣型侦探。"

面对MICHI(未知)故态复萌的多事模样,YŪKI(游奇)难过地皱起了眉。

"什么兴趣消遣……我从来没带着那种半吊子的态度参与过什么事件。"

他的声音很小,背后的感情却让周围的人都沉默下来。YŪKI(游奇)转身走向门外,边走边说:"没时间了……加茂先生,我们走。"

\* \* \*

加茂和佑树的关系称不上亲密。

不过根据伶奈的描述……加茂知道佑树最讨厌别人说他做的事情只是"玩耍"和"消遣"。正因为不想听那种话,他才厌恶四平八稳的人生,刚考上大学就迫不及待地离开了家。他肯定是希望自己决定将来的道路。

事实上,加茂很清楚他对作家这份工作的诚意,也自认为了解他上幽世岛复仇的决心和解决事件的心理准备。

穿过走廊时,加茂对YŪKI(游奇)说:"抱歉啊,都怪我说要分头行动,才让你听了不爱听的话。"

"啊,加茂先生竟然在意那种事吗?"

见YŪKI(游奇)一副满不在乎的模样,加茂反倒忍不住笑了。

"还是蛮在意的。"

"那种话我从小到大不知听过多少遍,早就习惯了……虽然被责编这样说的时候我真的很受伤。不过话说回来,也怪我只能写出让别人有那种感觉的作品。"

说了这么多,原来他还是很在意MICHI(未知)说的话。

加茂实在看不下去,就转移了话题。

"总之……我们先从离这里最近的公共空间开始调查吧。"

加茂首先走向门厅。

他回头看了一眼走廊,听见留在KENZAN(乾山)房间的三个人正在大声讨论。

加茂在走廊一侧转开门把手,走进了门厅。

玄关门闩着,粗略一看并没有什么跟事件有关的痕迹。

VR作案时段,加茂就是从这里离开了玩偶屋馆。

自己会不会像不破那样犯了粗心的错误,在这里留下一些痕迹?——若说加茂从未担心过这个,那是撒谎。

好在只是他杞人忧天。

YŪKI(游奇)站在走廊上打量着门厅,小声嘀咕道:"不过,还真意外啊。"

"什么?"

"没想到加茂先生会选择第一个调查门厅。这里只是发现那个作案手套的地方吧,没什么重要性。"

尽管YŪKI(游奇)脸上是一副随口说说的表情,但他提出的观点还是那么犀利。加茂叹了口气。

"别卖关子了,接下来去大厅吧。"

YŪKI(游奇)咧嘴一笑。

"解决这起事件的关键,果然还是电灯开关上的指印吧。还有……嗯?"

走进大厅的那一刻,YŪKI(游奇)惊讶地停下了脚步。很快,加茂就明白了他的意思。

大厅中央的圆桌上只有暗示MICHI（未知）案与YŪKI（游奇）案的人偶，并没有多出别的人偶。

YŪKI（游奇）低头看着圆桌，很是遗憾地说："就算现实世界的案子与VR空间无关……我还是觉得暗示KENZAN（乾山）死因的人偶会出现在这里，甚至指望执行人因此留下新的证据呢。"

"也许因为前天晚上放人偶时不小心留下了三个指印，执行人也怕了吧。"

YŪKI（游奇）听完点了点头。

"应该是。与其犯同样的错误，那个人可能选择干脆不移动人偶。"

"人偶的暗示"本来是对椋田一方有利的行动，因为它强调了有人知晓MICHI（未知）案与YŪKI（游奇）案中受害人的死因，也就是表明执行人也在这个VR空间暗中行动的事实。

加茂就中了这个圈套……认定既然是执行人留下的"人偶的暗示"，那么YŪKI（游奇）案肯定是执行人所为。

然而，这次在VR作案时段制造事件的，只有加茂一个人。

在这种情况下，暗示"KENZAN（乾山）案乃是执行人所为"毫无意义。所以与其顶着留下证据的风险贸然行动，执行人恐怕宁愿选择不做"人偶的暗示"。

加茂二人没能发现新线索，继续往大厅南侧移动。

大门左手边的靠墙置物架上杂乱地摆放着几十个人偶。

这些人偶似乎没有固定的主题，古典奇幻、日式、赛博朋克……多种类型交杂在一起。

加茂摸着下巴说："大厅里的人偶好像都集中放到这个架子上了啊。"

也许因为大厅门窗数量较多,除了南侧以外,其余靠墙位置都没有摆放置物架,相比客房要整齐开阔得多。

YŪKI(游奇)拿起一个穿着绿色衣服的精灵人偶,露出忧伤的表情。因为那个人偶的脸多少有点像 MUNAKATA(栋方)。

他把人偶放回去,说道:"话说回来,第一天 VR 调查时段……栋方先生也检查了这个架子上的人偶呢。"

听到他的话,加茂也想起了第一天的情景。

"嗯,我也记得。当时我优先去调查厨房,很快就离开了大厅……对了,你还记得当时这架子是什么状态吗?"

"嗯……我没有加茂先生那么好的记忆力呀。不过我感觉后来被放在圆桌上的国王人偶本来是在这个架子上的。因为它长得跟我有点像,我就记住了。"

"就是那个暗示了虚拟角色 YŪKI(游奇)死亡的、拿着杯子的人偶吧?"

加茂说着,目光转向圆桌。

他并不记得那个国王人偶,但记得在这个架子上看到过长得很像 MICHI(未知)的燕尾服人偶。

加茂点点头说道:"应该可以确定,执行人就是从这个架子上拿了两个人偶放到了圆桌上。"

"然后……我感觉栋方先生有点郁闷,或者说动作有点粗鲁,你有这个感觉吗?"

"他说过不喜欢亲自动手。"

"不知道是不是那个原因,反正他检查置物架时的动作很急躁……碰掉了人偶,或者人偶的配件散落得到处都是,他也完全不在乎。"

加茂也记得,在离开大厅的前一刻,他看见过 MUNAKATA

（栋方）正如YŪKI（游奇）说的那样摆弄架子上的东西。

然后，MUNAKATA（栋方）虽然捡起了掉落的人偶，但并没有捡起配件，就离开了。无奈之下，YŪKI（游奇）只好把地上的配件都捡起来，随便放回了架子上。

加茂苦笑着说："唉……只能说当时傀儡馆内尚未发生事件，他也没有保护现场的义务。"

说着，加茂的目光转向房门另一侧的模型房子。

玩偶屋馆内的模型房子……跟原始版本的傀儡馆相比，就是十二乘十二，是一百四十四比一的微缩模型。他带着这个认知前提审视眼前的模型，不禁感慨万千。

与此同时，YŪKI（游奇）则仔细观察着电灯开关。

"这三个指印果然很重要吧。"

"因为那是执行人不小心留下的唯一痕迹啊。"

椋田作为游戏管理者，掌握了加茂等人在VR空间与现实世界的所有活动。

执行人在椋田的指示下作案，可以说占据了比加茂和不破多得多的优势，老实说，椋田竟然没发现黑色铅粉的存在，也算是一个奇迹了。

那三个指印依旧清晰地留在开关上，丝毫没有模糊或重叠。指印虽小，却是锁定执行人身份的重要线索之一。

加茂低头看向智能手表。

马上就到上午十点了……"献给侦探的甜美死亡"的时限在渐渐逼近。扣除说明推理的时间，可以看出接下来将是最后一个解答时段。

加茂轻吸一口气，然后说道："……我知道事件的真相了。"

# 霍拉大师致读者的第二个挑战
~ The second challenge to the readers from Meister Hora ~

恕我僭越,在此我要向各位读者递上第二封挑战书。

在横跨VR空间与现实世界的封闭空间中,VR空间里发生的MICHI(未知)案、YŪKI(游奇)案和KENZAN(乾山)案都已真相大白。

现在只剩下现实世界中发生的栋方与不破二人的命案尚未破解。

这里要让各位凭借推理而非直觉解开的谜团,为以下三个:

①杀害了栋方与不破的执行人究竟是谁?
②栋方命案的不可能犯罪如何实现?
③不破命案令人费解的状况如何实现?

破解以上谜题的材料都已经提示给各位了,只要正确分析并组合上文给出的所有信息,就能揭穿执行人的真实身份。

虽然存在重复叙述的部分,但是为了强化游戏的公平性,我还要补充几条:在"献给侦探的甜美死亡"开始后,傀儡馆与巨齿鲨庄的确是与外部完全隔绝的。

执行人就是封闭空间内的七人之一,当然也是故事开篇的出场人物中拥有姓名之人。这次执行人也是单独作案,并未得到受害者及其他玩家的帮助。

此外,椋田作为游戏管理者所说的话没有谎言。

最后,我可以向各位保证,此次事件并不涉及时空旅行(time travel)和未知生物。

再一次,祝各位武运亨通、大显身手。

# 第十二章　试玩会　第三天　解答时段③

二〇二四年十一月二十四日（周日）10：00

"这次的解答者是加茂冬马先生。你要从哪个案子开始推理？"

包含加茂在内的五个人都集中在了现实世界的休息室，围坐在白木圆桌旁。

加茂已经搞清楚了VR空间内所有事件的真相。

……我自己制造的MICHI（未知）案和KENZAN（乾山）案不需要解答，已经自动满足了胜利条件。保险起见，还是从椋田亲口承认"你发现了真相"的事件开始吧。

"那就从YŪKI（游奇）案开始。"

加茂看着3D显示器回答，椋田马上提出要求："请你说出揭发对象的全名。"

"我要揭发不破绅一朗，他是凶手角色。"

接着，加茂重复了一遍昨天深夜对椋田说过的推理。

他通过掉落在门厅的作案手套，推理出不破二十三日早晨不在自己的房间，而是从门厅经由走廊进入了大厅。

密室诡计利用了傀儡馆与玩偶屋馆这两个大小差别巨大的

建筑物……二十三日重新登入以后，加茂等人的虚拟角色全都配合玩偶屋馆缩小到了原来的十二分之一。

不破抢先一步把自己的角色缩小到十二分之一尺寸，掩人耳目地潜入了YŪKI（游奇）的房间，并在水里下毒。

安全起见，加茂略过了虚拟角色FUWA（不破）患上了高山症的部分。

傀儡馆整体气压下降直接关系到加茂在MICHI（未知）案中使用的诡计，此时最好不要说出任何有可能被解释为自首的话。

加茂继续说明道："不破先生刚回到门厅，就听见其他人已经聚集在大厅了。得知我们马上要去查看房间，他知道自己来不及回房了。于是，情急之下不破先生选择直接进入大厅跟我们会合。就在此时，他不小心把手套落在了门厅……以上就是YŪKI（游奇）案的真相。"

其余四人是头一次听这些内容，椋田则不是。

加茂结束说明后，椋田波澜不惊地说道："被揭发的不破先生已经死了，这次就略过反证程序……恭喜你，加茂先生，你发现了YŪKI（游奇）案的全部真相。"

到这里为止都在加茂的意料之中，问题在于接下来的推理。

果然，椋田挑衅地开口道："好了，接下来你要推理哪个案子？"

"……栋方先生的命案。"

"呵呵，这回你要对阵执行人吗？那么请你说出揭发对象的全名。"

"现在还有点困难。"

"困难？"

"没错。只弄明白了栋方先生的命案，还不足以锁定执行人的身份。关于执行人的身份之谜……要与不破先生被害之谜一起解开。"

听到这里，未知半是揶揄半是愤恨地插嘴道："可真会卖关子啊，你莫非是那种直到最后才说出真凶名字的令人讨厌的侦探？"

其余三人也都用相差无几的表情看着加茂。在他们无声地要求立刻说出真凶姓名的重压之下，加茂叹着气说："我并没有那种打算。只是栋方命案的诡计随便哪个人都有可能执行……而且那个诡计可以应用在任何人身上，仅此而已。"

听到这里，东瞪大了眼睛。

"世上还有这种方便的诡计？"

"嗯，诡计本身属于比较棘手的类型吧。就算解开了，也起不到锁定作案人的作用。"

加茂顿了顿，看着置于桌上交叉着的十指，然后继续道："如各位所知……在'献给侦探的甜美死亡'中，执行人是无法自由决定下一个行凶目标的。"

执行人的目标有几种："推理失败的解答者""作案手段败露的凶手角色""反证失败的揭发对象"。

无论是椋田还是执行人，事先都不可能预测到哪个玩家会如何推理，或者如何提出反证。

东若有所思地点点头。

"原来如此。如果事先无法知晓什么人会按照什么顺序满足'成为执行人目标的条件'，那执行人只能准备适用于任何人的作案方法了。"

这时，椋田插嘴了。"这些前置说明就免了。请告诉我，执行人是如何杀害死守在自己房间的栋方先生的？"

加茂拿出手套控制器，操控圆桌上的3D显示器，调出了傀儡馆的地图。

"这是傀儡馆的地图，但也可以用来参考玩偶屋馆。然后……"他又把从房间带出来的纸摊开放在了圆桌上，"这是巨齿鲨庄的地图。对比VR空间和现实世界的地图，你们发现什么了吗？"

东和佑树几乎同时发出了轻呼。看来他们都理解了加茂想表达的意思。

乾山不明就里地开口道："嗯，要说发现的话……也就是两个世界的客房家具配置几乎相同吧。还有，巨齿鲨庄的休息室和傀儡馆的大厅中间都有圆桌，这的确有点奇怪。"

虽然不是正确答案，但乾山留意到的点还是很准确的。

加茂比画出他从巨齿鲨庄的客房走到休息室的路线，然后继续道："以我的房间为例，巨齿鲨庄内'客房到休息室'与傀儡馆内'客房到大厅'，位置关系是完全一样的。两点之间的路线和距离也都一样。出走廊左转，一直走到尽头，这个动线完全一致。"

乾山瞪大眼睛对比两张地图，然后呆滞地喃喃道："……莫非，我们的客房也一样？"

"正是如此。"

加茂又以"栋方的房间到休息室"和"MUNAKATA（栋方）的房间到大厅"为例，展示出现实世界与VR空间的位置关系及动线实际上是一样的（见图五）。

"这肯定不是巧合吧。"

面色略显苍白的佑树说完，东也点了点头。

图五

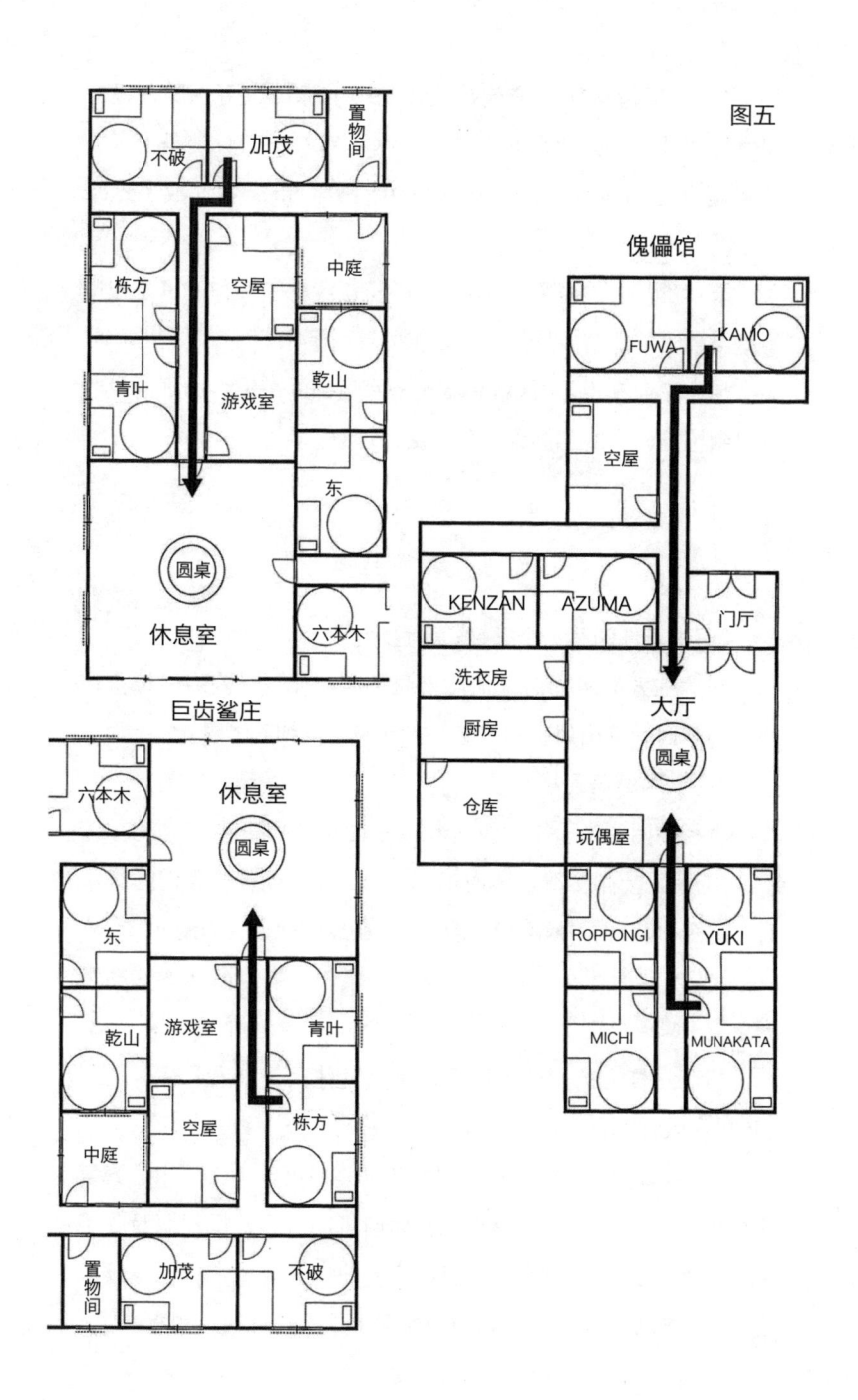

"就算巨齿鲨庄本来就是这样的……椋田也可以随便设计傀儡馆的建筑物造型和房间布局，对不对？椋田肯定是为了方便实施自己的诡计，故意把傀儡馆的房间布局设计成了这个样子。"

未知不甘心地噘着嘴说："这确实让我吃了一惊。可是知道了这个事实就能解决栋方先生被害的谜团了吗？"

加茂站起来说："这就是本次密室诡计的关键。详细的说明可以到栋方先生的房间说，那样更好理解。"

\* \* \*

"解决事件的另一个关键，是这个。"

到达栋方的房间后，加茂指向距离尸体一米左右、掉落在地上的东西。乾山用手帕包着它捡起来，仔细看了看。

"这个六角螺帽？"

直径约两厘米，厚约四毫米……上面的血迹已经变黑了。

加茂回想着发现尸体时的场景，继续说道："我们刚进来时，这个六角螺帽掉落在地毯上没有血迹的地方，对吧？"

"所以我们才会讨论是不是有人把它从染血的地方移动过去了。"

加茂在栋方的尸体旁蹲下，示意其他人仔细看尸体身上的VR操作服背部。

"如你们所见，这件操作服的背部是厚度约为三厘米的聚氨酯材质，它具有很强的吸水性。你们可以看到，操作服吸收了大量血液，已经变硬了。从伤口流出的血液分两个方向继续流淌，一是栋方先生倒下时，血液流向了位置较低的身体右侧。"

正在触碰聚氨酯部位的东露出惊讶的表情,说道:"另一个方向,是从伤口流向腰部!这意味着栋方先生被刺中时,处在站立或坐着的姿态?"

"正是如此。还要注意一个细节……流向腰部的血液,其终点就是用于连接RHAPSODY的端口。"

加茂指着操作服上的金属凹槽,那个端口部位也染上了黑色的血迹。东顿时面色铁青。

"执行人难道……"

东没能说下去,于是佑树接过了话头。

"VR操作服上的凹槽深两厘米,六角螺帽的直径也约为二厘米……大小一样呢。另外,其连接方式是RHAPSODY上的凸出端口接入VR操作服上的凹槽,完成磁吸连接。"

在其他人目光的催促下,乾山拿着六角螺帽凑近栋方的VR操作服端口。

六角螺帽被无声地吸入深度约为两厘米的凹槽,紧紧地贴在了里面。这是因为铁质的螺帽被磁吸的磁力吸住了。

未知露出恍然大悟的表情,声音颤抖着说道:"这下谜底就解开了吧?六角螺帽染血的原因……以及所有的一切。"

加茂站起来,点了点头。

"没错。螺帽之所以沾着血,是因为它原本嵌在VR操作服的凹槽里。从伤口流向腰部的血液渗入凹槽,也沾在了六角螺帽上面。"

接着,加茂又看向最初发现六角螺帽的地方。

"栋方先生被刺倒下时,冲击力使六角螺帽从凹槽脱落。正因为这样,我们才会在地毯上没有染血的地方发现螺帽。"

乾山似乎无法接受这个解释。只见他皱着眉说:"可是端口嵌入了异物……不就无法连接RHAPSODY了吗？"

加茂笑了一声。

"其实这就是椋田跟执行人的目的。"

"啊？"

见乾山一脸呆滞，加茂继续道："RHAPSODY本来就是控制玩家动作，保证操作安全的装置。与之相对……VR操作服内置精密动作捕捉功能，能将玩家的动作反映到游戏中。"

东露出了困惑的表情。"可那并不代表脱离RHAPSODY也能操控虚拟角色啊。"

"事实证明那是可以的。"

插嘴的人是佑树。东瞪大了眼睛。

"啊？"

"被毒针夺去性命前，六本木先生的虚拟角色冻结在了右手抬至太阳穴的姿势，对不对？然而六本木先生被杀害后，我们再次回到VR空间时，他的角色……变成了我们在现实世界尝试抢救六本木先生时给他摆的姿势。"

加茂也补充道："没错。虚拟角色的姿势之所以发生了变化，是因为在抢救过程中，不破先生不慎按到了六本木先生的VR镜片复位键。"

镜片降下的瞬间……眼镜扫描了处于濒死状态的六本木的虹膜，完成了人体虹膜认证。

"眼镜判定使用者回到了VR空间，于是解除了虚拟角色的冻结状态。但那一刻，六本木先生并没有处在RHAPSODY内部，尽管如此，他的角色还是变成了与现实中的六本木先生一样的姿势……"

佑树听了连连点头，然后说："这就证明，只有VR操作服也能操纵虚拟角色。"

加茂轮番看着另外几个人,再次开口道:"这是一桩脱离装置发生的命案。执行人通过切断RHAPSODY和VR操作服的连接,完成了不可能犯罪。"

一时间无人说话。

但沉默并不是因为大家都傻了,而是每个人都在琢磨加茂说的内容。

"……那执行人是什么时候在栋方先生背后嵌入六角螺帽的?"未知提问道。

"在昨天中午的第一个解答时段。当时我们所有人都集中在现实世界,执行人趁栋方先生忙着阐述推理时,悄悄把螺帽贴在了他的操作服端口上。"

未知皱起了眉。

"你这么说听着好像很简单,可栋方先生不可能毫无防备,让人随意去摸他的后背吧。"

"不,有一个机会。"

"什么时候?"

"休息室圆桌上的3D显示器开机时,大家都凑过去看热闹了,对不对?当时除了我以外……大家互相踩了对方的脚,卷入到闹剧之中。"

回想起那场走软绳式的闹剧,加茂露出了复杂的笑容。未知一脸苦涩地喃喃道:"确实有这么回事。"

"这么多人挤成一团,就算有人往栋方先生的背上贴了东西,也很可能不会被发现。"

听到这里,佑树露出了微妙的表情。

"这有点不对吧?介绍3D显示器是在栋方先生开始推理之

前，当时栋方先生还没失败，执行人怎么就开始做准备了呢？"

"不，执行人会这么做并不奇怪。因为解答者给出完整答案的可能性本来就不高，以执行人的立场来说，应该从一开始就以解答者会失败为前提展开行动。"

"原来如此。"

佑树接受了这一解释，加茂继续展开说明。

"那么我就以执行人在第一次解答时段嵌入了六角螺帽为前提继续往下说了。昨天下午一点半左右，现实作案时段开始。在宣布开始前，椋田让我们所有人都集中到VR空间，你们还记得吗？"

乾山露出了掺杂着厌恶的苦笑。

"我记得椋田还说'请你们确认栋方先生回房后平安无事'……实际上那只是掩盖其真实目的的借口吧？"

加茂一言不发地走到RHAPSODY装置前。装置似乎处于冻结状态，毫无反应。

他背对RHAPSODY，继续说道："栋方先生回到现实世界的房间后，准备按照椋田的指示前往VR空间里的大厅。他坐进RHAPSODY……但是因为六角螺帽的阻隔，VR操作服未能与RHAPSODY连接，他就那样直接进入了VR空间。"

东立刻插嘴道："栋方先生在不知情的情况下，进入了脱离装置的状态。"

"是的。身处VR空间时，眼镜遮盖了栋方先生的视野，他肯定没想到自己其实离开了RHAPSODY。他毫不知情地做着在VR空间移动的动作，殊不知他的身体也在现实世界的巨齿鲨庄里走动了起来。"

加茂离开RHAPSODY，走向房门，又开口道："傀儡馆与玩偶屋馆的客房、布局和家具配置都复刻了巨齿鲨庄里的样子，所以栋方先生同时打开了VR空间与现实世界的房门，走到了外面的走廊上。正如我现在这样……"

房门已被撞坏，加茂便停在原本有门的位置，做出打开反锁的锁扣和防盗链，再转动门把手的动作。

东注视着他，表情扭曲地喃喃道："栋方先生并不知道现实世界中的自己离开了房间……就这么走到了执行人等待着的屋外？"

加茂点点头，出到走廊，朝休息室的方向走去。其余四人像是被魔笛吸引的孩子，脚步虚浮地跟了上去。

"之前说过，巨齿鲨庄内'从房间到休息室的动线'和玩偶屋馆内'从房间到大厅'的动线相同。所以，当栋方先生的虚拟角色到达VR空间里的大厅时，他的真身也到达了现实世界中的休息室。"

说着，加茂打开休息室大门，走到圆桌旁坐下。片刻之后，未知也坐了下来。她可能想起了第一天自己被凳子绊到的事情，露出一丝苦笑。

"啊，难怪圆桌边的凳子都是固定在地上的。如果不固定，就会出现VR空间与现实世界中的圆桌和凳子位置不一致的问题。"

不过，脱离装置状态下，也并非什么都能做。

"玩偶屋馆与巨齿鲨庄的房门和家具配置大部分一致，但也有不一致的地方。举个例子，一旦栋方先生在脱离装置的状态下走向玩偶屋馆北馆，事情就会败露。因为VR空间里有通往北馆的房门，而现实世界中那是死路一条。"

听了加茂的话，东眯起眼睛。

"所以椋田要求我们在VR空间时尽可能两点一线地活动？如此一来就能避免栋方先生做出意料之外的行动，降低他发现自己处于脱离装置状态的可能性。"

乾山略显疲惫地开口道："……那你认为执行人是怎么杀死栋方先生的？"

加茂注视着圆桌上的3D显示器，说道："当然是在休息室用刀刺中了栋方先生的背部。"

"可是那时所有人的虚拟角色都在VR空间，这证明大家都在操作自己的角色吧？怎么可能有时间移动到现实世界中的休息室……啊，难道！"

乾山说着说着就察觉到了可行的办法，声音几乎变成了尖叫。加茂用力点点头。

"没错，执行人也以脱离装置的状态，让虚拟角色和现实中的自己同时来到VR空间里的大厅和现实世界里的休息室。"

圆桌周围的人都哑口无言，同时露出了惊愕的表情。

无论在谁的客房，巨齿鲨庄内"从房间到休息室的动线"与玩偶屋馆内"从房间到大厅的动线"都是一致的。正因为两座建筑物有如此特殊的关系，才可能完成这个诡计。

加茂继续说明："当时所有人的虚拟角色都集中在了VR空间。但与之相对，现实世界中的休息室则只有处于脱离装置状态的栋方先生和执行人。当然，为了杀害栋方先生，执行人带上了刀子。"

进入休息室后，执行人肯定特别留意了周围的情况，因为要避免与栋方发生误触。一旦身体感受到触碰，栋方就有可能察觉。

加茂慢悠悠地做了个按下按键抬起VR镜片的动作。然后他站起来，绕到佑树背后，做了个刀尖对准他背部的动作。

"执行人瞅准时机，悄悄抬起自己的VR镜片，用肉眼确认到栋方先生在现实世界中的位置后，走了过去……拿起刀刺向他的后背。但是，刺得非常浅。"

因为栋方戴着VR眼镜，现实世界中的执行人对他而言相当于透明人。明明实体就在那里，却无法看到。栋方当时毫无反抗之力。

加茂回想着那一刻VR空间内的情况，继续说道："当时几乎所有人的虚拟角色都在大厅的圆桌旁，要么支着下巴，要么双臂交叠趴在桌子上。虽然我和不破是例外，但我们也没有四处走动，而是一直站在墙边。那时就算有人偷偷抬起镜片，使角色进入冻结状态……或许也没有人能发现。"

假装被刺中背部的佑树略显困惑地笑了笑，说道："这身VR操作服的背部使用了大约三厘米厚的聚氨酯材质，执行人就是把刀扎在了那个部分吗？"

加茂注视着佑树的后背，微微点头。

"那把刀重量很轻，大概是为了不让受害者发现背后扎了一把刀而特意准备的。"

尽管如此，栋方可能还是感觉到了背部有些异样。加茂记得他起身时转了好几次脖子，还皱着眉。

……也许，那时刀尖已经刺进了他的背。

他的VR操作服侧腰部也有血迹。从血量来看，大概是在休息室里就有少量出血，只不过被聚氨酯吸收了。

尽管背后有些痛感，但栋方恐怕怎么都想不到自己遇刺了。

加茂站起身，示意大家跟上，然后再次走向栋方的房间。

"在大厅碰头结束后，栋方先生的虚拟角色从VR空间的大厅回到了自己的房间。当然,他的实体也从现实世界里的休息室回到了房间。"

加茂做了个用智能手表开锁的动作,走进栋方的房间。

无论在现实世界还是VR空间,房间门都要用智能手表开锁。换言之,一个动作可以打开两个世界的房门。

加茂走进屋里,又做了搭上防盗扣、反锁房门的动作。然后他走向房间深处,背朝RHAPSODY,继续说明。

"在VR空间回房后,栋方先生从室内反锁了房门。如此一来,现实世界里,栋方先生的房间也变成了完美的密室。其后,栋方先生走到存档点的沙发上坐下,准备返回现实世界。"

东面色铁青地嘀咕道:"他、他那样做会……"

"没错,就是这个举动要了栋方先生的命。虚拟角色坐上VR空间的沙发,这个动作在现实世界等同于实体坐在RHAPSODY上。"

加茂边说边在RHAPSODY中心的弧形黑柱上靠坐下来。只需这一个动作,就完美地表达了他的想法。现场所有人脸上都没了血色。

加茂看着他们,说了下去。

"栋方先生应该是带着扎在背上的刀子,朝着黑柱的弧形部分一屁股坐了下去。他的动作导致刀柄撞上了黑柱,于是刀尖穿透聚氨酯材料,深深刺入了栋方先生的身体。"

刀柄是橡胶材质的,碰在黑柱上也不会打滑,确保受害者没有幸存的可能。而纤细的刀身无须太大力气就能刺入人体。

加茂表情扭曲地继续道:"栋方先生以为自己遭到了执行人的袭击,肯定慌忙抬起了VR镜片。然后他不明就里地站起来走了几步,最后力竭倒地。"

加茂边说边做了个抬起镜片的动作，然后从黑柱旁站起来，注视着倒在几步之外的栋方的尸体。

　　大约十秒钟的沉默过后，未知呻吟一般说道："刀尖刺入身体时肯定出血了……而那些血都被你说的聚氨酯材料吸收了。所以 RHAPSODY 里面才没有留下明显的血迹，对吧？"

　　加茂没有回答，而是抬头看向天花板附近的监控摄像头。

　　"……怎么样，我推理的作案方式正确吗？"

　　椋田马上回答了他。

　　"现在还不能告诉你，因为加茂先生尚未指定揭发对象，而我必须等到揭发对象的反证结束后才能给出判定。"

　　"那我可以继续推理执行人的身份吗？"

　　"当然可以。"

　　得到答复后，加茂再次走向休息室。这个解答时段开始后，他已经是第三次走进这里了。

　　加茂又在圆桌旁坐下，戴上了手套控制器。

　　"接下来有一个很关键的证据，就是留在 VR 空间的三个指印。在不破先生的解答时段已经证明过，那个指印既不属于凶手角色不破先生，也不属于'另一个凶手角色'。"

　　说着，加茂在 3D 显示器上调出了那个电灯开关。黑色铅粉上残留的三个指印依旧十分清晰，丝毫没有模糊或重叠。

　　加茂看着它，冷静地继续道："根据佑树君和栋方先生的证词，二十三日凌晨零点五十分，傀儡馆大厅的灯已经被熄灭了。其后，执行人出于某种理由触碰了电灯开关，然而翌日早晨，大厅的灯依旧处在熄灭状态……这就出现了一个问题，开关上的痕迹只有一个。"

　　"一个……那不可能。"乾山喃喃道。

加茂指着 3D 显示器上的影像，说道："但是你们看，开关上的指印既不模糊，也没有重叠的痕迹。如果按一次开关开灯，又按了一次熄灯，这上面不可能留下如此清晰的指印。"

都这种时候了，未知还浅笑着说："说不定人家是连按了两次呢？"

"如果是不小心碰到了开关，一般人的反应应该是先缩回手，发现灯开了才再按一次吧？这种情况下，第二次的指印与第一次的指印应该会略微错开一点。"

"嗯，有道理。"

"造成这种现象的可能性只有一个……执行人按了一次南边的开关，又按了一次北边的开关。"

听了他的话，东满脸疑惑地开口道："可是一般人都会用靠近自己房间的开关吧，为什么两边都用？"

"只要结合执行人所做的事情考虑，就能理解了。首先，椋田说过，他也给执行人配备了带有夜视功能的'凶手的面具'。那么，即使在一片黑暗中也能行动自如的执行人，为何要打开大厅的灯呢？"

说完，加茂在 3D 显示器上调出了大厅南侧的置物架，上面杂乱地摆放着数十个人偶。

他注视着画面，浅浅一笑。

"在第一天的 VR 调查时段，栋方先生把这个架子上的东西翻乱了，对不对？"

未知点了点头。"我也看见了。人偶和小道具掉得满地都是。"

"那么，架子上人偶的摆放位置肯定也变了许多。你们觉得，用夜视镜能在变了样的架子上找到想要的人偶吗？"

执行 KENZAN（乾山）案时使用了夜视镜的加茂可以很肯

定地给出答案。

透过夜视镜，他无法看清KENZAN（乾山）房间里的人偶身上的细节。所以执行人一定也遇到了这个问题。

佑树赞同了他的说法。

"确实，要看清人偶的细节有点难呢。因为戴上夜视镜后，视物都是单色调的，很多细节看不出来，跟在有光的地方视物不一样。"

加茂点点头，接着说了下去。

"执行人开灯，应该是为了找到暗示MICHI（未知）案与YŪKI（游奇）案的人偶。那个人走到大厅南边的置物架前，才发现架子上的东西被翻乱了。"

本来椋田应该事先发现这个问题并传达给执行人，看来两人在这件事上配合得不太好。

加茂继续往下推理。

"无奈之下，执行人只好放弃使用夜视镜，就近按下了南边的电灯开关。三个指印就是在那时留下的。然后，执行人找到了想要的人偶，将其放在圆桌上，又按下了北边的开关熄灯。这意味着执行人是客房位于北馆的人……也就是东小姐或乾山君。"

东和乾山都愣住了，未知可能因为被排除在嫌疑人范围之外，高兴地说："如果是住在南馆的人，放好人偶后应该会再按一次南边的开关然后回房，对吧？"

加茂和不破的房间也位于北馆，但是上一个解答时段已经证实了不破和"另一个凶手角色"都不是执行人。

由于虚拟角色的手被割伤，几乎所有人都默认加茂是"另一个凶手角色"了。因此，并没有人主张加茂也是执行人的可能人选。

加茂又说了下去。

"要进一步锁定执行人的身份，就必须解开不破先生的命案真相。可能有人已经发现了，不破先生也是执行人利用脱离装置状态杀害的。"

佑树听了，绷着脸开口道："原来如此。若是以此为前提思考，不破先生之死的大部分谜团就都能解释了。"

"是的。只要让不破先生处在脱离装置的状态，就能诱使他的实体主动走出房间。不仅如此，戴着 VR 眼镜的不破先生还看不见潜伏在现实世界的执行人。他恐怕始终没有意识到危险在向自己逼近，直到刀子正面刺入他的胸口。"

从这个角度考虑，不破的手臂上没有防御性创伤也是理所当然的。

加茂又说："这次执行人也是趁不破先生进行推理时安上了六角螺帽。最可疑的时机，应该是推理中途我们去栋方先生房间查看的时候。因为当时在门口也发生了轻微的拥挤和摩擦。"

"记得是不破先生说尸体身上的刀子被拔出来了的时候。"

未知插了一句，加茂点点头，继续道："……跟栋方先生遇害时不一样的是，这次省去了所有人在 VR 空间大厅集合的步骤。所以不破先生在回到巨齿鲨庄的房间后，应该就一直停留在现实世界。因为只有他获得了批准，可以在下一个 VR 作案时段待在现实世界。"

在那段时间，加茂对椋田说了自己的推理，并为完成 KENZAN（乾山）案奔走于 VR 空间。

"后来……一直到凌晨两点半，现实作案时段才开始。不破先生的推测死亡时间为凌晨三点十五分到凌晨五点十五分，所以可以认为，他是在那段时间前后进入了 VR 空间。"

乾山似乎没有被说服，冷冷地说："我们进入 VR 空间后，在现实世界里的实体就变得毫无防备了。不破先生肯定不会做这么鲁莽的行动。"

"我不知道椋田是怎么用花言巧语把他骗进去的。他有可能对不破先生说：'我可以告诉你执行人的身份，你到 VR 空间来见我。'不管怎么说，与叫他离开现实世界的房间相比，不破先生更有可能被骗进 VR 空间。"

加茂嘴上这么说着，内心却始终怀有疑念。

……在那个现实作案时段，会不会不只是我，其实不破先生也已经知道了在脱离装置的状态下杀人这个手法？

当然，也可能是加茂想多了。

然而不破确实说过，要"利用自己的死为你们打开通往真相的道路"。也许诚如这句话所言，他明知有诈还是进入了 VR 空间……以生命为代价留下了提示脱离装置杀人手法的线索。

不破已死，他的真实想法已埋葬在了黑暗中。不过，加茂还是忍不住这样想。

他轻叹一声，说了下去。

"可以推测，椋田约不破去了玩偶屋馆的外部。因为处于脱离装置状态的不破先生走进游戏室，相当于 VR 空间里的虚拟角色走进门厅。"

对比地图，从现实世界中不破的房间到游戏室的动线，的确与从 VR 空间里的房间到门厅的动线完全一致。

"不破先生按照指示穿过玩偶屋馆的玄关走到了建筑物外面。他的动作反映在现实世界，就成了不破先生的实体走到了游戏室北端。他就是在那里……遭到了执行人的袭击。"

所有人都一脸沉痛地低下了头。加茂看了看他们，又一次开了口。

"这次执行人不需要特意进入 VR 空间就能袭击不破先生，所以那个人应该是摘下了 VR 眼镜潜伏在游戏室内。不破先生无法看见现实世界里的情况，毫无防备地被刺中胸口，然后被推向了房间北边的墙壁。"

东难以置信地喃喃道："为什么杀了人还要把人推倒啊？"

"这么做是有理由的。在脱离装置的状态下杀人既有好处也有坏处……因为受害者的实际动作会同步到游戏中的虚拟角色身上。"

听了这番话，东惊讶地瞪大了眼睛。

"也就是说，如果在现实世界杀了人，VR 空间里也会留下以同样姿势倒在地上的受害者的虚拟角色？"

"正是如此。这会严重影响到现实世界里的杀人与 VR 空间里的杀人完全无关的伪装。"

未知抱着胳膊沉吟起来。"原来如此。栋方先生实际是在现实世界的 RHAPSODY 内部受到致命伤害的……于是 VR 空间里的虚拟角色与之相匹配，坐在了存档点上。"

"冻结在存档点上的虚拟角色没有任何不自然之处，所以这个坏处在栋方先生的命案中没有体现出来。只是，到了不破先生的案子，就不太一样了。执行人必须想办法清除麻烦的虚拟角色。"

未知对比着两个地图，咧嘴一笑。

"所以执行人真的把虚拟角色清除到了玩偶屋馆外面，是吧？"

"没错。因为现实世界的游戏室北端对应 VR 空间的玄关门外部。把不破先生的实体推向北侧墙壁，相当于把他的虚拟角色推到了VR空间的门外。这应该是把角色清除出玩偶屋馆的最简单的方法了。"

处理死亡玩家的虚拟角色其实意外地麻烦。首先尸体不一定能通过人体虹膜认证。万一死亡玩家抬起了VR镜片导致角色冻结，那就算是执行人，也无法挪动那个角色。而且冻结的位置稍有不对，就可能诱使别的玩家察觉到在脱离装置状态下杀人的手法。

加茂再次抬起头，面向虚空提出了要求。"椋田，能显示一下玩偶屋馆玄关门外的影像吗？"

片刻的沉默后，圆桌上突然出现一片漆黑。

调节亮度后，画面逐渐清晰起来……只见玄关门外的不远处，虚拟角色FUWA（不破）像是倒在看不见的架子上。他的姿势跟在现实世界的游戏室里被杀害的不破完全相同。

圆桌周围的四个人给出了不同的反应。有人屏住呼吸，有人面色煞白……虽然这个影像证实了加茂的推理正确，可他自己并没有感到高兴。

他只是平静地说了下去。

"杀害不破先生后，执行人收回了事先安放的六角螺帽，还摘掉了不破先生戴着的VR眼镜和手套控制器。当然，这么做是为了隐瞒他进入过VR空间。"

不破的智能手表在死亡的那一刻解锁了，因此执行人可以用它做很多事情。

"执行人应该用不破先生的手表打开了他房间的自动锁，把VR眼镜和手套控制器放了回去。"

加茂停下来，扫视了一遍圆桌周围的人。

这里面至少有两个人知道执行人的身份。一个是佑树，另一个是被他列为嫌疑人的人选之一……他们都用困惑和恐惧的眼神注视着某个人。

完成自己的任务后，加茂再次开了口。

"除了刚才说的那些，执行人还在VR空间做了两件事。第一，执行人在把不破先生叫到VR空间之前，拉开了玩偶屋馆的门闩，打开了玄关大门。"

未知困惑地问："为什么要这么做？"

"椋田不是说过吗？一旦离开巨齿鲨庄，无论玩家在现实世界做出什么动作，虚拟角色的身体都会停在设定为墙壁或门板的位置。如果关着玄关门，推倒不破先生的实体时，他的虚拟角色就有可能卡在门内，因此停留在玩偶屋馆。"

"……那另一件事呢？"

未知的表情越来越凶神恶煞。也许，她也慢慢猜到执行人的身份了。

"杀害不破先生后，为了消除残留在VR空间的痕迹，执行人又关上了玩偶屋馆的玄关门，并插上了门闩。顺带一提……今早我和佑树君去查看时，门闩是插上的。也就是说，执行人是在现实作案时段开始之后、到我们进去查看之前，有机会去VR空间门厅的人。"

乾山听完笑了起来。

"照你这么说……我的不在场证明就牢不可破了啊。"

"没错。乾山君的虚拟角色在现实作案时段开始之前就已经被杀了，进入了强制登出状态。直到今天早上，他的角色幽灵才被释放到VR空间内。其后我们分两路行动，在我和佑树君检查门厅之前，乾山君都没有机会离队。所以他当然无法关闭玄关门并插上门闩。"

说到这里，加茂停下来注视着东，然后开口道："所以执行人……就是你，对吧？"

东浑身一震，看似困惑地张开了嘴。但是下一刻，她就痛苦地垂下了目光。

这时，扬声器里传出了低沉的质问声。"你把第二个人选定为KENZAN（乾山）……就是知道会变成这样吗？"

椋田的语调里出现了前所未有的慌乱，还带着几分嘶哑。

加茂依旧看着东，冷冷地回答道："我不知道你在说什么哦。"

椋田恶狠狠地继续道："你昨晚就已经意识到现实世界里的杀人是跟VR空间相关的……也把嫌疑人缩小到了一定的范围……对不对？"

贸然回答可能会被判定为自首，所以加茂没有说话。不过，椋田说的基本都对。

昨天不破的解答时段开始前，加茂就隐隐察觉到了在脱离装置状态下杀人的可能性。可是后来无论他怎么推理，都无法在东和乾山之间锁定执行人，因此感到无比焦躁。

……再这么卡下去，时限就要到了。

当他得知VR作案时段被放在现实作案时段之前时，就决定赌一把。于是，加茂通过杀死虚拟角色KENZAN（乾山），给乾山强加了VR空间里的不在场证明。

其实目标既可以是KENZAN（乾山），也可以是AZUMA（东）。他选择KENZAN（乾山），只是因为不破准备的诡计。吊起屋顶进入密室的方法，若不用在紧邻玩偶屋馆外墙的房间，就很难实现。

椋田骂骂咧咧地继续道："你杀了KENZAN（乾山），给了他一段无法进入VR空间的时间……然后静观这一行为会如何影响杀死不破的计划，看我和执行人的行动会有什么变化……对不对？"

加茂笑眯眯地回答："我想，KENZAN（乾山）案的凶手可能会带着这样的想法行动吧。"

不破设计出要应用整个建筑物的大型机关后，出于作案者的心理，准备了好几种犯罪计划。所以加茂猜测，执行人可能也会基于脱离装置的诡计，设计好几种作案模式。

他继续道："我猜，这对KENZAN（乾山）案的凶手来说是一个赌局。而牵连其中的椋田和执行人肯定也烦恼……到底该不该继续利用VR空间杀人，还是改变计划，只在现实世界完成操作？"

椋田咬牙切齿地说道："你想说我们做了错误的选择吗？"

"如果你们改为只在现实世界展开犯罪，情况也许会有很大的改变。因为我们不太可能发现究竟是乾山君的VR空间不在场证明影响了计划，还是计划从一开始就是这样。"

如此一来，加茂就无法锁定执行人的身份了。

"话虽如此，KENZAN（乾山）案的凶手也并非毫无胜算。那三个指印是锁定嫌疑人的重要线索，但你和执行人极有可能并未察觉到它的重要性。"

听了加茂的话，东第一次开了口。

"你是想说……椋田和执行人轻视了那个指印，认为'就算乾山有了VR空间的不在场证明，嫌疑人还有好几个，所以不成问题'，是吗？"

"正是如此。"

东闭上眼睛,用几乎听不见的声音说道:"接下来应该由我提出反证了对吧……不过,我做不到。加茂先生的推理,没有反驳的余地。"

"请你别再说多余的话了!"椋田烦躁地插嘴道。

然而东仿佛听不见他的话,含着泪说了下去。

"是时候接纳一切……让它结束了。加茂先生,你要揭发我……东柚叶为执行人,是吗?"

加茂摇摇头回答道:"不,我要揭发的人……是椋田千景。"

## 第十三章　试玩会　第三天　解答时段④

二〇二四年十一月二十四日（周日）10:55

"不是……我？"

东有点喘不过气来，另外三人也像是忘记了如何呼吸一般僵住了。

"你这是……什么意思？"

双重音色重现，椋田海斗来到了休息室的落地窗外。真实的男声和经过加工的女声都带着异样的颤抖。

未知心神不宁地开口道："我也不懂你的意思。之前椋田海斗用轮椅推着姐姐过来，难道都是演戏吗？"

"正是如此。正如他此前的宣言，椋田海斗从未直接说出过谎言。但是他巧妙地利用话术，在不说谎的前提下让我们深信'椋田海斗才是一切的元凶，椋田千景是受害者'。"

椋田海斗依旧用充满杀意的目光盯着加茂。他不做任何反驳，反倒让加茂感到背后发凉。

未知继续说道："可你刚刚说，除了东小姐以外，别人都不可能作案啊。那为什么……难道你想说栋方先生和不破先生都是被身处巨齿鲨庄外的椋田千景远程杀害的？"

胜利就在眼前，加茂却疯了吗……搞不好这一切都是演戏，加茂才是执行人。惊讶和怀疑全都表现在了未知的脸上。

加茂重新看向东，开口道："其实之前我就有点疑惑。"

东毫无感情的目光笔直地对上了他的视线。

"什么？"

"是关于一个口误。登上戌乃岛，询问巨齿鲨软件的工作人员时，还有在巨齿鲨庄食堂询问另一名工作人员时……他们都说'还有两位客人没到'。"

乾山听了连连点头。

"其实我也有点疑惑。共有八人受邀前来，但在 K 港集合时只有五人，在食堂等待的时候也是五个人。"

可是，巨齿鲨软件的两名工作人员却似乎都认为"已经有六位客人上岛了"。

加茂点点头，继续道："一开始我还以为有人乘更早的船上了岛，然而并不是。椋田海斗……你昨晚出现时曾说，我、不破先生和你自己乘的船是'第一班船'。也就是说，那是载着受邀客人上岛的第一艘船，在此之前并没有别的船上岛，对不对？"

椋田海斗还是不说话。

"……另外，作自我介绍时，未知小姐说她是跟栋方先生一起乘船上岛的，对吧？而栋方先生又在上岛的船上碰见了东小姐，还说那时候就觉得跟东小姐合不来。这是调查 YŪKI（游奇）案时发生的对话。"

未知看加茂的眼神还是带点警惕，但很快承认了。

"没错，我是跟栋方先生还有东小姐乘同一班船来的，也就是'第二班船'。既然那班船上有三名受邀客人，那么应该是巨齿鲨软件的人点错人数了吧。"

加茂听了突然一笑。

"不对，是我们的认知出错了。其实第一班船坐了六名受邀客人，第二班船上只有两名受邀客人。"

乾山立刻插嘴道："这怎么可能？我们坐的第一班船一共有七名乘客。"

"是的。我、佑树君、乾山君、六本木先生和不破先生，一共五人。还有就是十文字 D 和椋田 P 二人。"

"我们跟十文字 D，也就是椋田海斗，在活动前的说明会上见过面，可以肯定他就是巨齿鲨软件的制作人，没错吧？再怎么说，工作人员也不会把同事椋田海斗当成受邀客人。"

加茂听了点点头。

"所以答案只剩一个了。我们误以为是椋田千景的女性，其实是第六名受邀客人……那位杏仁眼的女性，才是真正的东柚叶。"

佑树瞪大了眼睛，随即露出苦笑。

"那么乘坐第二班船的受邀客人只有未知小姐和栋方先生……我们误以为是东柚叶的女性，才是椋田千景吗？"

"没错。在建筑物外面扮演游戏管理者的人是弟弟海斗……而作为他的共犯，在建筑物内部制造命案的执行人则是姐姐千景。这就是事件的真相。"

未知看着身边那个自称东的女人，惊恐地叫道："啊？啊？可是我们在启动会议上都见过椋田千景本人啊！"

海斗浅笑着插嘴道："正如我先前所说……当时跟你们交谈的是我姐姐没错哦。我身为游戏管理者，说的话绝非谎言。"

确实，眼前的东，脸型和体型都给人圆润柔软的印象。眼角微微下垂的双眼也与杏仁眼相去甚远。

加茂摇着头说:"如你所说,跟我在启动会议上交谈的应该是椋田千景没错。然而,那不是在VR空间进行的会面吗?"

会议中,加茂对千景说:"我忘记准备名片了。"

然而加茂并非没带工作用的名片。实际在这次试玩会上,除了钱包和手机,连成为撰稿人后只要在工作就从不离身的名片夹也被工作人员没收了。

当时他对椋田千景说的话,是指"忘记准备能够在VR空间交换的电子名片了"。

此外,加茂在会议中几次感到口渴,现场却没有饮料,也证明那是一场远距离VR会议。

如果他真的去了巨齿鲨软件的办公室,会议室里肯定会备有茶水。

加茂说了下去。

"在启动会议上,与会者都通过虚拟角色交谈,所以我并没有见过椋田千景真人,也没听过她真实的声音。后来的说明全部由十文字D完成,我也没有机会再见到她……我想,其他人也一样吧?"

没有人否认,而且众人的表情都证实了加茂的猜想完全正确。

乾山用疲惫且带一丝嘲讽的声音说:"没想到竟中了这么古典的圈套,只能说自己太大意了吧。我在船上看见'杏仁眼女性'时,确实进一步认定椋田千景长得跟那时看到的虚拟角色一样。而且怎么都没想到……跟十文字D亲密交谈的,竟是另一个客人。"

佑树也点点头说:"不,当时我们是不可能猜到那位其实是受邀客人的。而且……不破先生识破十文字D的真实身份时，他演的那场轮椅戏真的把我骗到了。"

椋田海斗把"杏仁眼女性"东柚叶放在轮椅上让加茂等人看到，成功强化了众人的误解。当时连加茂都深信，那个被监禁的女性就是椋田千景。

加茂再一次看向自称是东的女性。

"说到底，东柚叶也是受害者之一。我要揭发的是你，椋田千景。"

\* \* \*

她看了一眼落地窗外的椋田海斗，然后长叹一声。

"太可惜了。只差一点……就是我们胜利了啊。"

海斗似乎还不能接受现实，喃喃地说个不停。"我早就知道脱离装置的诡计会被识破，也预料到东柚叶会被揭发。可就算这些都被识破……只要解答者说错揭发对象，就完全不会影响姐姐的胜利……"

千景怜悯地看着弟弟，说道："这些人交给我……你按照计划，准备离开戌乃岛吧。"

海斗迟疑了一会儿，甚至露出了孩子气的表情。

"可是——"

"别担心，过后我们在船上碰头。"

目送海斗离开后，千景转向加茂。

"说这种话听起来可能像不愿承认失败，不过真没想到我们家员工竟向你们透露了不必要的信息。要手下的人乖乖听话真的好难啊。到头来竟是他们留下了关乎我的身份的线索。"

加茂低头看着智能手表。此时是上午十一点十分，还没到游戏结束的时间。

"所以……我的推理正确吗？"他问了一句。

千景无奈地点了点头。

"是的，这场游戏，我们一败涂地。你解决了他人制造的所有事件，并且正确揭穿了作案者的身份……所以接下来，你们都自由了。"

加茂顿时放下心来，同时感受到前所未有的疲劳。这可能是他有生以来头一次累成这样。

他不但充当凶手角色，在VR空间完成了两起犯罪，还三次反驳其他侦探的错误推理，最终自己作为侦探，发现了三起事件的真相。

无论在现实世界还是虚构作品中，恐怕都找不到哪个侦探在短短两天里被逼得如此紧。不过，这噩梦般的经历总算要到头了。

加茂深吸一口气，然后开口道："那么就把我们和人质——"

他正要说"都放了吧"，却突然被佑树打断。

"之前你说过这么一句话吧。"佑树先说了这么一句，然后继续道，"……只要能赢得这场游戏，就能实现一个愿望。"

一时间，加茂甚至无法理解佑树在说什么。

但他很快想起来，椋田确实曾模仿 *Battle Without Honor* 的广告说过这样的话……这一句是内心充满疯狂与妄执的翡翠魔女的台词。

加茂困惑地问了一句："佑树……君？"

奇怪的是，佑树眼中又出现了决心上幽世岛复仇时的神色。

然而更让加茂惊讶的是……千景听到这句话后面色煞白。

她的反应甚至比听完加茂的推理时更夸张。

佑树看着智能手表，继续道："没有时间了，我长话短说吧。"

"你想……怎样？"

千景反问时，已经恢复了原本的冷静。

"刚听完'献给侦探的甜美死亡'的游戏规则时，我就很在意一件事。我怎么都想不通，你们设计这场游戏的真正目的是什么。从那时起，我就顾不上推理，一直在想这件事。"

乾山听了，皱着眉反问道："你想这个干什么？椋田千景的亲生父母和养父都被害了，她极度憎恨业余侦探，便召集了我们八个人作为代表，想把我们都杀了。"

未知用力点点头，说道："按照她的想法，无法在限定时间内找出真相的我们，将带着对自身无能的悔恨死去。"

听完二人的话，佑树摇着头说："我从未听说过这种事，所以只能用虚构作品来举例……你们不觉得，在死亡游戏类型的作品中，主办方发起游戏的原因变得越来越暧昧不明了吗？"

千景发出了银铃般的笑声。

"说得有道理。大多数虚构作品，将死亡游戏推出去的目的都是让主办方获利。但是作为游戏开发者……我认为这里面的确有很多即使发行出去也很难获利的东西。"

佑树平淡地说了下去，言语中并没有表现出对椋田千景的敌意。

"还有一种，就是通过发起游戏来锁定真正想要复仇的对象。那类作品都让人忍不住想：'明明还有更好的办法啊！'"

千景耸了耸肩。

"但我不属于任何一种。"

"是的。你痛恨业余侦探，想要尽量召集到更多这类人，一口气完成复仇。我猜你准备这个游戏就是为了提供一个复仇的平台……但即使这么想，还是有很多奇怪的地方。"

加茂再也按捺不住，问了一句："奇怪的地方？"

"椋田千景如此痛恨业余侦探，却偏偏开发了激励业余侦探的《谜案创造者》系列。这是个质量极高，能让玩家享受本格推理乐趣的游戏……正因如此，它才吸引了世界各地的玩家。"

千景又一次笑了起来。

"你真是个笨蛋。开发名侦探题材的游戏当然让我阵阵作呕……不过，我需要一个东西吸引那些自诩为业余侦探的人，不是吗？我所做的，不过是游戏开发者为了达到目的而开发了最合适的游戏而已。"

"真的只有这个理由吗？"

遭到佑树的反问，千景再次绷着脸陷入了沉默。

佑树继续说道："如果我要复仇，就算采取死亡游戏的形式，也绝不会给复仇对象准备任何生还的可能。如果非要搞一场游戏，我只会给目标一个'赢了就能活'的虚假希望。但无论游戏结果如何，我都绝对不会让他们活下去。"

"你好可怕啊，说得就像策划过复仇行动一样。"千景脸上闪过由衷的欢喜，继而无情地说道，"之前我也说过，作为游戏管理者，我们说过的话绝无谎言。虽然复仇的结果令人不满……但只要你们有意，我现在就能解开所有人的智能手表，并保证释放人质。"

佑树依旧表情阴沉地继续道："关于这一点，我就相信你吧。可是……这样我就更想不通了。如果你只想搞一次死亡游戏，有什么必要制作两个游戏去肯定自己最憎恨的业余侦探呢？

如果你只想以试玩会的名义召集侦探，只须在第一部《谜案创造者》发布前组织就好了。"

这个指摘戳中了加茂的盲点，他困惑地陷入了思考。

……确实，像巨齿鲨软件这么大的游戏公司，用第一部作品也能吸引到许多业余侦探参加活动。

千景摇了摇头。

"你知道吗，《谜案创造者2》的试玩会之所以能拿到这么多预算，是因为上一部作品的销量超过了六千万哦。而且正因为花了这么多时间做铺垫，我们才能利用RHAPSODY设计诡计啊。"

就算被千景嘲讽了，佑树也没有慌乱。

"这么说只是结果论而已吧？既然你是游戏开发者，那应该很清楚，每个公司都想开发出空前绝后的游戏，但成功的只有一小部分。很多游戏明明一开始策划了大规模的系列作品，却因为第一部的销量不尽如人意，最后开发不出第二部来。"

"呵呵，这倒是事实。"

"就算你对制作人的能力有着绝对的自信，在这个会发生像COVID-19大肆流行这种难以预测的事态的时代，把复仇计划推迟到实际能否开发都不知道的第二部的试玩会，风险实在太大了。"

"也许吧。"

"你不是那种做事没有计划的人，所以推迟复仇计划，肯定也是有原因的。"

"你爱怎么说就怎么说。"

听了千景的呢喃，佑树尖锐地反问道："……其实，要想达到你的真正目的，让第一部《谜案创造者》流行全世界是必要前提，对不对？"

话音刚落，千景就发出了悦耳的笑声。

"真无聊。让游戏流行有什么好处？"

"你设定的'献给侦探的甜美死亡'的时限是今日正午，而在同一时刻，将开始另一个活动。一个全世界玩家翘首企盼的活动。"

听到这句话的瞬间，加茂感到背后一凉。

"计时赛活动……'至高的名侦探'？"

佑树点了点头。

"没错。在我们的活动结束的同时，上一部《谜案创造者》的新增关卡将对全世界的玩家开放。我认为这不是单纯的巧合。"

未知若有所思地喃喃道："我记得那是一场比赛谁是最厉害的名侦探的活动，对吧？最先通关的人能够得到豪华特典。"

乾山捋了一把头发，接过话头："但是'献给侦探的甜美死亡'与'至高的名侦探'没有直接关系吧？我们这个游戏是以《谜案创造者2》为平台，那个则是上一部作品的活动啊。"

佑树连连点头。

"没错。我一直看不出这两个活动有什么共通之处，又是怎么牵连到一起的。不过，想了一天多之后，今天早上总算找到了突破口。"

"突破口？"乾山半信半疑地说道。

"值得注意的是《谜案创造者》的销量和过于豪华的通关特典。超过六千万的销量代表这个游戏的玩家总数起码有几千万人。因为发售时间较早，肯定有很多人已经不玩了。但是豪华通关特典的消息一旦公布出去，情况就会发生极大改变。"佑树顿了顿,严肃地继续道,"在曾经玩过这个游戏的玩家中,越是热心的粉丝,越是对推理能力有自信的人,就会越期待这次'至高的名侦探'的关卡更新,会守着日本时间的正午开始游戏,对吧?"

加茂惊愕地喃喃道:"莫非……"

"是的,《谜案创造者》的新活动'至高的名侦探',应该是为了筛选出潜伏于全世界的某种属性的人而设下的圈套。"

佑树没有明言的某种属性,加茂已经很清楚了。

"莫非所有参加计时赛,展示自己的推理能力,并试图得到豪华特典的人……都被椋田千景视为业余侦探的同类,或者潜在的业余侦探?"

连加茂都无法控制声音中的颤抖了。

这是何等扭曲的想法。

椋田千景与海斗……他们的复仇对象已经超越了六本木和不破这两个个体,扩大到了所有的业余侦探。仅仅这一点,就充满了疯狂。

随着岁月的流逝,他们的想法进一步偏执……把所有"对解谜有兴趣,可能具有业余侦探潜质的人"都归入到了憎恨的对象——这是很有可能发生的。

佑树的脸色愈发苍白,继续说道:"你们的真正目的,可不只是杀了我们这八个人。就连把我们监禁在巨齿鲨庄,可能也只是计划的一小部分而已。"

未知注视着一直沉默不语的千景,开口道:"你会不会想太多了?就算他们真的打算集中所有潜在业余侦探并将其杀死……可是参加计时赛的至少有几百万人,搞不好有上千万啊。椋田千景只是游戏开发者,她又能做什么呢?"

"不，正因为她是游戏开发者，才能做到一些事情。"

听了佑树的回答，千景饶有兴致地眯起了眼。

"有意思。说来听听？"

"其实我很希望这只是自己的妄想……《谜案创造者》可以用第三方品牌的VR眼镜，但是只能用巨齿鲨软件出品的原装手套控制器，对吧？这也就是说……卖出了多少套游戏，市面上就有多少副手套控制器。"

说着，佑树低头看向圆桌。

他的手套控制器放在桌上。加茂看到上面的巨齿鲨软件Logo，不由得浑身一震。

"难道椋田千景之所以等到续作推出时才执行复仇计划……就是因为这副手套？"

"就在不久以前，巨齿鲨出品的手套控制器的倒卖现象还成了社会问题，对吧？不管是游戏软件还是配件，发售之后的一段时间总会出现供应不足的现象。我猜，椋田千景的复仇计划……必须要等到这种控制器普及到每个玩家的手上才能执行。"

这时，乾山一脸恐惧地低头看向手套控制器，问道："难道这个控制器也内置了跟智能手表一样的'死亡陷阱'？"

佑树点点头，回答道："是的。椋田千景是《谜案创造者》的制作人，也是巨齿鲨软件的执行董事，她完全有可能在研发和制造专属控制器时在里面做手脚。譬如加入接收到巨齿鲨软件服务器发出的特殊信息后就会启动的陷阱。"

有了游戏导演海斗的协助，想做到这个的确并非不可能。加茂虽然清楚这一点，却还是抬起右手捂着脸，摇起了头。

"这不现实。"

"为什么?"

"如果在控制器内加入一眼就能看出来的机关,在产品审核与进出口环节会很容易被发现。另外,购买手套控制器的消费者中,也可能有出于兴趣将其拆解改造的人。如果控制器内设有毒针,肯定早就被发现了。"

佑树似乎早就预料到会有这样的反驳,露出了有气无力的微笑。

"其实我也烦恼过这个问题。不过,如果是利用电流的简单机关,也许就不容易被发现了。"

加茂瞬间瞪大了眼睛。

"这么说来……我记得这个手套控制器是出了名的续航差,而且很不透气。"

如果手套不透气,就会导致手心出汗,增加导电性,若在充电状态下使用,漏电的危险将更大。

佑树注视着双手,继续道:"只要电流有了入口和出口,就有可能发生触电,对吧?万一电流经过心脏,哪怕只是很低的电压,也会危及生命。"

这是因为心跳是由电信号控制的,强电流会引发严重的心律失常,甚至诱发心脏骤停。

佑树的脸色宛如幽灵,他说了下去。

"家用电压一般是一百伏特[①],即使触电也不一定会丧命。可是……如果电流从手套控制器的一只手通向了另一只手呢?或者电流从手部进入,经由臀部或腿部通向地面呢?无论哪种情况,电流都一定会经过人体的要害器官——心脏。"

---

①此处指日本家用电压。我国家用电压为二百二十伏特。

加茂不禁愕然。

一旦触电引发身体痉挛，人就无法自主摘除手套控制器。而心脏长时间有电流穿过……很显然会导致最可怕的结果。

一阵悦耳的笑声传到他的耳中。

"哦？好意外啊，没想到你连这个都看穿了。"

加茂注意到千景神情的瞬间，背后的寒意达到了顶峰。他踌躇着问道："你真的……"

"对呀。只是杀死几个业余侦探，这个世界是不会有所改变的。我想做的事情是……把所有潜在的业余侦探都引诱出来，一次性消灭掉。另外，还要亲手将你们这八个罪孽尤为深重的人打入地狱。"

她右手捂着眼睛继续道："啊哈哈……其实我根本不关心你们能不能打通'献给侦探的甜美死亡'。你们因为无能而丧命自然很好，因为优秀而找到真相活了下来也无所谓。要是能活下来，我的复仇反而更精彩了。"

听到这番充满恨意的话语，加茂不由得咬紧牙关，否则就会控制不住牙齿打战。

不过佑树至少保持着表面上的平静。

"我一开始就觉得很奇怪。你跟我们说的是，打通'献给侦探的甜美死亡'后可以实现一个愿望，而并不是放走我们和人质……这个说法太不正常了。"

"没错，我的目的是让你们主动提出释放自己和人质。"

加茂刚才确实想这么说。如果佑树没有打断他的话，椋田姐弟就会实现他的愿望。只是……

椋田又哭又笑地说："我本来打算让你们沉浸在游戏通关的喜悦中，同时让几百万人因为手套控制器里的'死亡陷阱'触电而亡。如此一来，你们在体验了片刻的安心与喜悦之后，就会不可避免地得知那个消息。全世界只有你们几个能够阻止那场悲剧……而无能的你们对此浑然不知，白白错失了重要的机会。"

说到这里，千景长叹一声，继续道："我本想看看你们得知自己没能拯救几百万条性命的瞬间，脸上会是何等绝望和内疚的神情。我的真正目的，就是把你们打入连死亡都宛如慈悲救赎的人间地狱。"

这时，连佑树都无法继续保持平静了。他凶狠地盯着千景，说："但是换个角度……现在还有时间要求你解除手套控制器里的'死亡陷阱'，阻止这场大规模杀戮，对不对？"

千景右手捂着眼睛，一动不动。

既然如此，加茂知道自己该说什么了。他深吸一口气，开口道："如果你可以实现我的任何愿望……那就立刻解除手套控制器里的'死亡陷阱'。此外，还要释放我们和所有人质，解除智能手表的锁定。"

\* \* \*

一阵银铃般的笑声。

"……你觉得我会老老实实地照做吗？"

千景看着屏息等待的加茂等几个人，慢悠悠地戴上了手套控制器。

"我只能实现你的一个愿望。你们就这样苟延残喘……目睹这一切吧。"

她在3D显示器上飞快地舞动指尖。下一个瞬间，加茂感觉左手一轻,有什么东西掉在了地上。

"受邀宾客及所有人质的智能手表都解开了。放心吧,我不会对人质出手的。"

加茂条件反射地拾起了地上的手表。

十一点四十分……利用"至高的名侦探"活动策划的大规模杀人计划,只剩下二十分钟就要开始了。

但是,情况跟之前有所不同。

把加茂等人囚禁在巨齿鲨庄内部的,并不是实体的门窗。真正囚禁他们的,是安装在智能手表里的"死亡陷阱"。

现在这个威胁已经解除,他们没有理由继续待在此地了。

佑树最先从震惊中恢复过来,径直走向休息室的落地窗。加茂想叫住他,但佑树先转过来开了口。

"按照纸条的指示,先找我们的随身物品,对吧?"

加茂并没给佑树什么纸条,不过看样子佑树已经领会了他的意思……所以,他放心地点了点头。

"嗯,找到手机后立刻联系警察和巨齿鲨软件……要求他们中止活动。"

乾山打开落地窗看了看外面。

"没问题,从这里可以出去。"

"那就快走吧。"

乾山和佑树的身影消失在户外,这时才反应过来的未知也急忙追了出去。

只剩下千景和加茂留在圆桌旁。千景歪着头问道:"游戏已经结束了,你不离开吗?"

"只剩下二十分钟了,就算打了电话恐怕也来不及了。椋田P与十文字D计划实施屠杀活动,这种话就算说出来,警察和巨齿鲨软件的人也不会马上相信吧。"

千景叹着气说:"但是看你的表情,不像是已经放弃了呀。"

"所以我才留了下来。现在能阻止大屠杀的人,只有你一个。"

"不会吧,难道你想说服我?"

面对千景的嘲讽,加茂选择转移话题。

"我想问个问题。这副手套控制器并不能模拟痛感,对吧?"

之前加茂尝试过拍打VR空间里的桌子,确认了戴着手套不会感到疼痛。

千景点了点头,道:"嗯,你的判断没有错。"

"但是我的角色手指受伤时,我感受到了手套控制器本来不会模拟的……类似麻痹的痛感。其实那是控制器内部的'死亡陷阱'低功率发动时导致的疼痛吧?"

千景耸了耸肩。

"那样做对我们毫无益处,只有风险。"

可以确定,当时椋田姐弟并没有杀死加茂的意图。因为触电时间非常短,电量也控制在了仅仅让指尖发麻的程度。

她继续说道:"手套控制器里的'死亡陷阱'是我们的最终王牌,如果做了那种事,不就等于把最后关头击溃我们的机会拱手送给你了吗?"

加茂注视着千景的双眼。

"这就是你的本意,不是吗?我猜……那是你希望我阻止你们复仇的呐喊。"

千景突然哼笑了一声。

"游戏管理者可是我弟弟,我怎么会知道海斗这么做的意图何在呢?"

"骗人。"

"……啊？"

千景的嘴唇开始颤抖。

"确实，与我们联系的基本上都是作为游戏管理者的你弟弟海斗。可是在VR作案时段跟我说话、昨晚单独联系我想知道推理进度的人……是你。"

"你凭什么……"

"凭笑声。你跟你弟弟不一样，你的笑声特别悦耳动听。"

自打在启动会议上听到她的笑声，加茂就一直难以忘怀。千景的笑声中充满了喜悦，如银铃般轻快。

千景突然露出了寂寥的微笑。

"扮演东柚叶的时候，我一直控制着自己。不过在VR作案时段，可能还是大意了啊。"

片刻的沉默过后，千景又愤恨地说："可是，我给了那么多提示，你还是没能察觉到我们的真实目的啊！"

"没错，我一点都没派上用场。不过……在为时已晚之前，我察觉到了你的呐喊。所以我要在这里阻止你。"

"你阻止不了我的。"

加茂与千景展开了气势汹汹的对峙。

"其实你很清楚吧。你即将杀死的并不是潜在的业余侦探，而是在牺牲一大批钟爱游戏的人……所以，别做这种事了。"

千景戴着手套控制器，抬起手撑住了下巴。

"我给你讲一段往事吧。"

"往事？"

千景点点头，说了起来。

"六本木害死了我的双亲，不破害死了我的养父，这些你都知道了吧？可以说是他们让我和海斗变成了现在这个样子。不过对我而言……还有另外两个业余侦探意义很特殊。"

"……其中一个是东柚叶？"

加茂这么说并没有确凿的依据。

他想起了在渡轮上看到的东柚叶与椋田海斗亲密交谈的场景。他们的亲密程度甚至让加茂误以为那二人是姐弟……既然他们不是姐弟，海斗跟东柚叶能够如此亲密，肯定另有原因。

意外的是，千景摇了摇头。

"不。东柚叶……她只是我创造出来的虚假的侦探。"

加茂闻言忍不住皱起了眉，问道："在医院工作，家里有个儿子，这些都是假的吗？"

"也不是。我只是把参加者资料里她的身高改成了我的数据……儿子名叫WATARU，哥哥是著名业余侦探，这些都是真的。而且正如未知所说，她的哥哥东香介在五年前被杀害了。"

这个瞬间，加茂脑中猛地出现了惊悚的推测。

"未知小姐说，东柚叶姐妹每次出门旅行都会被卷入杀人事件，是世上最倒霉的侦探。你自己也对我说过，东柚叶有个没有血缘关系的姐姐，也就是她哥哥的太太。每次她以侦探身份参与到事件中，那位嫂子都会成为她的心灵支柱。"

如果千景真的创造了一个虚假的侦探，那么待在充当傀儡的东柚叶身边，以华生的身份操纵其行动应该是最简单的方法。

如此一来……

千景还是跟刚才一样，右手捂着眼睛笑了起来。

"你的直觉很准啊。没错，我是东香介的妻子，也就是东柚叶的嫂子。"

"果然是这样啊。"

对东柚叶来说，椋田海斗是嫂子的弟弟。想必海斗就是利用这层亲戚关系，缩小了与东柚叶之间的距离。如此想来，那两个人在渡轮上看起来就像一对亲姐弟也就不奇怪了。

千景继续道："现在工作时我仍在用椋田千景这个名字……但是户籍上我已经随了夫姓，叫东千景。所以，弟弟管我叫东也不算说谎。"

日本不承认夫妻异姓，所以很多女性在户籍上随夫姓，在工作中沿用旧姓。椋田作为知名游戏开发者，会这么做就更理所当然了。

她满不在乎地继续道："椋田这个姓很少见，走到哪儿都免不了受到关注，所以我想秘密行动的时候，东这个姓就派上用场了。"

加茂注视着眼前的女性，发自内心地感到惊恐。

她弟弟海斗曾说，千景的丈夫丧命，也是业余侦探犯下的罪。当时听到这句话，加茂还以为千景不仅因为业余侦探的行动失去了双亲和养父，后来还因为同样的悲剧失去了丈夫。

然而，真相似乎并非如此。

千景松开遮住眼睛的手，声音沙哑地继续道："年轻时，我赌了一把。也许……当时我还在犹豫该不该进行复仇。看来，我还是太年轻了。"

"你做了什么？"

"现在的我打算一口气消灭所有潜在毒瘤，而当时的我想法完全相反……我想把所有赌注押在一个人身上。所以我在业余侦探中挑选了一个能力强、为人看起来也不错的人。"

"就是东柚叶的哥哥东香介？"

加茂对话题会向哪里发展感到困惑，但还是追问了下去。

"没错。我接近东香介,观察他,当然,那是为了看清他究竟是个什么样的人。万一我打从心底认定'这个人作为侦探有他的存在价值',那就算香介……也就是业余侦探的胜利。我将会放弃所有的复仇计划。"

千景的声音渐渐震颤起来。

"结果呢,东香介是个完美得令人气恼的人。他就像是善良的化身,推理能力又无比高超,唯一的缺点就是太正经了。结果……我不顾海斗的强烈反对,坚持跟他结婚了。

"忘却了自我,把一切都献给下注的对象,你一定觉得我很蠢吧?但我真的没想到香介会动真感情……"讲述这些时,千景似乎陷入一种恍惚的境界。

加茂目不转睛地看着她,问了一句:"那么,为何东香介会丧命……而你又为何要继续复仇?"

"都怪他自己。"千景似乎放弃了表演,泪流满面地说,"他太优秀了。所以结婚没多久……他就发现了我之前的所作所为。我在认识他之前……已经杀了好几个自诩为业余侦探的人。香介根据留下的微不足道的线索,揭穿了我的所有罪行。"

加茂的内心涌起一股嫌恶感,忍不住皱起了眉。

"难道说,你灭了他的口?"

"不,如果他报警,或者说服我自首,都不会有任何问题。但是,他做了一件身为侦探不能做的事。"

"莫非……他包庇了你?"

加茂惊愕地瞪大了眼睛。千景点点头。

"他当着我的面烧毁了所有收集到的证据,还捏造证据,把所有案子都导向事故的结论。最后,他这样对我说——'没事了,这下不会再有人威胁到千景了。所以你要答应我,今后别再做这种事了。'那一刻，他的神情异常冷静，仿佛领悟了一切。"

千景咻咻地笑着，笑声中似乎混入了破钟的嗡鸣。

"就在那个瞬间，我得出了结论。到头来，东香介也跟那些让我痛苦不堪的侦探一样。他们都会面不改色地篡改事件的真相，以获得对自己最有利的结果。"

"不对。"加茂忍不住反驳道。

"没有什么不对的，如果他不是那么想的，又怎么会若无其事地捏造证据？他肯定是习惯了这种操作，只是做法太巧妙了……我一直没有发现而已。"

"你真的这么想吗？"

"当然。"

虽然只能猜测，但加茂觉得，对东香介来说，那也许是第一次也是最后一次包庇犯罪行为。

东香介发现了至爱之人的犯罪证据，想必这困扰了他很久。他完全掌握了千景黑暗的过去，但没有告发她……加茂无法去否定他的这个选择。

千景又说了下去。

"后来，我就跟海斗密谋，杀死了丈夫。直到被刀子刺中，他都没有抵抗。也许他已经猜到结果会是那样了吧。然后，我们又把罪行嫁祸到一个自诩为业余侦探的坏蛋的头上……我利用了痛失兄长、想为其复仇的东柚叶，暗中操纵她进行推理，成功让警方逮捕了那个坏蛋。"

这时，乾山从敞开的落地窗外走了回来。

他应该听到了刚才两人的对话，不过他故意用头发挡着眼睛，安静地汇报了结果。

"馆内的电话线被剪断了,但我们找到了被没收的手机和随身物品。正如椋田所说,东西都放在阻隔信号的箱子里。游奇先生和未知小姐正在联系警察和巨齿鲨软件的人,向他们说明情况。"

乾山双手插在制服口袋里,口袋边露出了手机和一根银色链条,印证了他说的话。

"……是吗,太好了。"

加茂长出了一口气,拿起智能手表查看时间。只剩下五分钟了。

千景耸了耸肩。

"没用的。无论你们再怎么挣扎,都来不及了……"

接着,她注视着加茂说了下去。"后来东柚叶一直出色地扮演着业余侦探的角色,毫无防备地接连遭遇我跟海斗设计好的事件,顺从地接受我给的提示,自以为成功解决了案子。"

东柚叶一定很崇拜被称为名侦探的兄长,所以才会深深陷入千景的圈套,不能自拔。

千景已经笑得浑身颤抖起来。

"东柚叶似乎坚信发生在身边的事件都是她作为侦探的命运。啊哈哈,那怎么可能呢!"

"……这很难说啊。"

以龙泉家为中心,已经发生了三起离奇事件,连加茂都不知道能不能称其为单纯的巧合了。

千景露出了疑惑的神情,但很快继续道:"正因为她是这么单纯的人,才完全没发现自己扮演了椋田千景的替身。若非如此,海斗把东柚叶跟其他受邀宾客隔离开时,一定会吃更多苦头。"

接着,她表情一沉,自言自语般喃喃道:"只是……她长得实在太像香介了。我本来想保住与丈夫之间的美好回忆,现在却像亲自将它践踏在脚下……"

剩余时间还有不到三分钟。

加茂放下手表,问道:"往事讲完了吗?"

千景回过神来,点了点头,戴着手套的十指交叉在一起,说道:"最后请你回答我一个问题——当你得知最爱的人犯了罪,你能够毫不犹豫地揭发那个人的罪行吗?"

"不知道。不……恐怕不能。"

加茂道出了真实想法。

东香介应该揭发妻子的罪行,这当然是没错的。

可是,假如加茂面对同样的情况,他并不能确定自己能否铁面无私地把伶奈和雪菜交给警方。他可能会像东香介那样,寻找别的方法解决问题。

千景一撇嘴,变成了又哭又笑的表情。

"你真笨啊,这种时候就该说谎不是吗?你只要回答身为侦探理所当然要怎么做……未来也许就截然不同了呀。"

"你想听那种谎言吗?"

"……不想。"

千景伸出手,在 3D 显示器上飞快地动起了手指。

加茂和乾山只能呆呆地看着。她的操作速度实在太快,谁也看不清画面上究竟显示了什么。

距离正午还有三十秒……

她闭上眼,继续道:"这下你满意了吧?我中止了手套控制器的升级,并且删除了升级数据。'死亡陷阱'再也不会被触发了……你的愿望都实现了。"

加茂第一次见千景露出如此疲惫不堪、放弃了一切的神情。

"我可以相信你吗?"

她慢吞吞地摘掉手套控制器,然后说道:"……刚才我跟你说了,对我而言还有另外两个意义特殊的业余侦探。其中一个是东香介。"

"是的。那另一个是谁?"加茂已经隐约察觉到了答案,但还是问道。

"是你。"

加茂无言以对。

"你都不觉得惊讶吗?呵呵,其实这也是理所当然的。因为是你看穿了我设计的大部分犯罪计划……不过,这不算是全部原因。"

她低头看向自己的左手腕。

之前因为手套控制器的遮挡而无法看到,此时加茂才发现,原来她的智能手表一直没有解锁。她注视着手表继续道:"其实我本来想让六本木和不破两个人充当凶手角色,因为凶手角色难度更大,丧命的可能性更大……但是,在我调查要邀请的八个人时,发现你跟香介很像。呵呵,这么说很奇怪吧?我都没见过加茂先生,而且你的外表也不像香介,尽管如此,我还是觉得在你身上嗅到了跟他一样的味道。"

加茂心情极为复杂地问道:"所以……你才选我当凶手角色?"

"是的。还有一个问题,就是凭六本木的能力,他演不好凶手角色。我觉得应该是自己的直觉应验了。"

她的目光探向加茂身后,仿佛在寻找什么人的身影。接着,千景梦呓般地说了下去。

"我以为是香介回来阻止我了……我亲手刺死了香介,所以也应该能够毫不犹豫地杀死加茂先生。可是……我几次把你逼上死路,却又希望你能活下来。"

最后,她露出了自嘲的微笑。

"也许我真的希望你能阻止我吧。如果我能早点遇到你……或者说,不以这种最糟糕的方式相识……也许就会有完全不同的未来。"

加茂无言以对,甚至不知道该露出什么表情。只不过……千景脸上的沉痛已深深刻进了他的脑海。

"应该差不多了。就此别过,加……"

话音未落,她已经倒在了圆桌上。

加茂连忙抱起千景,她的身体开始痉挛。

咔嗒一声,千景的智能手表掉落在地。她的左手腕上多出了一个针刺一样的伤痕。

加茂恍然大悟。操作3D显示器时,千景给自己手表上的毒针设置了延时发动。

她口吐白沫,呼吸渐渐停止,心跳也越来越弱。

加茂等人实施的抢救措施没有任何效果……就这样,椋田千景离开了人世。

# 尾声

二〇二四年十一月二十四日（周日）22：05

"说到底，佑树君的那番放弃推理宣言……都是假的吧？"

在加茂的追问下，龙泉佑树突然很想逃跑。

他往后看了一眼。身后是黑漆漆的濑户内海，他们刚才乘坐的汽艇已经开走了。

佑树意识到，在来接他们的出租车到达之前，他是不可能逃出 K 港的，只得放弃挣扎，开了口。

"是的。我知道椋田会窃听，所以想不动声色地提议'分担任务'……我真的想让加茂先生专注地解决'献给侦探的甜美死亡'，而我则暗中打探椋田的真正目的。"

"那我告诉你吧，我一点都没听懂。"

面对加茂少有地表露出的愤恨情绪，佑树只得苦笑。

"我猜也是。当时只是随口一说，还没说完我就意识到，'啊，这样肯定传达不出我的意思'。不过只要我放弃了推理，加茂先生就不得不使出全力调查事件了，对不对？我觉得这样就够了。"

加茂长叹一声。

"真是的,你小子到底在想什么啊。"

周围早就被夜色包裹,白天还能看清的散落于濑户内海的岛屿,现在已经连影子都难以分辨了。

加茂试图说服千景的时候,佑树与未知联系了警方和巨齿鲨软件,要求停止更新。这一行动结束后,他们又解救了被囚禁在隔壁建筑物的真正的东柚叶和巨齿鲨软件的员工……所以未能目睹椋田千景的死。

但是,他们目睹了另一个人的死亡。

正在解救人质时,佑树等人突然听见砰的一声。他们马上出门查看,发现停靠在巨齿鲨庄附近的摩托艇上多了个浑身是血的男人。

那个人是椋田海斗。

他也许是逃走之后又回来了,也许是一直在那里等着姐姐,总之他当时口吐鲜血,胸口处也在流血。而他旁边……有一把不知从哪儿弄来的手枪。

看见枪身上附着的血液,佑树很快就猜到究竟发生了什么。

海斗应该是企图用手枪自杀,但是因为后坐力导致射偏,他没有当场死亡。佑树他们赶到时海斗还有一口气。

海斗左手握着手机,对着虚空反复质问:"姐姐,为什么?姐姐……为什……么……"

他应该是通过手机得知手套控制器里的机关未能发动,随即想到肯定是千景主动停止了更新。

……他觉得姐姐背叛了他,所以选择了自杀吗?

佑树看着不断抽搐的海斗,心情万分复杂。

当天下午两点,冈山县警赶到了戌乃岛。

不仅是"至高的名侦探"活动，整个《谜案创造者》的服务器都停了。全世界的玩家涌上社交软件，疯狂地表达着愤怒。

然而，这是不得已的举措。

椋田千景没有发动手套控制器里的"死亡陷阱"是一件值得庆幸的事，但尽管如此，那款控制器存在可能威胁玩家生命的"缺陷"这一事实是无法否定的。相信不久之后，巨齿鲨软件就会大规模召回手套控制器。

巨齿鲨软件或许会因此破产吧……虽然实际上没有人员伤亡，但千景的犯罪计划还是造成了巨大的影响。

晚上八点半，警方的调查告一段落，众人获得许可，可以离开戌乃岛了。

但他们还不能返回东京，因为接下来的几天，警方还需要他们配合调查。不过，能去冈山县K市的民宿暂时落脚，对他们而言已经很满足了。

此时一行人都在K港等待出租车。返回K港时有一名女警陪同，上岸后女警就骑着警用摩托离开了。

夜越来越深，佑树连旁边的加茂是什么表情都看不清了。

"……万一我没能在游戏时限内发现事件的真相，你打算怎么办？"

"不，我相信加茂先生一定能找到真相，所以从没担心过这个。"

"我说你啊……"

"连我都能发现的事，加茂先生肯定会早一步发现啊。而且……我觉得加茂先生不太适合顺着椋田千景的思路寻找她的真实目的。"

这并非嘲讽，而是佑树的心声。

佑树之所以对加茂有所忌惮,正是因为他太敏锐了。假如世上真的存在所谓侦探的天赋,佑树也会承认他远远比不上加茂。

但他拥有一种直觉……想知道疯狂追求复仇的椋田千景的真实意图何在,曾经同样试图毁灭三个人以完成复仇的佑树要比加茂更合适去探寻。

佑树继续说了下去。

"当我得知加茂先生是凶手角色时……还真想过是不是该停止分工。因为凶手角色的负担太重了,搞不好会忙着防守,无暇推理。不过后来看着加茂先生有理有据地提出反证,我又觉得没问题了。"

"说得好听,我都吓得折寿了。"

佑树不再看着筋疲力尽的加茂,而是把视线投向夜幕下的濑户内海,说道:"话说回来……我还不知道加茂先生制造的MICHI(未知)案和KENZAN(乾山)案的真相呢。"

加茂看向相反的方向,也就是远处柔和的夜景,喃喃道:"事到如今,我已经懒得解释了呢。"

佑树咧嘴一笑。

"虽说要分工,其实我也做了一些推理。MICHI(未知)案利用了傀儡馆外的真空,KENZAN(乾山)案利用了巨大遥控器,对不对?"

加茂只瞥了佑树一眼,既没有肯定也没有否定。佑树有点失望。

"加茂先生怎么没什么反应啊。"

"不说这些了,我想问你一件事。之前你说椋田千景跟你是同类,那是什么意思?"

"是瞎说的啦。"

佑树毫不犹豫地回答道，加茂似乎露出了苦笑。

"原来是……瞎说的啊。"

"嗯，其实也掺杂了一些真话。不过……就算我跟椋田姐弟有相似之处，那又如何呢？我走的是我选择的道路，终点不可能跟他们一样。"

加茂轻吐一口气，似乎放心了。

"这还真是佑树君的风格。"

说完这句话，加茂就盯着K港外的公路，陷入了沉默。

二人之间不再有乘船上岛时的尴尬了，想必是因为加茂的沉默不再是因为心中有想对佑树说的话却不愿明说。此时他的沉默，只是因为消耗太严重了。

沉默持续了约有五分钟，然后一辆出租车在路边停了下来。从车上下来一对母女，身影被路灯照亮。

孩子看起来很乖巧，母亲则是一脸难掩兴奋的样子，冲着港口用力地挥动右手。只看动作和轮廓，佑树就认出了来人的身份。

……是伶奈和雪菜赶到港口来了啊。

加茂也冲着路边挥了挥手。雪菜似乎终于按捺不住，朝他飞奔了过来。加茂一把抱起女儿，同时安慰起激动得流泪的伶奈。

看着三个人重逢的画面，佑树也露出了微笑。

片刻之后，又有两辆空车停了下来。这应该是未知叫的出租车。

加茂听见未知对乾山说："我得赶紧回家，不然软饭男要饿死了。"对高中生说这种话真的好吗？更何况她回去了，还有可能发现软饭男在外面花天酒地，把家里所有的现金都拿走了吧。

这时，佑树收到了三云发来的消息。她说直接去民宿跟佑树碰头，现在已经到了。早些时候佑树跟三云说了不必到冈山来，不过傍晚还在接受警方询问时佑树就收到了消息，三云已经赶上了最早的一班新干线。

……那我也早点去民宿吧。

入夜之后起了风，站在港口吹得难受。

"那个，能说几句话吗……"

佑树正要坐进车里，却被乾山叫住了。

乾山冻得双手插在衣服口袋里，手边还露出了细细的银色链条。

他看着佑树，也不知在想什么，一脸严肃地继续道："啊，我父母是不会来接我的，他们都在国外出差呢。事件的相关消息应该传过去了，可他们到现在都没联系我。不过……我已经习惯了。"

看来乾山跟父母的关系不算太好。

"既然住的地方一样，不如车上说吧。"

但乾山否决了佑树的提议。

"没必要，反正要跟你说话的不是我。"

"……啊？"

就在此时，佑树的手机响了。他正困惑于谁会突然来电，就看见乾山已经大步走开，叫住了准备上车的未知，看来要跟她一起去民宿。

是一通匿名来电。佑树慌忙按下通话键。

"你好。"

"这是头一次跟你打招呼呢，龙泉佑树君。"

听到那个扁平的男声,佑树感到心跳骤然加快。他连忙走向没有人的角落。

"我的手机设了拒接匿名来电哦。"

"哦,我黑了你的手机。"

若无其事的回答。瞬间就能侵入他人手机的能力,佑树只认识一个这样的人。他忍不住笑了。

"初次问候,霍拉大师。没想到有一天能跟你直接对话呢。不过,你是不是打错电话了?加茂先生还没走,我可以叫他来接听哦。"

霍拉曾跟加茂有过合作,如果有话要谈,找加茂的概率肯定更大。

而且加茂一家还没坐上出租车,现在叫住他还来得及。

"不用了,没必要。"

霍拉的回答十分干脆。佑树听了,严肃地反问道:"那你找我有何贵干?"

"我想听听你的见解……你觉得,加茂先生察觉到了多少?"

佑树把手机换到左手,然后说:"我想想啊。首先,他肯定察觉到了有人把沙漏吊坠带到了戌乃岛上。"

他回忆起VR空间里那张纸条上的内容。

ArteMis Hero(阿尔忒弥斯英雄）

Ares hinted Pen（阿瑞斯暗示了笔）

这两行文字包含了两个希腊神话里神的名字,但没有意义,连语法都不算准确。

"我们在VR空间发现了一张纸条……但因为一举一动都被

椋田姐弟监视着,无法自由交换信息。我觉得,那应该是无奈之下设计的易位词游戏。"

看见第一行里极不自然的大写字母时,佑树马上以"M"和"H"为首字母,再用第一行中出现的字母,拼出了"Meister Hora"(霍拉大师)。

那一瞬间,佑树怀疑纸条可能是加茂写的,并且直接问过他。然而加茂否定了。

……那究竟是谁写的?

佑树感到一丝毛骨悚然,开始琢磨第二行的意思。这行字的解读花了他一些时间。因为知道肯定是跟霍拉有关的内容,他终于发现文字中隐藏着"Pendant"(吊坠)这个词。接着,他顺藤摸瓜地置换文字,拼出了"Pendant is here"(吊坠在这里)。

那一刻,佑树万分惊愕。

"根据那张包含着易位词的纸条,我发现除了我和加茂先生,还有人知晓霍拉的存在,并且那个人很有可能把沙漏吊坠带上了戌乃岛。"

而他是在椋田千景解除了他们的智能手表之后,确认到加茂也理解了纸条上的信息。

恢复自由之后,走出巨齿鲨庄时佑树曾对加茂说:"按照纸条的指示,先找我们的随身物品,对吧?"

他的意思是:"按照那个易位词纸条的提示,在随身物品中寻找沙漏对吧?"

如果加茂没能解读易位词游戏,应该会对他说:"我没有给你纸条。"但实际上……加茂露出了放心的表情。

佑树轻叹一声。

"结果直到找到那些被收走的随身物品,我都没能猜到是谁留下了纸条。还是看着乾山君从自己的东西里拿出沙漏时，我才总算发现了。"

霍拉声音低沉，说道："原来还有这种事……乾山君还没对我讲述事件的详情呢。"

"其实我也有好多问题想问乾山君，却没能找到机会。当时最要紧的事情是阻止'死亡陷阱'发动，所以我一直忙着联系警方和解救人质。"

而警方抵达戍乃岛后，他们身边一直有警官跟着，佑树还是不能提起霍拉大师。

停顿片刻后，佑树又开口了。

"……你是跟着乾山君一起来到戍乃岛的吧？"

"你说得没错。是我拜托乾山君，成为沙漏的持有者。"

佑树觉得他的话有点奇怪，只是霍拉又异常苦涩地说了下去，他错过了插嘴的时机。

"……然而，我没有派上任何用场。虽然一起上了岛，我却连巨齿鲨庄里发生了事件都不知道，直至今天正午之前都处在近乎休眠的状态。"

"那也是没办法的事，毕竟我们一上岛就被强制收走了随身物品。"

"是的，我这个沙漏吊坠也没能幸免。"

当时佑树不同意工作人员收走三云送的手表，而且记得除他以外还有人反对收走饰品。那个人也许就是乾山。

"刚上岛时，我万万没想到椋田千景竟有如此可怕的计划。所以……即使跟乾山君分开了，我也没太警惕。因为不管身在何处，只要能保持通信，我的黑客能力就不会受到影响。"

然而沙漏吊坠被放在了能够屏蔽信号的箱子里，于是，霍拉失去了一切干涉外界的手段,其能力等同于被封印了。

霍拉依旧阴沉地继续道:"保管大家物品的房间空无一人,外面还不断传来吵闹声。所以我一直期待着出去之后能听听乾山君的讲述……如果我知道外面发生了什么,至少可以硬着头皮尝试一下超越时间与空间的通信方式。"

霍拉语气中透出的失落远远超出了佑树的预想。对此佑树很是困惑,但还是说道:"其实我们也一样。每个人都太大意了,才会被轻易灌下安眠药,遭到监禁。"

一段漫长的沉默。

佑树看向公路,发现加茂一家不见了,出租车也已经开走。他们应该是先去民宿了。码头的冷风吹得他四肢都渐渐麻木。

彼此沉默的时间太长,佑树还以为通话中断了。就在这时,霍拉再一次开了口。

"……不过,加茂先生为什么要做那种事?"

佑树不明就里,面露困惑。

"啊?"

"加茂先生知道沙漏吊坠在戌乃岛,知道我来到了这里。那么,在得知沙漏的通信能力已经恢复时,他大可以不去说服椋田千景,因为凭我的黑客能力,要阻止数据更新,简直易如反掌。"

"那是……"

"取回沙漏吊坠后,乾山君向我解释了情况,然后返回了休息室。他还向加茂先生汇报了顺利取回吊坠的事情。"

当时佑树还在巨齿鲨庄外面,并不知道二人之间发生过这样的交谈。他皱着眉点了点头。

"原来如此。那加茂先生肯定也知道霍拉的黑客能力可以派上用场了。"

"其实在获知情况的一分钟后,我就完成了阻止更新的操作。所以,就算椋田千景不主动停止更新……也会迎来表面上因为机缘巧合的程序漏洞和器材问题导致'死亡陷阱'未能发动,惨剧得以避免的未来。"

佑树低头注视着码头的水泥地面。

"果然……她只是误以为自己亲手停止了数据更新吗……"

"我不知道。加茂先生为何完全不跟我确认进度,而是一直坚持与椋田千景对话呢?"

佑树眯起眼睛,说道:"……如果你想知道,就别隐瞒信息啊。"

霍拉没有理会。佑树看向没几辆车的公路,继续说道:"你刚才说你拜托乾山君成了沙漏吊坠的持有者,那是不是也可以理解为,你是带着某种目的接近他的?"

"这个我承认。我对《谜案创造者2》的试玩会很感兴趣,所以联系了乾山君……其实,这是他第二次成为我的持有者。说得更具体一点,他就是从加茂先生手中接过沙漏吊坠的人。"

这番意想不到的话让佑树瞪大了眼睛。

"啊?从加茂先生那里拿到沙漏的孩子就是乾山君?"

"没错。由于家庭原因,乾山君改了姓氏,而且六年来长大了不少,外表也有很大的变化。我想,仅凭长相和声音,加茂先生恐怕认不出他就是当年的那个孩子。"

佑树捋了捋头发,再次开口道:"如果是加茂先生,他也可能认得出……算了,这个不重要。我想不通的是,你为什么要瞒着加茂先生潜入试玩会。在上岛的船上,乾山君丝毫没有暗示过霍拉的存在。"

"那是因为我吩咐他别开口。"

"为什么？"

"……有些事情不知道更好。"

佑树咧嘴一笑。

"没用的，我根本不在意那些。"

"原来如此……看来你比加茂先生更难缠呢。"

"你就当遇人不淑吧。"

可是霍拉依旧没有主动开口。无奈之下，佑树只好问道："你跟加茂先生曾经改写了过去，对吧？"

"正是如此。"

"如果你们没有改写过去，我和伶奈早就死于非命了……而加茂先生则会遇到另一个女子，并跟她生下孩子，是吗？看着现在的加茂先生和伶奈，我实在难以相信……但是在听闻这件事时，我突然产生了疑问。原本命中注定与加茂先生结合的那位女子，现在又怎么样了？"

佑树轻吸一口气，继续说了下去。

"如果我说错了，请把我的话当成推理作家的过度妄想。虽然我不是真的相信命运，但你之所以潜入试玩会……是因为椋田千景就是加茂先生另一个命定的伴侣吧？"

"……你为什么这样想？"

"椋田千景执着于自己的计划，这样的她却轻易接受了刚认识不久的加茂先生的劝说，中止了数据更新。加茂先生应该是她所憎恨的对象，可她却给予了他信任，最后甚至说加茂先生跟被她亲手杀害的丈夫很像，对不对？"

霍拉低声答道："没错，而我想见证她生命的最后一刻。"

"那你不觉得奇怪吗？就算爱与恨只在一念之间，可她内心的变化也太极端了……所以我一直有一种感觉。他们也许有我所不知道的甚至他们本人都不知道的特殊关系。正因为受到那个关系的影响，椋田千景才会产生旁人无法理解的强烈的动摇。"

佑树一口气说完，霍拉无力地叹了口气。

"看来再隐瞒也没用了。没错，如果没有改写过去……椋田千景就是那个会与加茂先生结婚的女人。他们的婚姻要不了多久就会破裂，两个人都会陷入不幸。"

虽说有所预料，但听霍拉亲口说出，佑树还是十分震惊。他正哑口无言时，霍拉说了下去。

"但是请相信我，我潜入试玩会之前并不知道会发生什么。我本来也对椋田千景的本性一无所知。"

佑树不知不觉换上了责难的语气。"不，你完全可以侵入椋田千景的电脑和手机，事前获知她的计划。"

"她的工作邮箱没有任何可疑之处……我以为椋田策划的只是一场试玩项目，无关犯罪，所以只调查了工作邮箱，没有调查她的私人通信。我真的没想到会有这个必要。"

"如果你觉得这只是个普通的试玩会，为什么要跟乾山君一起上戌乃岛！"

"我只是……想看看在被改写了的'现在'，加茂先生与椋田千景会有怎样的邂逅。"

听着霍拉饱含痛苦的坦白，佑树突然感到心情异常复杂。

"难道你担心加茂先生跟伶奈的关系会破裂？"

"不。加茂先生与伶奈小姐在'现在'的羁绊十分牢固，我认为椋田千景的存在并不会影响到二人的关系。未来已经改变……加茂先生与椋田千景的新邂逅应该也很愉快才对。可是……可是……"

霍拉的声音越来越小,周围只剩下海浪拍打水泥码头的声音。佑树闭上眼,呼出一口气后说道:"……到头来,就算改写了过去,我们还是不能完全逃离之前那个过去的影响啊。"

"过去的……影响?"

"加茂先生在新的'现在'也遇到了椋田千景,此外,'龙泉家的诅咒'应该已经消失了,我们却还是不断被卷入异常事件。"

霍拉突然充满疑惑地说:"那不可能啊,只是单纯的巧合而已。"

"这可不好说啊。我甚至觉得过去被改写了的世界正在'摇摆复位',试图靠近原来的状态。"

佑树其实很希望霍拉斩钉截铁地否定自己的想法,告诉他这只是妄想,是在毫无规则的巧合中强行寻找意义的愚蠢行为。

然而,霍拉只是有气无力地继续道:"不好意思,我也不清楚。我甚至不清楚你们经历的事件究竟是不是摇摆复位。"

"……这样啊。"

"只不过,椋田千景也许的确受到了改写前的过去的影响。她临死时曾说……如果能早点遇到加茂先生,如果不以这种最糟糕的方式相识,也许就能拥有跟现在截然不同的未来。就好像……她真的知道有另外的'现在'存在一样。"

佑树瞪大了眼睛,但很快就难过地皱起了眉。

"那也……太悲伤了。"

……究竟沉默了多久?等到双手已经麻木到失去感觉,佑树总算抬起了头。

"也许……加茂先生也察觉了椋田千景对自己究竟意味着什

么吧？正如她对加茂先生有着特殊的心意，加茂先生也可能对她有特殊的感觉。"

"确实有可能。"

佑树用肩膀和侧脸夹着手机，揉搓着双手取暖，又继续说道："这样想来，加茂先生没有放弃说服椋田千景也就可以理解了吧？如果不以这种方式相遇，她有可能是加茂先生命中注定的伴侣……所以加茂先生才由衷地希望她能主动中止计划。"

就算霍拉有能力强行阻止悲剧，也只会在千景心中留下仇恨。加茂不希望看到那样的结局，所以才一直劝说千景。

霍拉略显踌躇地说："如果加茂先生知道了一切……他能承受得了失去椋田千景的悲痛吗？"

这时，佑树发现一辆出租车停在了港口正对的路边，伶奈和雪菜从车里探出头来。他惊得瞪大了眼睛。

伶奈朝他挥着手大声叫喊："对不起，不小心把你落下了。"她的声音隐隐传到了防波堤这边。片刻之后，加茂也从副驾驶席探出头来对他说了句话，但是他的话被风声和海浪声盖了过去。

……他们是半路折回来找自己的吗？

佑树看着加茂一家人其乐融融的样子，几乎是无意识地连连点头。

"没问题的，加茂先生已经有伶奈和雪菜了……还可以算上我哦。今后不管有多大的摇摆，我们都一定能挺过去。"

"我也相信如此。"

佑树不知道霍拉能否看见加茂他们，但电话里的声音似乎终于蕴含了希望。

佑树对伶奈他们挥了挥手，然后说："再见了，霍拉。"

"嗯，下次再聊。"

确认通话结束后，佑树面露微笑，朝着加茂他们正在等待的出租车走了过去。

MEITANTEI NI KANBINARU SHI WO
Copyright ©Hojo Kie 2022
Chinese translation rights in simplified characters arranged with TOKYO SOGENSHA CO., LTD.
through Japan UNI Agency, Inc., Tokyo
Simplified Chinese edition copyright: 2023 New Star Press Co., Ltd.
All Rights Reserved.

图书在版编目（CIP）数据

献给名侦探的甜美死亡 /（日）方丈贵惠著；吕灵芝译 . — 北京：新星出版社，2023.8
ISBN 978-7-5133-5191-1

Ⅰ . ①献… Ⅱ . ①方… ②吕… Ⅲ . ①长篇小说 – 日本 – 现代 Ⅳ . ① I313.45

中国国家版本馆 CIP 数据核字 (2023) 第 036760 号

午夜文库
谢刚 主持

## 献给名侦探的甜美死亡

[日] 方丈贵惠 著；吕灵芝 译

| 责任编辑 | 赵笑笑 | 责任校对 | 刘 义 |
| 责任印制 | 李珊珊 | 封面插图 | 侯珂珂 |
| 装帧设计 | 人马艺术设计·储平 | | |

出 版 人　马汝军
出版发行　新星出版社
　　　　　（北京市西城区车公庄大街丙 3 号楼 8001　100044）
网　　址　www.newstarpress.com
法律顾问　北京市岳成律师事务所
印　　刷　北京九天鸿程印刷有限责任公司
开　　本　910mm×1230mm　1/32
印　　张　11.125
字　　数　172 千字
版　　次　2023 年 8 月第 1 版　2023 年 8 月第 1 次印刷
书　　号　ISBN 978-7-5133-5191-1
定　　价　55.00 元

版权专有，侵权必究。如有印装错误，请与出版社联系。
总机：010-88310888　传真：010-65270449　销售中心：010-88310811